은퇴한 공무원의 전원일기

거북의 귀향

歸鄕

은퇴한 공무원의 전원일기

거북의 귀향 歸鄕

초판 1쇄 인쇄 2018년 12월 5일
초판 1쇄 발행 2018년 12월 15일

지은이 | 정낙환
펴낸이 | 김연희

펴낸곳 | 그림씨
출판등록 | 2016년 10월 25일(제2016-000336호)
주소 | 서울시 마포구 월드컵북로 400 문화콘텐츠센터 5층 23호
전화 | 02-3153-1344
팩스 | 02-3153-2903

ISBN 979-11-89231-08-8 03800
값 15,000원

이 도서의 국립중앙도서관 출판예정도서목록(CIP)은 서지정보유통지원시스템 홈페이지(http://seoji.nl.go.kr)와 국가자료공동목록시스템(http://www.nl.go.kr/kolisnet)에서 이용하실 수 있습니다.(CIP제어번호: CIP2018040026)

거북의 귀향 歸鄕

은퇴한 공무원의
전원일기

정낙환 지음

그림씨

머 리 말

나이가 좀 든 사람들은 남을 부러워 할 때 '○○는 팔자도 좋다'라고 말한다. 물론 절대적인 기준이 있는 것이 아니라 상대성이 있는 말로 누군가 나보다 나을 때 하는 말이다. 1년에 두 번씩 하는 전문직 연찬회는 모처럼 만에 격무에서 벗어나 전문성을 제고한다는 뜻에서 리조트에서 많이 했다. 강의를 듣다가 휴식시간이 되면 차를 한 잔씩 들고 로비에 나가 밖을 내다보며 담소를 나누곤 했다. 그때 누군가가 컨트리클럽에서 골프 치는 사람들을 가리키며 "팔자 좋은 사람들 저기 있네!"라고 말하였다. 모두들 무심코 보고 있었지만 그 말을 듣고 부러운 표정을 지으며 다시 쳐다보고 서 있었던 기억이 난다. 그런데 그때 아침부터 골프 치던 그 사람들이 팔자 좋은 게 아니라는 것을 알게 된 것은 퇴직하고 얼마 되지 않아서였다.

차령산맥 위로 고개를 내민 아침 해를 바라보며 여유롭게 배티고개를 올라가노라면 빨리 가려는 차들이 줄지어 중앙선을 넘어 앞질러간다. 고개 정상에 있는 컨트리클럽에 골프 치러 가는 사람들인데, 고개 아래 식당에서 아침식사를 하고 예약된 시간을 맞추기 위해 서둘러 가는 것이다. 스트레스를 풀려고 운동하러 가면서 오히려 스트레스를 받는 것은 아닌지 모르겠다. 거기에 비하여, 나는 시간에 구애받지 않고 우리 가족과 국민이 먹을 식량을 생산하러 가는 개인사업자니 콧노래를 불러가며 여유를 부릴 수밖에 없다. 2월 말에 퇴직하고 한 달 동안 배티고개 넘어 출근할 날을 기다리며, 전문직 연찬회 때 보았던 골프 치던 그 사람들이 팔자가 좋은 게 아니라는 것을 깨닫게 되었다.

일을 하던 사람은 일을 해야 행복하다. 왜 그럴까? 아마 일하는 것이 삶 자체이기 때문에 그런 것 같다. 배티고개 넘어 첫 출근하던 그때부터 지금까지 나의 행복은 계속되고 있지만, 가을에 추수가 끝나고 나면 약간의 아쉬움이 남곤 한다. 경제적인 보상이 너무 보잘것없어서 그렇다. 그래서 남이 다하는 벼농사를 지을 것이 아니라 부가가치가 높은 다른 농업을 준비할 걸 그랬나? 하는 생각도 해 보았다. 할일이 없는 것에 비하면 말할 수 없이 좋지만, 적절한 경제적 보상이 따르는 일이 있으면 더 좋을 것 같다. 그러기 위해서는 퇴직을 얼마 안 남겨놓은 시점이 아니라 젊었을 때부터 미리미리 준비를 해야 할 것 같다. 은퇴 후에도 지금까지 했던 일을 계속할 수 있으면 그것이 제일 좋지만, 그렇게 안 될 때는 그 일과 연관된 일을 하는 것이 좋을 것 같고, 그것도 안 되면 새로운 일을 시작해야 되는데 그러기 위해서는 더 많은 준비가 있어야 할 것이다.

옛날 노인들은 부부가 안채와 사랑채에 따로 기거를 하면서 하루에 몇 번씩만 만나니 말다툼할 기회가 별로 없었을 것이다. 은퇴한 부부가 하는 일 없이 매일 같이 있으면 싸울 기회만 많아진다던 선배 퇴직자의 말이 생각난다. 남자들이 늙으면 잔소리만 는다고 여자들이 불평하는 것은 퇴직 후에 옆에 붙어서 자기 고유의 일에 간섭하니 듣기 싫다는 말일 것이다. 전에 아침마다 비봉산 등산을 갈 때 산비탈 밭에서 일을 하는 퇴임한 교장 선생께 소일거리 준비를 잘 해두셨다고 했더니, 누구네 밭인지도 모르는데 잔소리 듣고 집에 있는 것보다 나아서 채소라도 심어 가꾼다고 했다. 그때는 얼른 이해를 못했으나 이제는 그분의 마음을 알 것 같다.

평균수명이 늘어날수록 은퇴 후의 삶도 길어지고 중요해진다. 자식에 얹혀서 살던 시대는 이미 지나갔고, 자식의 도움을 받고 사는 시대도 이미 끝나가고 있다. 은퇴 후에도 행복한 삶이 계속되기 위해서는 즐겁게 해야 할 일이 있어야 하며 일한 만큼의 보상도 있어야 한다. 그러기 위해서는 현재의 시각이 아닌 미래를 내다보는 안목으로 준비를 해야 할 것이다. 시대에 뒤떨어진 농사꾼으로서의 경험이 도움이 될 리는 없지만, 같은 실수를 반복하지 말라는 교훈을 줄 수는 있을지도 모르겠다. 후손이나 인생 후배들이 은퇴 후 삶의 준비를 잘하여 행복한 노후를 보내기를 바라는 마음으로 보잘것없는 경험을 글로 써 본다.

차례

자녀교육 십훈(十訓)

왜 인간인가?

쪽 가던

길의

끝

하루해가 짧았던 날들

연수원 개원을 하고 나서도 할일은 많은데, 하루해는 왜 이리 짧은가? 개원 후 연수원이 큰 무리 없이 운영되고 있기는 하나, 정상궤도에 진입한 것은 아니다. 처음이라 긴장된 상태에서 업무에 임하고 있어서 그런대로 돌아가지만, 차츰 긴장이 풀어지면 문제가 불거지기 십상이다. 그렇다고 계속 긴장된 상태를 유지하는 것은 폭탄을 끌어안고 다니는 것과 같으니, 편안한 분위기에서 업무를 추진하면서도 최고의 효율을 낼 수 있는 자동화 단계로 끌어올려야 한다. 이것이 신설 기관장이 해야 할 급선무라고 생각되었다.

부장들과 업무협의를 하고 나면 계획된 연수과정에 대한 협의회를 하게 된다. 한 과정의 연수에 협의회를 세 번씩 해야 하니 매일 몇 번의 연수과정협의회를 해야 한다. 또 틈틈이 결재도 해야 하고 외부 강사 접견도 하다 보면 정신없이 하루가 간다. 소속된 직원이 가장 많아서 결정을 내려줄 일도 많은 총무부장 L서기관은 하루에도 몇 번씩 협의하러 왔다가 되돌아가곤 하였다.

기상 예보에 긴장한 연수원

서늘한 바람에 낙엽이 흩날리는 것을 보며 겨울이 저만치 오고 있음을 느꼈다. 총무부장과 총무과장, 시설팀장과 함께 해야 할 일을 협의했다. 분수대 연못의 물을 빼는 일, 물빛광장의 물을 빼는 일, 추위에 약한 나무를 볏짚으로 싸매는 일 등 할일이 많았으나, 제일 큰 것은 눈에 대한 대비였다. 총무부장이 기상청 장기 기상예보를 들어보고는 올 겨울에 눈이 많이 온다고 했다. 이 지역은 특히 적설량이 인근 지역보다 많다는 말도 했다.

제설작업에 필요한 도구와 물품에 대하여 이야기를 나누었다. 가장 기본적이며 재래식 도구인 넉가래부터 눈이 살짝 왔을 때 불어내는 공기청소기, 3㎝ 이상 왔을 때 보도와 산책로 길을 낼 동력 제설기, 차도와 주차장 등 다양한 장소에 뿌릴 제설제 등을 충분히 확보해야 된다고 하였다.

원내 도로와 주차장의 눈을 모아 퍼내려면 트랙터가 있어야 한다고 했다. 구입 여부를 논의한 끝에, 1년 내내 사용하는 것이 아니기 때문에 트랙터를 가진 농민과 계약해서 사용하기로 하고, 트랙터에 장착하는 제설기만 구입하는 것이 좋겠다고 했다.

문제는 밤부터 새벽에 오는 눈을 아침에 어떻게 신속하게 치우느냐 하는 것이었다. 3번 국도에서 연수원 정문까지의 진입도로와 원내 도로의 제설작업이 그때그때 제대로 이루어져야 연수가 차질 없이 진행될 수 있기 때문이다.

협의 도중 총무부장 L서기관이 장호원 읍장에게 전화를 하여 지원 여부를 알아보았다. 제설차가 1대인데 장호원 읍내도로 제설작업을 해야 해서 최대한 협조는 하겠으나, 폭설이 올 경우에는 시간이 걸린다는 것이었다. 그러면서 군부대의 협조를 받을 것을 권유한다고 했다. 기획평가부장 K연구관을 불러 상황을 설명하고 육군7군단사령부와 MOU를 추진하라고 했다.

구입해야 할 도구나 장비는 절차를 밟아 확보하고, 제설제는 이천시청에서 지원을 받는 것으로 하며, 트랙터 보유 농민은 읍사무소의 추천을 받아 계약하는 것으로 했다. 추진 계획을 세워서 11월중에 완료하기로 하고 협의회를 마쳤다.

북진통일(北進統一)의 그날이…

7군단사령부와의 MOU건은 빠르게 추진되었다. 기획평가부에서 군단사령부로 의사를 타진하자 정훈참모가 먼저 연수원을 방문하였다. 정훈참모 P○○ 중령은 군단장께서 추진하라고 지시하여 왔다고 하며 인사를 하였다. 연천교육장 시절 가끔 5사단 사단장과 간부들을 만났는데, 오랜만에 현역 군인의 거수경례를 받으니 반갑기도 하였다.

7군단에서 먼저 연수원 간부들을 초청해줘서 부장들과 함께 12월 13일 오후에 군단사령부를 방문했다. 본부 건물 앞에 도착하니 군단장 L○○ 중장과 부군단장 이하 여러 참모들이 도열해 있었다. 서로 인사를 하고 기념촬영을 했다.

상황실로 안내되어 부대 현황을 보고받았다. 제7기동군단의 창설 동기와 임무 및 운영 현황을 보고 받으며 가슴 뿌듯해 옴을 느꼈다.

「1968년 1월 21일 북한에서 남파된 31명의 무장공비가 청와대를 기습하고자 서울 한복판까지 침투하였으나, 청와대 뒷길로 가는 검문소에서 발각되어 교전 끝에 1명은 생포되고 대부분은 사살되었으며 일부는 다시 휴전선을 넘어 월북하는 엄청난 사건이 벌어졌다.

그해 10월 30일부터 11월 2일 사이에는 3회에 걸쳐 120명의 북한 무장공비가 울진·삼척지구로 침투하였다. 이들은 태백산맥으로 숨어들어 산간마을로 다니며, 공산주의를 선전하고 민간인을 무차별 학살하는 만행을 저질렀다. 속사국민학교 2학년이었던 이승복 어린이가 학교에서 배운 대로 "나는 공산당이 싫어요!"라고 외치자 손으로 입을 찢어 죽이는 끔찍한 사건도 저질렀다. 이 와중에 목숨을 건 주민들의 릴레이식 신고가 있고 나서야 군경이 사태를 파악하고 작전을 전개할 수 있었다. 11월 3일부터 12월 28일까지 대규모 병력을 투입한 토벌작전을 벌여 113명을 사살하고 7명을 생포했다. 이 과정에서 우리 민간인과 군인 20명이 사망하기도 하였다.」

내가 군복무 할 때 들은 이야기인데, 소속부대에서 전역식을 하고 예비사단으로 가기 위해 개구리복(예비군복)을 입은 병사가 그대로 울진·삼척지구 공비토벌작전에 투입되어 바지 무릎에 구멍이 나도록 작전을 수행했다 하니, 당시 상황이 얼마나 급박했나를 알 수 있을 것 같았다.

공비들이 해안에 상륙하기 전이나 상륙 후 태백산맥으로 숨어들기 전에 발견하여 사살했어야 하는데 전혀 모르고 있었던 것이다. 해안선이 단조롭고 수심이 깊은 동해안으로는 침투하지 않을 것이라는 우리 군의 허점을 뚫은 것이었다. 이 사건이 있은 후에 서·남해안 경비에 치중했던 해안선 경계 작전에 동해안 경계의 중요성이 추가된 셈이다. 그리하여 창설된 부대가 동해안경비사령부이고, 휴전선 동쪽 끝 강원도 고성에서부터 경상북도 울진까지 해안선에 철조망을 치고 해안을 철통방어하였다. 그 후 동해안방어사령부로 개편되었다가 다시 7군단으로 개편되어 경기도 이천으로 부대가 이전한 것이라고 하였다.

이천에 주둔하면서 제7기동군단으로 재편하여 2개 기계화보병사단

1월 8일에 우리 연수원에서 MOU 협약식

을 예하에 두는 등 최강의 기동력과 전투력을 보유한 부대로 창설되었다고 한다. 육군의 군단은 일정한 지역을 방어하기 위해 전방 지역에 주둔하고 있는데, 7군단은 특수한 임무를 부여받아 후방에 주둔하고 있다고 하였다.

휴전선 지역에서 전면전이 벌어져 북한군의 공격으로 아군이 밀리는 지역이 발생하면, 그 지역에 신속히 투입되어 전세를 역전시킨 후 그 여세를 몰아 북진하여 평양에 제일 먼저 입성하는 것이 제7기동군단의 임무라고 하였다. 그래서 경례 구호가 북진이고, 주둔지도 전쟁 초기 북한 포병의 사정권에서 벗어난 이곳으로 결정되었다는 것이다.

우리 군은 북한의 침략을 막아내기 위한 전략만 갖고 있는 줄 알았는데, 전세를 역전시켜 북진통일을 한다는 당찬 계획이 있다는 설명을 듣고 나니 가슴이 다 시원하였다.

물론 적진에 투입되어 특수임무를 수행하거나 교두보를 확보하는 특수전부대나 상륙전부대가 있으나, 적진을 완전하게 장악하기 위해서는 막강한 화력과 기동력을 갖춘 지상군의 투입이 필수적이기 때문에 이 부대를 창설하였던 것이다.

현황 설명을 듣고 나서 직할부대인 강습대대를 둘러보았다. 강습대대는 헬기를 타고 제일 먼저 적진에 투입되어 아군의 전차와 병력이 진입할 수 있도록 교두보를 확보하는 것이 임무라고 하였다. 특공부대라 그런지 대대장도 젊고 눈빛이 날카로워 보였으며 병사들도 다부진 모습이었다.

장교식당에 도착하자 만찬이 준비되어 있었다. 회전 원탁에 앉아 막걸리에 한식 코스요리를 먹으며 담소를 나누었다. 이어서 청국장을 곁들인 밥이 나왔는데, 청국장을 더 달라고 해서 먹었다. 돼지고기를 갈아 넣고 끓인 청국장인데 맛이 있었다. 차를 마시면서 청국장이 아주 맛있다고 하니까 군단장이 포장해서 드리라고 지시하였다.

도착해서 찍은 기념사진과 기념품 그리고 청국장을 받아들고 군단장과 참모들의 배웅을 받으며 차에 올랐다.

해가 바뀐 1월 8일에 우리 연수원에서 MOU 협약식을 가졌다. 지난번 군단사령부에서의 간담회에 참석했던 군단과 연수원 간부들이 다시 만났다. 연수원 홍보 동영상 시청 후 교류협약서에 서명하고 업무 협조사항에 대하여 협의한 다음 기념촬영을 하였다. 연수원 시설을 둘러본 군단장과 참모들은 규모와 수준에 감탄하였다. 군단장은 특히 국제회의실이 부럽다며, 필요시 요청을 할 테니 군단 내 예하부대장 회의장소로 대여해 달라고 하였다.

오찬은 일식집에 준비를 하였다. 군단장과 참모들은 일과시간이라 음료수로 건배를 하였다. 식사를 하며 군단장에게 자녀에 대하여 물으니 군대 생활 하느라 결혼을 늦게 해서 이제 중학교 2학년이라고 했다. 학군장교 출신이 삼성 장군까지 승진했으니 얼마나 많은 노력을 했는지 짐작이 되었다. 겉으로 보기에는 군생활의 대부분을 특전부대에서 보낸 전형적인 야전 지휘관의 모습이었다. 그런데 간부 회식 때는 시를 낭송해주는 국문과 출신의 다정다감한 지휘관이라고 참모들이 말했다.

군단장이 교육감에 대하여 물어서 아는 대로 이야기했더니 우리도 알 건 다 안다고 하였다. 진보성향이라고 말하는 것 같아서, 운동권 출신인 건 맞는데 합리적으로 일을 처리하는 분이라고 했다. 덧붙여서 교육감은 선출직 공무원이니 임기 동안 자기 소신대로 정책을 펼치는 것이고, 우리는 직업공무원으로서 교육감의 뜻을 받들지 않을 수는 없지만, 교육 본연의 목적에 어긋나지 않도록 업무를 추진하기 위해서 노력하고 있다고 했더니 고개를 끄덕였다.

군대는 이념적인 갈등 같은 것은 없지 않느냐고 했더니, 그런 것은 없는데 병사들을 데리고 있는 것이 힘들다고 하였다. 옛날에는 지시 명령이면 다 되었는데, 지금은 각개 병사들의 심리상태까지 다 파악해서 조치해야 된다고 했다. 병력자원이 모자라서 과거 같으면 군대 오지 못할 아이들도 현역병으로 오다 보니 군인으로 만들어서 복무기간을 채우도록 하고 있다고 했다. 그래서 요즈음 군대 간부들은 민주적 리더십이 없으면 직무를 수행하기 어렵다고도 했다.

군대에서는 리더십보다 통솔력이 어울리는 말로 알고 있었다. 상급자가 지시·명령하면 하급자는 시행·복종하는 문화로 알고 있는 것이 보통의 상식이었다. 군대 구성원의 대부분을 차지하는 병사들이 자라온 환경이 변하고, 사회의 문화가 바뀌었는데 군대의 문화라고 바뀌지 않을 수가 없었을 것이다. 거기에 군대 내의 구타가 큰 문제로 부각되면서 이를 근절할 방안을 찾기 위해서 많은 노력을 했을 것이다. 심신이 나약한 병사들을 강병으로 육성하기 위해서는 엄격한 법·규정을 적용하면서, 보살피고 배려하는 맞춤 처방의 리더십이 요구될 것이라는 생각이 들었다.

교육계도 어려움이 있다고 들었는데 어떠냐고 묻기에 교육계의 현실과 내 생각을 이렇게 이야기했다.

「어디나 마찬가지이겠지만 학교의 풍토도 많이 변했다. 교사들은 학생들을 보살피기에 어려움이 많고, 교장 · 교감은 교직원들을 이끌기에 힘들다고 토로하고 있다. 교육환경의 급속한 변화로 적응하지 못하고 교직을 떠나려는 교육자들이 많다는 소식이 들려오곤 한다. 김대중 정부 시절 어떤 교육부장관은 고령 교사 한 사람 보수로 신임교사 세 명을 쓸 수 있다고 공공연히 떠들면서 초 · 중등교원 정년 단축을 단행했다. 그러나 실제로는 교육 예산이 그렇게 절감되지도 않았고 퇴임한 교사를 다시 불러 기간제교사로 임용하는 데 행정력을 낭비하기도 하였다. 정년 단축이 시행되면서 교장 · 교감 승진을 포기하다시피 했던 사람들도 모두 승진하는 승진 대란이 벌어지기도 하였으며, 이로 인해 교육의 질이 저하되었다는 말이 공공연히 떠돌았었다.

그런데, 또 소신을 가지고 교육을 하던 중견교사들이 대거 교직을 떠나는 현상이 발생한다면 큰일이다. 현장 적응력이 떨어지는 교육 조직이 될 수 있기 때문이다. 경력이 많다고 다 유능한 교사가 되는 것은 아니지만, 교사의 지도력 향상에는 경력이 뒷받침되어야 한다. 교원은 학자가 아니라 교육자이기 때문이다.

교원에게 필요한 지식인 '창조적 지식은 학문적 지식에 경험적 지식이 더해져서 생성된다.'(나의 이론이다). 학문적 지식이 풍부하다고 해서 다 학생들을 잘 가르치는 것은 아니다. 또 경력만 쌓아간다고 해서 학생들을 더 잘 가르치지도 못한다. 교직을 수행하는 동안 학문적 지식을 계속해서 보충하고 이를 현장에 적용해서 본인에게 맞는 지식으로 정착

되었을 때 전문성이 높아지는 것이다. 나는 이것을 학문적 지식에 경험적 지식이 더해진 창조적 지식이라고 말하는 것이다.

진보성향의 교육감이 등장하면서 교원들에게 창조적 지식을 쌓아가려는 동기를 약화시켰다는 것을 실책으로 지적하고 싶다. 물론 그들이 중점적으로 추진하는 학교 조직의 민주화도 필요한 것이기는 하나, 이를 교육의 외형적인 것에 가깝다고 한다면 교원들이 창조적 지식을 쌓아갈 수 있도록 동기를 부여하는 것은 교육의 본질에 직접적인 영향을 미치는 것이기 때문이다.

얼마 전 학교폭력 가해 학생들의 교육기관으로 개교한 대안학교 K교감이 인사차 방문했었다. 학교에 교육용 컴퓨터가 보급되면서 지역 교육청별로 실시한 교원 컴퓨터 연수에서 강사로 활동 중인 그를 알게 되었고, 그 후에 그의 부인이 중학교에 다니는 내 작은아들의 담임이라는 것도 알게 되면서 친근감을 느끼게 되었다. 그때 우리 아들 녀석의 말로는 열심히 가르치는 몇 안 되는 교사 중의 하나라고 들었다.

수원에서 중학교 교감으로 근무하던 중 대안학교에 근무할 적임자로 선정되어 오게 되었다는 그에게 부인의 안부를 물었더니, 명예퇴직하고 쉬고 있다고 했다. 건강이 안 좋으냐고 물었더니, 그게 아니라 교육감이 그렇게 만들었다고 했다. 다른 교원한테서도 들었던 이야기다. 학교의 민주화가 추진되면서 전통적인 교육관을 가지고 스승의 길을 가던 교원은 적응하기가 어려워진 것이다. '아! 우려하던 일이 현실이 되었구나!' 순간 정신이 멍해졌다.

지금의 학교 조직을 이끌고 갈 새로운 리더십이 필요해졌다. 기존의 리더십만 고집하다가는 조직이 좌초할 수 있다. 그렇게 되지 않으면 바람 부는 대로 물결치는 대로 흘러갈 수밖에 없다. 통제 불능의 조직으로 전락하면 학력의 저하가 필연적으로 따라올 수밖에 없다. 그래서 교육

조직의 관리자가 새로운 리더십을 익힐 수 있는 연수과정을 개설하고자 한다.」

그 교육과정 속에 군대의 문화를 이해하고 군 지휘관의 리더십을 섭렵하는 시간을 넣었으면 좋겠다고 했더니, 선뜻 동의하며 본인이 직접 강의를 하겠다고 하였다. 이야기 끝에 폭설에 대비하여 제설장비 지원을 요청하였더니, 이미 공병여단장에게 지시해 놓았으니 염려 말라고 했다. 혹한기 훈련이 끝나고 만나서 대포 한잔하자는 약속을 하고 자리에서 일어섰다.

행정은 문서로

교원 연수의 특성상 교장자격연수를 제외한 다른 자격연수는 방학기간에 실시하게 된다. 여러 개의 과정이 거의 동시에 시작해서 끝나기 때문에 한 과정만 연수원에서 하고 나머지는 격지연수를 하게 된다. 격지연수를 하려면 연수 장소를 확보해야 하는데 먼저 고려해야 할 것은 접근성이다. 서울과 경기도 전역에서 출퇴근이 용이한 대학이 1순위라고 할 수 있다. 연수부에 알아보라고 했더니 군포에 있는 한세대학교를 추천하였다. 전철역에서 가깝고 연수생에게 최대한 편의도 제공하는 등 협조를 잘해준다고 하였다. 그러면 바로 한세대학교와 MOU를 추진하라고 지시하였다.

한세대학교와는 율곡교육연수원장으로 있을 때 이미 MOU를 맺은 적이 있으나, 소속기관이 바뀌었으니 소용이 없게 되었다. 물론 MOU를 맺지 않고도 필요한 때 협조를 구해서 이용할 수도 있으나, 긴급한 상황이 발생했을 경우에 도움을 받지 못할 수도 있기 때문이다.

율곡교육연수원장으로 부임하고 얼마쯤 지났을 때 교육부에서 시·도 교육연수원을 평가한다는 공문이 왔다. 평가보고서를 작성해서 올리면 그것으로 평가를 하는 것이다. 연수 실적을 조작할 수도 없고 갑자기 계획을 바꿀 수도 없으니 있는 그대로 실적을 정리할 수밖에 없는 것이다. 얼마 후 평가보고서 초안을 가져와서 검토하는데 타 기관과의 교류협약 실적에는 점수가 없었다. 사유를 물은 즉, 전혀 생각지도 못하고 있었다는 것이다. 잠시 창밖을 바라본 후 담당 부서장인 행정연수부장을 오라고 했다.

엉거주춤 서 있는 P서기관을 앉게 하고 평가보고서가 나가기 전까지 MOU를 맺으라고 했다. 대상 기관을 묻기에 연수부서 부장들과 협의해서 추천하라고 했다. 일반직은 상황 판단과 일처리가 빠르다. 지시한 지 보름이 채 안 된 12월 초에 한세대학교와 MOU를 맺었다.

해가 바뀌고 새 학기가 되어 여름방학 때 운영하는 자격연수를 준비하는 시기가 되었다. 연수부서별로 부서장 책임 하에 준비하는 것이기 때문에 부서에서 연수 장소를 결정하면 그대로 추진하는 것이 상례였다.

격지연수 준비가 완료되는 6월말쯤 오후에 초등연수부장 J연구관과 B연구사가 들어왔다. 무슨 일로 왔느냐고 물으니 선뜻 말을 못하고 있는데 긴장한 표정이었다. 부장에게 말하라고 했더니 초등교감 자격연수 장소가 없어졌다는 것이다. "그게 무슨 말이냐? 지난번에 안양과학대학으로 결정하고 추진 중이라고 말하지 않았느냐?"고 물었더니, 그렇게 했는데 오늘 확인 차 전화했더니 시설보수공사 때문에 대여를 하지 못한다고 하더라는 것이다. 그것도 오늘 아침 업무협의회 때 격지연수 장소의 시설사용승낙서를 꼼꼼히 살펴보라고 했더니, 그때서야 그걸 보내라고 한 모양이었다.

출장 가서 한 일이 무어냐고 했더니 시설을 둘러보고 팀장과 대여해 주기로 구두로 약속을 했다는 것이다. 그러면 그 후에 바로 공문을 보내서 필요한 조치를 해놓았어야 되지 않았느냐고 하자 우물쭈물하였다. 그래서 대체할 시설은 알아보았느냐고 하자, 여러 대학에 알아보았는데 모두 여유가 없다고 한다고 했다. 한세대학교도 알아보았느냐고 하니까, 거기도 다른 연수가 계획되어 있어서 여유가 없다고 했다는 것이다.

이럴 때 꼭 맞는 말이 판소리에 나오는「난감하네!」가 아닐까 하는 생각이 들었다. 연수원에서는 중등교감 자격연수를 하게 되어 있으니, 초등교감 자격연수는 격지연수를 해야 되는데 이를 어찌한단 말인가? 연수를 시작할 날이 20일 정도밖에 안 남았는데! 잠시 눈을 감고 생각해봤다. '이럴 때를 대비해서 MOU를 맺는 것이 아닌가?' 초등연수부장에게 지시했다. 지금 당장 한세대학교에 가서 총장을 만나 사정을 이야기하고 연수 장소를 만들어달라고 하라고 했다. 연수원장이 직접 올 건데 다른 일이 있어 못 왔다는 말도 하라고 했다.

여섯시가 넘어 퇴근하는 중인데 초등연수부장 J연구관에게서 전화가 왔다며 부속실에서 연결해주었다. 총장이 출장중이라 전화로 사정을 이야기했더니, 교무처장과 협의해본다고 했다는 것이다. 교무처장실에 가서 기다린 끝에 만났더니 신관동에 있는 강당과 강의실은 대학에서 위탁받은 수학과 1급 정교사 자격연수가 계획되어 있어서 사용할 수 없으니, 구관에 있는 중강당과 붙어 있는 강의실을 사용하고 근방에 있는 신학관을 식당으로 활용하면 어떠냐고 하더라는 것이다. 현재는 강의용 책상과 교구가 잔뜩 쌓여 있고 청소도 되어 있지 않지만, 다음주까지 정리해 놓을 수 있다고 하니 연수 운영에는 무리가 없을 것 같다고 하였다. 연수 장소로 확정을 짓고 필요한 조치를 하라고 지시했다.

다음날 아침 초등연수부장과 담당 연구사가 들어와서 출장 복명을 했다. 연수에 차질이 없도록 준비하라고 한 후, 안양과학대학교와 관련한 문제에 대하여 경위서를 작성하여 오라고 했다. 오후에 갖고 왔는데 요리조리 변명만 늘어놓았고 핵심은 빠져 있었다. 육하원칙에 의거, 핵심 내용을 기술하고 확인자란에 초등연수부장이 자필 서명하라고 했더니, 머뭇거리면서 확인자란을 빼면 안 되느냐고 하는 것이었다. 그러면 초등연수부장도 별도의 경위서를 작성할 거냐고 했더니 지시한 대로 하겠다고 했다. 그 경위서는 보관하고 있다가 율곡교육연수원을 나오는 날 파기시켰다.

한세대학교에서 우리 연수원으로 와서 협약식을 갖기로 하였는데 학교 사정상 우리가 대학으로 가서 MOU를 맺었다. 총장실에 들어서니 또 뵙게 되어 반갑다고 하면서 "구면인 분들이 많은 데요!" 하는 것이었다. 나와 부장 세 명이 율곡교육연수원과의 협약식 때도 참석했었기 때문이다. 우리 연수원을 방문하고 싶다고 해서 미리 방문 일정을 조율해서 만나자고 하였다.

방학은 연수원 장날

겨울방학에는 초·중등별로 1급 정교사 자격연수를 격지에서 운영하고 연수원에서는 단기연수를 운영하는 것이 상례이다. 그런데 진로·직업교육을 충실히 한다는 교육부 방침에 따라 진로진학 담당교사 제도가 시행되기에 이르렀다. 현직 교사 중에서 선발하여 자격연수를 시키고, 자격증을 부여한 후 그 업무를 전담하게 한다는 것이다. 겨울방학에 시작하여 학기 중에도 연수를 하고 이듬해 여름방학까지 하는 장기연수였다. 처음 하는 연수인지라 교육과정 편성, 강사 선정 등 가지고 있는 자료가 일천하여 협의회도 여러 번 한 끝에 연수 계획을 세웠다. 연수 인원이 400명이 넘는 대규모라 연수 장소를 구하는 것도 쉽지 않아서 고생한 끝에 수원에 있는 K대학으로 정하였다. 1급 정교사 자격연수는 안산에 있는 H대학에서 하게 되었으니, 중등연수부장은 두 대학을 오가며 연수 상황을 점검해야 한다.

연수가 끝나고 나면 과정별로 연수평가협의회를 한다. 중등 1급 정교사 자격연수 과정은 H대학의 시설도 좋고 교직원들이 협조적이어서 큰 어려움 없이 연수를 진행하였다고 했다. 진로 · 진학 담당교사 자격연수 과정은 시설 관리를 맡은 업체 직원들이 비협조적이어서 힘이 들었다고 했다.

격지연수를 운영하는 연구사는 고생을 많이 한다. 갖가지 연수용품을 운반해야 하고 대학의 시설을 빌려 사용해야 하니 불편한 점이 한두 가지가 아니다. 거기에다 자격연수는 성적관리를 엄격하게 해야 하니 보안에도 신경을 써야 해서 연수가 끝나고 나면 어깨가 축 늘어질 지경이다. 그런데 시설을 대여하는 측에서 소위 텃세를 하면 더 말할 필요가 없다.

업무협의회에서 중등연수부장 J연구관이 제안을 하였다. 안산에 있는 H대학과 MOU를 맺으면 어떠냐는 것이다. 학교 부지도 넓고 시설도 넉넉해서 두세 개 과정을 같이 운영해도 문제가 없다고 했다. 또 전철역에서 가까워서 연수생들이 좋아한다고도 했다. 부장들에게 의견을 물으니 모두 좋다고 해서, 기획평가부장에게 추진하라고 지시했다.

대학 측에서도 학교를 홍보하는 기회가 되어서 좋다는 응답이 와서 빠르게 추진되었다. 경기도교육연수원을 보고 싶다는 대학 측의 의견에 따라서 우리 연수원에서 협약식을 가졌다. 연수원 시설을 둘러본 한

양대학교 에리카캠퍼스 부총장과 보직교수들은 감탄하면서 주말에 교수협의회 세미나를 할 수 있도록 시설을 대여해달라고도 하였다.

전문성을 살리는 연수

초등 1급 정교사 자격연수가 끝나고 평가협의회를 하는데 R연구사가 제안을 하였다. 초등교원 연수의 특성상 자격연수는 초등교사 양성 대학을 이용하는 것이 좋겠다고 했다. 연수에 필요한 시설과 강사의 확보가 용이하도록 초등교사 전문 양성 대학과 MOU를 맺으면 어떠냐는 의견도 제시하였다. 사실 초등교사 자격연수에는 예체능 과목도 포함되는데, 여기에 필요한 시설과 교구는 초등교사를 전문으로 양성하는 대학에만 있다. 그러니 타 대학을 이용할 때는 꼭 필요해도 실습을 하지 못하니까 강의 위주의 연수를 하는 수밖에 없을 것이다. 어느 대학하고 MOU를 맺는 것이 좋겠느냐고 물었더니, S교육대학과 K교육대학이 있는데 접근성도 좋고 졸업생들이 경기도에 많이 임용되는 K교육대학이 좋겠다고 하였다.

제안은 초등연수부에서 했지만 업무를 추진하는 부서는 기획평가부이다. 평가협의회가 끝나고 기획평가부장을 불렀다. 협의회에서 나온 이야기를 했더니 웃으면서 바로 추진하겠다고 하였다. 자꾸 일을 시켜서 미안하다고 말하니까, 연구사들이 많이 해봐서 이제는 선수가 됐다고 했다. 어려운 일도 쉽게 풀어가는 그런 사람이었다.

며칠 후 기획평가부장 K연구관이 들어와서 추진사항을 보고했다. K교육대학 측에서도 내심 기대하고 있던 터라 쉽게 성사가 되었다고 했다. MOU 체결 장소는 경기도교육연수원을 보고 싶다고 해서 우리 연수원으로 결정하였다. 총장을 포함한 보직교수 몇 명과 실무직원이 참석한다고 했다.

당일 오전에 총장과 일행이 도착하였다. 연수원을 둘러보고 아람홀에서 협약식을 가졌다. 총장은 K교육대학 교수들이 경기도 교원연수에서 강의를 많이 할 수 있도록 해달라고 하였다. 나는 초등교원 자격연수는 K교육대학에서 할 테니 협조해달라고 하였다. 쌍방의 요구 사항이 합치하니 화기애애한 분위기에서 대화하며 식을 마쳤다.

예약된 장소에서 식사를 하며 대화를 나누었다. 분위기를 부드럽게 하기 위해서 농담처럼 한 마디 건넸다. 신규임용 예정교사 연수를 할 때 보면 K교육대학 출신들이 제일 말을 안 듣는다고 하였더니 모두들 웃었다. 총장이 하는 말이 요즈음은 대학교수 하기도 어렵다고 하였다. 공부도 많이 시키고 잘못하는 것은 고쳐주기도 해야 되는데, 강의평가제가 있어서 그렇게 할 수도 없다고 하였다. 세상이 좋은 게 좋다고 적당히 넘어가는 식이 되어서는 안 되는데 하는 생각이 들었다.

다음날 업무협의회에서 초등 자격연수는 K교육대학을 주로 이용하고, 중등 자격연수는 안산 H대학을 주로 이용하며, 유치원 자격연수나 단기연수는 군포 H대학을 아용하면 되겠다고 협의하였다. 이로써 방학에 하는 자격연수와 단기연수 장소 확보를 일단락지을 수 있었다.

손은 안으로 굽는다?

우리 연수원의 연수 브랜드 「SMILE」에서 E는 Emotion(감동과 감성의 연수)이다. 「감동과 감성의 연수」가 되기 위해 추진하는 과제 중에 「에듀힐링」이 있다. 숙박연수의 장점은 재충전과 더불어 힐링을 할 수 있다는 것이다. 다행히 우리 연수원은 힐링을 할 수 있는 기본 여건이 조성되어 있고, 여기에 힐링을 할 수 있는 프로그램을 운영하면 그 효과가 배가될 수 있을 것 같아서 추진과제로 선정하였다.

힐링 프로그램을 다양화하는 것이 좋겠다는 의견이 평가협의회에서 제기되었다. 협의 결과 기존의 프로그램에 깊은 산속 옹달샘과 삼림체험을 추가하기로 결정되어, 연수 대상자에 맞는 과정에 편성하여 운영하였다. 그 결과 기존의 코스에 비해 연수생의 반응이 좋았다. 연수원이 경기도 최남단에 있어서 인접한 충청북도에 있는 자원을 활용하고자 한 것인데 그 생각이 틀리지 않았던 것이다.

어느 날 기획평가부장이 들어와서 충주시에서 MOU를 맺자는 제안이 들어왔는데 어떻게 하느냐고 하였다. 급할 것도 없어서 충분히 검토한 후 결정하자고 미루어놓았더니, 충주시에서 재촉을 한다는 보고를 하였다. 그래서 그런 제안을 해온 배경과 효과를 따져본 후 부장회의에서 협의하자고 하였다. 며칠 후 업무협의 끝 무렵에 기획평가부장이 MOU건에 대하여 협의를 제안하고 설명을 하였다. 충주시에서 큰 기대를 하고 삼림체험학습장을 설치하였으나, 그 활용이 미미하던 중 우리 연수원으로 인해 활용률이 높아지자 단골 고객으로 확보하고 싶다는 것이다. 그리고 MOU를 맺으면 체험학습장 이용료를 할인해준다는 것이다. 부장들 의견은 체험학습장은 앞으로도 이용할 것이고, 이용료도 할인해준다니 나쁠 것 없다고 하였다. 협의회가 끝난 후 기획평가부장을 불러 충주시장이 어떤 사람인가 알아보라고 했다.

MOU 계획을 설명하고 난 기획평가부장이 덧붙여서 충주시장에 대해서 말하였다. 중앙부처 고위공무원 출신으로 충주시장으로 있던 사람이 도지사에 출마하자, 시장에 도전하여 당선된 사람으로 지역주민의 평이 좋다고 하였다. 나는 "그렇구먼!" 하고 고개를 끄덕였다. 국회의원 선거에 대비하는 것이 틀림없다는 생각이 들었다.

교류 · 협약식은 충주시청에서 하였다. 식이 끝난 후 점심식사 자리에는 시장이 참석하지 못한다고 하여 그냥 돌아올까 하다가 어차피 같이 간 부장들과 수행한 직원들이 식사를 해야 했기 때문에 시청 간부직원들과 같이 식사를 하였다. 식사 중에 시청 간부가 "원장님 고향이 진천이시라면서요?" 하는 것이었다. 옆에 있던 총무부장이 "그래서 MOU를 맺게 된 거지. 경기도교육연수원은 도 단위 기관인데…" 하자 알겠다는 듯 고개를 끄덕였다. 내가 충주호 옆에 있는 가금면에 우리 온양정씨들이 많이 산다고 하자 그렇다고 했다. 돌아오는 길에 가금면에 있는 온양정씨 계향당파 회관이 올려다 보이는 도로 옆에 차를 세우고 잠시 바라보고 왔다.

다음날 MOU를 추진한 연구사가 들어와서 어제 협약식에 대해서 충북 지방신문에 크게 보도되었다고 하며 "우리도 보도자료 보낼까요?"라고 하는 것을 그러지 말라고 했다. 우리 연수원으로서야 뭐 자랑할 만한 것도 아니기 때문이다.

내가 퇴임하고 2년 후에 국회의원 선거가 있었고, 그때 그 L시장이 충주시 국회의원으로 당선된 것을 선거 개표방송을 보고 알았다.

우려하던 일이 현실로?

방학, 그중에서도 여름방학은 연수원의 시설과 인력이 풀가동되는 최고의 시즌이다. 유치원 · 초등 · 중등 교감(원감) 자격연수와 1급 정교사 자격연수, 여러 개의 일반연수가 방학 내내 이어져서 눈코 뜰 새 없이 바쁜 시기이다. 게다가 자격연수는 거의 동시에 시작해서 거의 같은 시기에 끝나기 때문에 일반직들도 연수 시작 전과 끝나는 날에는 격지연수 지원을 나가게 된다. 격지연수에 필요한 물품과 장비를 버스에 싣고 가서 설치해주고, 끝나면 철수해 와야 하기 때문에 전문직과 일반직의 협조도 잘 이루어져야 한다.

자격연수는 성적 처리를 해야 하고 이 성적은 연수생의 승진에 직접적인 영향을 미치기 때문에 매우 민감한 사항이다. 담당 연구사와 부장은 미리부터 평가에 대비한 사항을 준비하는 등 긴장을 하게 마련이다. 불미스런 상황이 발생하거나 민원을 제기하게 되면 책임지고 해명해서 의혹을 해소시켜주어야 하니 사전에 대비하는 것이 상책이라 할 수 있다.

연수가 시작되면 담당부장은 매일 연수 종료 후에 연수 상황을 보고하도록 지침에 명시해놓았다. 초등연수부장과 중등연수부장에게 연수 상황을 보고받으면서 연수생들의 동태에 대하여 물었다. 두 부장 모두 자격연수를 받는 연수생들이 규정을 잘 지키며 연수를 받는 태도가 진지하다고 했다. 부장들은 내가 연수생들이 연수를 열심히 받는지를 걱정하고 있는 줄 알고 있으나, 실은 적당히 열심히 하기를 바라고 있었다. 동점자가 많이 나올까 걱정이 되기 때문이다.

어느 기관이나 마찬가지지만 연수원에도 각종 규정이 많이 있다. 특히 합숙연수를 하는 연수원에는 연수에 관한 규정이 세밀하게 수립되어 있다. 연수원 운영에 필요한 각종 규정은 개원 전에 준비팀에서 초안을 작성하였다. 그런데 평가 규정은 민감한 사항이어서 개원 후에 담당부서에서 하도록 미루어 놓았다.

개원식이 끝나고 총무부에서 연수원 각종 규정을 일괄해서 결재를 받아야 하니 평가규정을 수립해서 넘기라고 업무협의회에서 제의하였다. 연수를 담당한 부서에서는 사전에 부서 내에서 율곡교육연수원의 평가규정을 분석하고 문제점이 있는 부분은 대안을 세워 오라고 하였다. 타 시·도의 평가규정도 모두 받아서 비교해보도록 하였다.

평가규정 수립을 위한 심의회에서 초안을 보면서 하나하나 심의해 나갔다. 연수부서 부장들과 팀장 연구사들이 별 문제를 제기하지 않기에 내가 문제를 제기했다. 먼저 과제물 평가를 분임활동 평가로 바꿀 것을 제의했다. 과제물 평가는 연수생에게 이중으로 부담을 주며 본인이 작성한 것인지를 확인할 방법이 없다는 것이 그 이유였다. 타 시·도도 거의 다 그렇게 한다고 하였으나, 우리가 앞서가자고 설득하여 그렇게 하는 것으로 의견을 모았다. 다음으로 선다형 평가문항에서 난이도를 3단계(상·중·하)로 하는 것과 서술형 평가를 3단계(상·중·하)로 할 때 동점자가 많이 나올 염려가 있으니 5단계로 하는 것이 어떠냐고 했다. 그랬더니 대부분의 의견이 율곡교육연수원에서도 그렇게 했고, 타 시·도 연수원에서도 그렇게 하고 있다며 3단계로 할 것을 고집했다. 율곡교육연수원에서 동점자가 자주 나오는 것을 결재 과정에서 발견했기 때문에 재차 검토할 것을 요구했다. 출제와 채점 과정이 번거로워서 그러는지 선뜻 동의하지 않는 눈치였다. 위원장인 내가 고집해서 결정하는 것은 아닌 것 같아서 미심쩍었지만 여럿의 의견대로 결정하였다.

겨울방학에 초·중등 1급 정교사 자격연수가 있었다. 평가규정에 의거 평가를 한 결과 동점자가 발생하여 우대항목을 적용하여 순위를 정하였다. 내가 우려했던 일이 발생한 것이었으나 평가규정 개정을 지시하기에는 이른 감이 있어서 더 두고 보기로 하였다.

여름방학에 하는 자격연수가 2주차로 접어들었다. 그동안 보고받은 바에 의하면 동점자가 다수 발생할 확률이 높아졌다. 연수가 진행되고 있는 상황에서 취할 수 있는 조치는 선다형 평가문항 선정 시 난이도를 최대한 높이는 방법밖에는 없었다. 출제위원들이 보내온 문제 중에서 난이도가 높은 문제만을 선정하고 난이도를 재조정하는 방법이다. 선다형 평가에서 우열이 가려지지 않으면 서술형 평가나 분임활동 평가를 해도 동점자가 그대로 유지될 수 있기 때문이다. 자격연수를 담당한 초·중등 연수부장에게 전화를 하여 내 생각을 이야기 하였더니 수긍을 하면서 그렇게 하겠다고 했다. 그래도 염려가 되어 선다형 평가 전날 다시 당부를 했다.

선다형 평가 결과는 당일 바로 알 수 있다. OMR카드를 채점기에 넣으면 되기 때문에 시간이 많이 걸리지 않지만 결과를 물어보지는 않았다. 자격연수가 끝나고 평가 결과를 보고하는 문서가 올라왔다. 지필평가 점수와 분임활동평가 점수를 합한 점수를 보니 동점자가 다수 있어서 동점자 처리규정에 의하여 순위를 정한 것을 발견하였다. 선다형 평가에서 동점을 받은 연수생들은 서술형 평가에서도 동점을 받아 그대로 동점이 되었다. 중등보다는 초등에서 동점자가 많았다. 문항 출제 시 난이도를 높이지 않은 것이 원인이었다. 과정별 평가협의회에서 동점자 발생 문제를 집중 거론하여 해결 방안을 마련하도록 하였다.

자격연수 성적 처리가 모두 끝나고 평가규정 개정을 위한 위원회를 열었다. 초·중등 연수부에서 작성한 초안을 가지고 심의하여 결정하였다. 지난해 내가 제시했던 안보다 더 촘촘한 거름장치를 보강하여 평가 성적 모두를 공개해도 이의를 제기하지 못할 정도의 결과가 나올 수 있는 평가규정이라고 동의하여 개정안으로 결정하였다.

황홀한 연수원의 밤

연수원 개원 전 봄 가뭄이 심하여 식재한 조경수의 반 정도가 고사하였다. 그 중에서도 소나무가 제일 많이 죽었고, 활엽수 중에서도 키 큰 나무가 많이 죽었다. 조경업체에 보식(補植)을 하라고 요청하였더니 11월에 키 작은 활엽수 몇 주 심고 내년 봄으로 미루었다. 이른 봄부터 총무부에서 강력하게 요청하였으나, 값이 싼 작은 나무 몇 그루만 심어놓고 나무를 구할 수 없다며 차일피일 미루는 사이에 여름이 되었다.

다시 가을이 되었다. 더는 미룰 시간도 없었다. 총무부장에게 지시하여 도교육청 시설과장을 내려오라고 했다. 며칠 후 시설과장 J서기관이 총무부장 L서기관과 같이 내 방으로 들어왔다. 차를 들면서 고사목 보식 문제에 대해서 말하려 하자 다 둘러보고 왔다며 11월 안으로 끝마칠 테니까 염려 말라고 하였다. 시설과장은 안성 출신으로 그 전부터 아는 사람이다. 내가 여주교육청으로 장학사 발령을 받아 갔더니 시설계장으로 있어서 만났고, 거기에서 사무관 시험에 합격하여 도교육청으로 갔었다. 내가 장학관으로 전직하여 이천교육청에 있다가 도교육청 북부청사로 갔더니 서기관으로 승진하여 시설과장으로 와 있어서 또 만났다. 내가 연천교육장을 하다 율곡교육연수원장으로 가서부터는 매월 1일에 하는 월중업무보고회에서 만나 반갑게 안부를 묻곤 하였다. 그러니 정년퇴임 전에 고사목 보식을 끝내려는 내 마음도 잘 알고 있었다.

시설과장이 다녀간 후 며칠 되어서 조경업체 관계자가 와서 보식 작업 일정을 협의하고 갔다는 총무부장의 보고를 받았다. 그러면서 그 조경업체에서 전년도에 여러 곳의 공사를 맡아 했는데, 유례없는 가뭄으로 대부분의 조경수가 고사하여 부도날 위기에 처해 있다고 했다. 그 말을 듣고 걱정을 하고 있었는데, 10월 말경부터 공사를 재개하여 11월 중순에 완료하였다. 보식한 나무 중에서 소나무는 처음에 심었던 나무에 비하여 크기와 모양이 떨어졌으나, 그만해도 다행으로 알고 일을 마무리지었다.

가을이 다 가기 전에 할일이 또 있었다. 주변 산 숲 가꾸기를 해야 했다. 연수원 남쪽에서 동쪽을 지나 북쪽으로 이어지는 숲길 산책로는 운치가 있어 밤낮을 가리지 않고 연수생들이 많이 이용한다. 그런데 북쪽은 건물 뒤편의 호젓한 산길이라 늦은 밤에 혼자 산책을 할 때 여자들은 조금 무서운 마음이 든다고 하였다. 산책로를 따라 가로등이 켜 있고 외부와의 경계면으로는 빙 둘러 펜스가 쳐 있지만 컴컴한 숲에서 작은 동물들이 튀어나가는 경우에는 놀라기도 한다는 것이다. 또 하나는 뱀이 가끔 돌아다녀서 조심스럽기도 한다고 하였다.

총무부장, 총무과장과 협의하여 숲 가꾸기 작업을 하기로 하였다. 우선 올해에는 큰 나무 밑에 있는 잡목을 제거하고, 내년부터는 나무가 적은 곳에는 나무를 심기로 하였다. 또 리기다소나무를 잣나무와 소나무로 수종 갱신하는 중기(中期) 계획도 세워 놓으라고 하였다. 잡목을 제거하고 나니 숲이 훤히 들여다보이고 봄이 되면 산나물도 날 것 같아서 좋았다.

12월이 가까워서 눈발이 날리는 등 을씨년스런 날이 계속되던 어느 날 총무과장 J사무관이 들어왔다. 연말도 다가오고 하니 야외에 크리스마스트리를 설치하면 어떻겠느냐고 했다. 어디에 설치하느냐고 했더니, 적당한 나무가 없어서 주목을 두 그루 테니스장 옆과 무궁화동산 위쪽 언덕에 심고 거기에 설치하면 좋겠다고 했다. 주목은 어디서 구하느냐고 했더니, 며칠 전 인근에 있는 양계농장을 갔었는데 농장 안에 좋은 나무가 많이 있어서 기증을 받으려 한다고 하였다.

이틀 후 어둠이 내려앉을 무렵 나무가 도착했는데 그 자리에 심을지 결정해달라고 해서 나갔더니 크고 잘생긴 주목 두 그루가 트럭에 실려 있었다. 나무를 기증한 농장주 노인이 작업인부와 중장비까지 동원하고 와서 대기하고 있는 것이다. 인사를 나누자 작업 지시를 하였다. 숙련된 인부들이라 얼마 지나지 않아서 나무 심는 일을 마쳤다. 정문에 가서 보니 적당한 거리를 두고 마주보는 두 그루의 주목이 주변 경관을 바꿀 정도로 잘 어울렸다. 노인을 모시고 원장실에 들어가 차를 권하며 고맙다는 인사를 하였더니, 본인도 연수원에 심겨진 나무를 보니 마음이 흐뭇하다고 하였다.

다음날 시설팀 직원들이 전선을 연결하여 크리스마스트리를 완성했다. 동지가 가까워져서 여섯시가 되기도 전에 사방이 컴컴하였다. 퇴근하려고 현관을 나서는데 트리에 불이 들어왔다. 연수생들과 직원들이 와! 하고 함성을 질러댔다. 그날부터 밤에 트리 앞에서 커피를 마시는 연수생들이 끊이질 않았다. 크리스마스트리는 연수원의 명물이라고 입소문이 퍼져 장호원 젊은이들이 모두 한 번씩은 왔다 갔다고 하였다. 나도 연수원에서 자는 날, 밖에 나갔다 정문에 들어오면서 보면 너무도 정겹게 느껴져서 한참을 바라보다 숙소로 향하곤 하였다.

연수원을 아름답게 가꾸려는 마음은 나보다 직원들이 더했다. 식목일에는 전 직원이 참여하는 식목행사를 하였다. 자발적으로 성금을 내서 심고 싶은 묘목을 구입한 후 부서별로 장소를 선정하여 나무를 심었다. 직원들이 심은 나무에는 기념이 되도록 이름표를 붙여놓았다. 식목행사가 끝나고 식당에서 막걸리를 권하며 가슴 뿌듯한 시간을 보냈다.

교원 미술관

연수원은 부지도 넓지만 건물 안의 공간도 넓다. 특히 연수동에는 층마다 곳곳에 로비가 있는 등 여유 공간이 많았다. 필요한 비품도 설치하고 개원 때 화분도 많이 사서 배치하였지만, 벽면은 여전히 허전하였다.

부장들과 협의하였더니 미술품 구입예산이 좀 있으니 구입하여 게시하자고 하였다. 그 예산으로 몇 점이나 살 수 있을 것 같으냐고 물었더니, 복제품으로 몇 점은 구입할 수 있을 것 같다고 하였다. 진품을 사서 게시해야 하는데 예산이 어림도 없고, 복제품 몇 점 걸어 놓기도 그렇고……. 생각 좀 해보고 다음날 다시 협의하자고 하였다.

다음날 업무협의회에서 미술품 게시에 대한 내 의견을 말하였다. 우리 연수원이 경기도교육연수원이니까 경기도 교직원의 작품을 게시하는 것이 어떠냐고 하였다. 좋은 생각 같기는 하나 얼마나 호응을 할 것인가? 작품의 수준은 어떨 것인가?에 대한 의문을 제기하였다. 작품의 수준이 다소 떨어질지는 몰라도 나름대로 의미를 부여할 수 있을 것이라는 게 대체적인 의견이었다.

두 방향으로 추진하기로 하였다. 먼저 중등 미술교과연구회에 협조를 구해서 회원들의 출품을 권장하고, 도내 각급 학교에 공문을 발송해서 희망하는 교사들이 정선된 작품을 출품할 수 있도록 하는 것이었다. 기획평가부장에게 미술교과연구회 회장이 누구냐고 했더니, 화성에 있는 B고등학교 L교장이라고 하였다. 나하고 장학사 시절 안성교육청에서 같이 근무하던 사람이었다. 내가 야근하는 날이면 일을 도와주러 오는 선생님들이 많은 것을 보고, 나를 부를 때 초등교육사령관님이라고 부르던 유머가 넘치는 사람이었다. L교장에게 취지를 잘 설명하고 협조를 부탁하라고 하였다.

며칠 후 추진상황을 물었더니 미술교과협의회에서 회원들에게 별도로 공문을 발송하여 출품 신청을 받고 있고, 각급 학교에서도 출품에 대한 문의가 들어오고 있다고 하였다. 총무부장이 퇴임한 교장에게서 전화를 받았는데, 자기도 작품을 내고 싶다고 하는데 어떻게 하느냐고 물어왔다. 감사하다는 인사를 하고 추진일정을 알려주라고 하였다. 유치원교사인데 작품을 낼 수 있느냐는 전화도 왔다. 공문을 못 받았느냐고 하니까 유치원에는 공문이 오지 않았다고 하여서 유치원에도 추가로 공문을 발송하라고 하였다.

출품 계획서를 받아보니 게시하고도 남을 만큼의 충분한 량이었다. 중등 미술교과연구회 회원 중에서 위원을 위촉하여 연수원에서 회의를 열었다. 작품 운반, 작품 게시 장소 선정, 출품작 재료비 지급, 작품의 게시 등에 관해서 협의하고, 작품이 다 들어오면 다시 모여서 정확한 위치를 정하는 것으로 하였다.

미술작품 운반은 일반트럭으로 하는 것이 아니었다. 미술작품 운반 전용차량을 이용해야 하는데 그 비용이 만만치 않았다. 차량을 계약한 날 재정지원팀장이 탑승하고 하루 종일 순회하며 작품을 운반해왔다. 작품을 강당에 진열해놓고 위원회를 소집하여 작품 하나하나의 설치 장소를 정하였다. 다음날부터 미술품 설치 전문가가 와서 정해진 장소에 설치하였다. 온누리관(본관동)에 설치하고 남은 작품은 숙소동에 설치하였다.

미술품 설치 작업이 끝나고 나서 직원들과 같이 둘러보며 작품을 감상하였다. 내가 아는 교사의 이름도 꽤 있었고, 전화를 해왔던 유치원 교사의 이름도 보였다. 작품이 주는 교육의 냄새가 연수원을 가득 채우는 느낌이었다. 모두들 교직원의 작품으로 꾸미기를 잘했다고 하였다. 연수생들은 첫날 등록 후 작품을 둘러보며 "연수원이 미술품으로 가득 찼네!" 하며 좋다고 하였다. 작품을 기증한 분들도 본인의 작품이 연수원에 설치되어 여러 사람이 볼 수 있게 된 것이 가슴 뿌듯하다고 하였다. 작품을 기증한 분들에게 소정의 재료비를 지급하고, 설치된 작품의 사진을 찍어 비품대장에 등재하는 것으로 미술품 설치 사업은 일단락 되었다.

감사하는 마음으로

"새해 복 많이 받으십시오!"라고 신년인사한 지가 엊그제 같은데 벌써 한해가 다 갔네! 하며 세월의 빠름을 실감하는 것은 언제나 마찬가지이다. 그러나 나이가 들어가면서, 할 일이 많아지면서, 더 빠른 것 같은 느낌이 드는 것 또한 사실이다.

기관장이 되면서부터 한해를 마무리하는 12월에는 직원들과 담소하며 한 해 동안의 노고를 치하하는 식사자리를 가져왔다. 연천교육장 시절에는 학무과와 관리과를 따로 날을 정하여 식사하며 직원들과 대화를 나누었다. 직원 숫자가 많지 않아서 개별적으로 대화를 할 수 있었다.

율곡교육연수원장 때에도 부서별로 날짜를 정해서 식사를 하면서 한 해를 마무리했다. 12월이 되어 총무과장을 불러 부서별로 식사를 하려 하는데 예산이 있느냐고 했더니, 없다고 하였다. 총무부장을 불러 그런 이야기를 했더니, 자기가 가용예산을 모아볼 테니 계획대로 하라고 해서 추진하였다. 시원시원하게 일을 처리하는 고참 서기관이라 달랐다.

경기도교육연수원장으로 와서 첫해는 업무추진비로 연수원 식당에서 특식을 마련하여 식사하며 그동안의 피로를 풀었다. 개원하고도 할 일이 너무 밀려서 부서별로 시간을 내기가 어려웠다.

올해는 부서별로 연말에 식사를 대접하기로 연초부터 생각하고 있었다. 올해가 다 가고 나면 머지않아 헤어져야 하기에 그간의 노고를 치하하고 감사한 마음을 전하고 싶어서 그랬다. 재정지원팀장은 벌써 두 번이나 와서 업무추진비를 빨리 쓰라고 재촉했다. 내가 이천교육청에서 학무과장으로 있을 때 학원담당 팀장을 한 사람으로 성실하고 정직한 사람이었다. 연말이 다가오니 예산이 불용되는 것을 막기 위해서 수시로 점검하는 것이었다. 그러면 그때마다 계획이 있으니 걱정 말라고만 했다.

송년회를 대신하는 회식이니 미리 할 수도 없어서 12월이 되어서 시작했다. 연수부서는 인원이 많지 않아서 부서별로 한 번에 만날 수 있었다. 일주일에 두 부서를 만나니 2주 만에 연수부서는 끝났다. 총무부는 인원이 많아서 팀별로 나누어 4회에 걸쳐 만났다. 그렇게 연말이 가까워서야 다 만날 수 있었다. 겨울철이고 특별히 대접하고 싶어서 연수원에서 가까운 일식집에 부탁하여 가격은 내리고 품질은 올려서 준비하라고 했다. 식당 주인도 취지를 이해하고 성의껏 준비해 주었다. 다 똑같이 일식으로 대접하였더니 모든 직원들이 좋아하였다. 일일이 술을 따라주며 노고를 치하하고 대화를 나누었다. 나도 모두에게 조금씩 술을 받아먹어야 하니 그것도 쉬운 일은 아니었다.

여러분들의 노력 덕분에 우리 연수원이 단기간에 정상 수준에 올라갈 수 있었다고 하며, 그동안 힘이 많이 들었을 텐데 불평 한마디 없이 맡은 일에 최선을 다해준 데 대해서 늘 고맙게 생각하고 있었다고 하였다. 직원들은 원장님이 기대하는 수준에 맞추려니 힘은 들었는데, 해놓고 보면 가슴 뿌듯함을 느꼈다고 하였다.

어떤 동료(직원)가 오래 기억되는가? 함께 술자리를 많이 한 직원! 같이 고스톱을 많이 친 동료! 같이 운동을 많이 한 동료! 아니다. 공동의 목표를 가지고 그것을 이루기 위해 함께 밤새워 일하던 동료가 제일 오랫동안 기억된다. 연수원을 개원하며 세계 최고의 연수원을 만들자고 비전을 제시하였다. 그리고 경기도교육연수원의 역사를 오늘부터 써나가자고 하였다. 우리 모두는 비전을 공유하며 각자 맡은 분야에서 내가 연수원의 역사를 써나간다는 마음으로 일하였다. 그러니 어찌 그들을 고맙게 생각하지 않겠는가!

교육연수원은 그 업무 특성상 종무식과 시무식을 제대로 할 수가 없다. 그렇다고 엄연히 공공기관인데 생략해서도 안 된다. 각급 학교 방학과 동시에 여러 과정의 연수가 개강을 해야 하니 학교와는 반대로 주 업무가 시작되는 것이다. 그래서 12월 20일경에 종무식 겸 시무식을 갖기로 하였다.

대개 기관의 종무식에서는 유공자 표창이 있다. 연수원 발전에 공이 큰 외부인에게 표창장과 감사패를 수여하기로 하였다. 연수원이 본연의 업무에 충실하기 위해서는 우수한 강사를 확보하여 활용하는 것이 우선이다. 그래서 한 해 동안 출강한 강사 중에 강의 횟수와 강의 만족도를 분석하여 최우수 강사를 선정하였다. 또 유관기관 중에서 연수과정 운영과 연수원 관리에 공헌한 유공자를 추천하도록 했다. 그리고 특별히 연수원 업무에 협조한 인사를 표창하기로 했다.

최우수 강사에는 용인시 관내 P교장이 선정되어 표창장과 최우수 강사패를 수여하였다. 유관기관 유공자는 육군 제7기동군단 정훈참모 P중령과 K대위가 선정되어 표창장과 감사패를 수여하였다. 연수원 업무에 협조한 인사로는 수목과 계분을 기증한 L씨에게 감사장과 감사패를 수여하였다. 시상이 끝난 후 외부 식당에서 점심식사를 대접하며 감사의 마음을 전했다. 직원들은 연수원 식당에서 부장들과 함께 떡국과 막걸리로 점심식사를 하며 한해를 마무리하는 자리를 가졌다.

수상자들과 가진 점심식사 자리를 끝내고 들어와서 총무부장을 불렀다. 오후에는 내가 남아 있을 테니 부장을 비롯한 모든 직원들을 퇴근시키라고 했다. 총무부장이 각 부서에 전달했을 텐데 퇴근하는 사람이 보이지 않았다. 부속실에 인터폰을 하여 알아보라고 했더니 내일부터 시작되는 연수 준비 때문에 모두들 바빠서 퇴근 후에도 일을 해야 된다고 하였다. '저렇게 사명감이 투철한 사람들과 같이 일을 했으니 나는 얼마나 행복한 사람인가?' 하는 생각이 들었다. 퇴근시간이 되면 가겠다는 부속실 P주무관을 억지로 집에 보내고, 운전주무관 대기실에 있는 Y주무관을 불러 앉아 있으라고 했다.

정년
퇴임식?

「담장위의 거북」

9월에 총무과장 J사무관이 들어와서 정년퇴임식을 언제 어떻게 할 것이냐고 물었다. 퇴임식, 그런 거 하지 않을 테니 걱정 말라고 했다. 영광스러운 정년퇴임인데 왜 하지 않느냐고 하였다. 요즈음 교육계의 분위기가 그래서 하지 않으려는 것이 아니라, 의례 정년퇴임식을 하던 그때, 내가 젊었을 때에 이미 정년퇴임식을 하지 않겠다는 다짐을 했다고 했다.

한 시간여 정도를 위해서 여러 사람이 오래전부터 준비하고, 끝나고 나서 뒷정리하는 것을 보면서 내가 만약 정년퇴임까지 간다면 후배들과 학생들에게 인사만 하고 떠날 것이라고 다짐했다. 물론 정년퇴임이 대단치 않은 것이라는 것은 아니다. 한 가지 직업에 삼십 년 이상을 종사한다는 것이 쉬운 일이 아니다. 더군다나 공무원으로서 지켜야 할 엄격한 규범이 있고, 거기에 더하여 교원에게 요구되는 윤리성과 도덕관은 언행에 많은 제약이 따르게 마련이다. 이런 것을 감내해가며 정년에 이른 것은 박수를 받아 마땅하다. 또 직무를 수행함에 있어 옳지 못한 일을 하여 벌을 받지 않은 것, 육십이 넘도록 건강관리를 잘해온 것 등도 칭찬을 받을 만한 일이다. 그러나 그것은 공무원으로서, 교원으로서 마땅히 해야 할 일을 한 것일 뿐 특별한 일을 한 것은 아니지 않은가? 많은 사람들이 걷는 길을 나도 걸어온 것인데, 그걸 크게 자랑하며 알리고 싶지는 않았다.

그런데 요즈음은 스승을 존경하는 풍토도 없어지고, 정년퇴임식을 하는 것이 무슨 큰 퇴폐풍조인 양 취급하는 것이 역겨워서 일부러 정년퇴임식을 하는 사람도 있기는 하다. 나도 교감 때 교장선생의 정년퇴임식과 고향 선배 L교사의 명예퇴임식을 성대하게 해주어서 교원으로서의 자긍심을 지키려고 한 적도 있었다. 그러나 사회구조가 변하고 그 구성원들의 인식이 바꾸어가니 교원을 스승으로 인식하는 사회풍토가 다시 조성되기를 바라는 것은 어리석은 기대일 뿐이라는 생각이 든다.

11월이 되어 총무과장이 다시 퇴임식 이야기를 했다. 부장들 및 직원들과 협의를 했는데, 그냥 보내드릴 수는 없으니 외부에 알리지 않고 우리 직원들끼리 하는 퇴임식을 갖기로 의견을 모았다고 했다. 그래도 크게 하든 작게 하든 준비하는 것은 같으니 하지 말라고 했다. 그러면서 그냥 헤어지지가 서운하면 직원들에게 인사말이나 하고 떠나가게 해달라다고 했다.

총무과장이 나가고 나서 지난날을 돌이켜보니 마음이 허전하긴 하였다. 아무런 흔적도 없이 교직을 마친다는 것이 허무하기도 하였다. 불현듯 내가 걸어온 교직 인생의 길을 글로 써보고 싶은 생각이 들었다. 그런데 지금부터 시작해서 끝낼 수 있을까? 메모를 해놓은 것도 없는데……. 하다가 말더라도 지금부터 시작하자는 마음이 들었다.

그때가 11월 하순이었다. 아침 업무협의회에서 오늘부터 내가 할 일이 있으니, 결재할 것이 있으면 가급적 10시 전에 하고 그 이후부터는 내 일을 할 수 있도록 시간을 달라고 했다. 그날부터 40년 전 기억을 되살려가며 글을 쓰기 시작했다. 처음에는 가물가물하더니 생각할수록 또렷이 되살아나기 시작했다. 처음에는 100쪽이나 쓸 수 있을까 했는데, 여기저기 다니며 한 일이 꽤 있어서 글거리가 많았다. 하지 않던 워드 작업을 하루에 몇 시간씩이나 하고, 숙소에서 자는 날에는 밤 10시까지도 했으니 소나기 퍼붓듯이 쓴 셈이다. 12월말이 되어 300쪽 정도의 초안이 나왔다. 한 달 만에 책 하나를 완성했으니 수준은 별 게 아니었다. 다만 내가 걸어온 길을 사실대로 적었으니 부끄러울 것은 없었다. 원고를 다 쓰고 나니 뒷목이 뻣뻣하였다. 조금 더 무리를 했으면 목 디스크가 올 뻔하였다. 그 이후로 지금도 가끔 목이 좋지는 않아서 물리치료도 받고 침도 맞고 한다.

원고를 완성하고 나서 국어과 전공 연구사를 불렀다. 기획평가부 L연구사와 중등연수부 S연구사에게 보여주었더니, 자기들이 교정을 보고 책을 만들어보겠다고 하였다. L연구사는 내가 근무했던 학교의 홈페이지에 들어가 관련 사진을 수집하고, S연구사는 문맥을 바로잡는 등 엉터리 원고를 책으로서의 구색을 갖추느라 고생했음은 말할 것도 없다.

1월 중순경에 초안을 가지고 들어온 S연구사가 표지를 어떻게 하느냐고 물었다. 이름을 정해주면 인터넷에서 관련되는 그림을 찾아서 할 수도 있고, 아는 화가가 있으면 그려서 할 수도 있다고 하였다. 제목도 그동안 생각해둔 것이 몇 있기는 하지만, 한번 정하면 고칠 수도 없는 것이어서 수일 내로 결정해서 알려주겠다고 했다.

제목을 정하기 위하여 지나온 과정을 더듬어보았다. 교직은 누구나 교사부터 시작한다. 간부공무원으로 시작하는 사람과 하위직 공무원으로 시작하는 사람이 섞여 있는 다른 공무원과는 다르다. 그래서 교직은 대기만성(大器晩成)이라는 말이 어울리는 직업이라고 할 수 있다. 그런데다 교감을 5년 6개월이나 하다가 장학사로 전직을 했으니 직급이 하향 조정된 것과 마찬가지이다. 교감은 간부공무원이니 일반직 공무원으로 따지면 5급 공무원에 해당된다. 장학사는 교육청의 일반직과 맞추다보니 6급 공무원과 같이 취급된다. 전문직은 교원고시라고 불리는 어려운 경쟁시험에 합격해서 들어온 집단인데 우대는 못해줄망정 오히려 직급이 하향 조정되니 말도 안 되는 교육행정이다.

문제의 원인은 교육부에 있다. 교육부에서 교원정책을 담당하는 부서도 일반직이 다 차지하고 있으니 교원과 전문직을 제대로 대우해주는 행정을 할 리가 없다. 교육부에 교원 출신 전문직이 가장 많을 때는 박정희 대통령 때일 것이다. 교육을 중요시하고 교원을 우대함으로써 국가를 발전시키고자 했던 통치자의 의지를 느낄 수 있던 시절이다. 대통령 친필로 「教育立國(교육입국)」이라는 휘호를 써서 교육부에 내려주기도 했다. 그때는 교육부의 주요 부서에 교원 출신 전문직이 꽤 있었으나, 그 후 대통령부터는 장학편수실을 폐지하는 등 일반직이 주도하는 교육부로 바꾸어놓았다. 5급 공무원으로 임용되어 근무하다 국비로 유학 가서 교육정책 관련 학위 하나 받아 가자고 와서 교육을 다 아는 것처럼 교육행정을 좌지우지하고 있다. 얘기할 필요도 없이 교육은 교수-학습이 시작이다. 이것을 모르는, 해보지 않은 사람은 교육을 논할 자격도 없다고 할 수 있다. 누구라도 나서서 문제를 제기하여 시정해야 하는데 그러지 않는 것이 이상하다.

요즈음은 교사 출신 장학사가 대부분이지만, 내가 전문직으로 전직할 때만 해도 초등은 교감이 되어야 응시할 자격이 되었다. 따지고 보면 그것이 맞는다고 할 수 있다. 교감이 되어야 교내장학지도를 할 수 있고, 교내장학지도를 해봐야 관내 학교의 장학지도를 할 수 있는 것이 아닌가? 지금은 다 엉망이 되어 장학지도도 하지 못하다시피 되고 제멋대로 하는 식이 되었지만 말이다.

장학사를 4년 6개월 하고 교장으로 전직하였으니 일반직 직급으로 따지면 4급 공무원으로 특진된 셈이다. 교장을 1년 6개월 하고 보니 실증이 나서 장학관으로 전직을 하였다. 처음 발령을 받은 자리가 이천교육청 학무과장이니 관리과장과 동급이라고 취급받아 다시 5급 공무원이 된 셈이다. 학무과장을 3년 하고 도교육청 북부청사 장학관으로 갔으니 직급은 그대로 5급 공무원인 셈이다. 장학담당 장학관 1년 만에 과장이 되었으니 4급 공무원이 된 것이라고 할 수 있다.

초등교육과장 1년 만에 연천교육청 교육장으로 갔다. 전문직 출신 기관장의 직급은 일반직 참모의 직급에 의하여 정해진다고 할 수 있다. 관리과장이 5급 공무원이니 교육장은 4급 공무원이라고 할 수 있다. 교육장 1년 6개월 만에 율곡교육연수원 원장으로 갔는데, 총무부장이 4급 서기관이니 전문직 부장도 4급 공무원 대우를 받는 것이고 원장은 3급 공무원이 된 셈이다. 율곡교육연수원장 1년 만에 경기도교육연수원을 개원하여 초대 원장이 되었으나, 총무부장이 4급 서기관이니 원장은 3급 기관장인 셈이다.

교직의 맨 아래인 교사부터 시작하여 오랜 세월 동안 한 계단 한 계단 올라갔으니 느리지만 쉬지 않고 기어가는 거북에 비유할 수 있고, 내가 있는 자리가 교원 출신으로서 올라올 수 있는 제일 높은 곳이니까 담장이라고 비유할 수 있다. 그래서 책이름을 '담장위의 거북'이라고 정하였다.

책표지에 넣을 그림을 찾기 위해 인터넷을 뒤져보았다. 비슷비슷한 그림은 많은데 무엇으로 해야 할지 결정하기가 어려웠다. 바람도 쏘일

겸 온누리관을 한 바퀴 둘러보려고 나갔다. 복도 벽에 걸린 미술작품을 감상하며 천천히 걷다가 좀 색다른 그림 앞에 섰다. 제목과 그림 내용이 얼른 매치되지 않았다. 작가만의 의미가 숨어 있는 것 같았다. 이 작품의 작가에게 부탁하면 의미 있는 책표지를 그릴 것 같았다. 작가 이름을 보니 마침 잘 아는 사람이었다. 사무실로 돌아와 K선생에게 전화를 하였다. 내가 퇴임 기념으로 책을 하나 내는데 책표지 그림을 그려줄 수 있느냐고 물었다. 책의 내용과 제목을 묻기에 알려 주었더니, 일주일간의 여유를 주면 그려주겠다고 하였다. 시간이 촉박하긴 하였으나 재촉할 수도 없고 해서 기다리기로 하였다.

일주일쯤 되었을 때 책표지 그림을 가지고 왔다. 목이 긴 유리그릇에 사과가 세 알 담긴 그림이었고, 위에 책이름을 붓글씨로 썼다. 그림과 책이름이 잘 어울렸다. 그림은 자기가 그렸고, 붓글씨는 아는 서예가에게 부탁하느라고 시간이 걸렸다고 했다. 처음 장학사 나갔을 때 알게 되면서 가끔 도움을 받곤 했는데, 교직을 마치면서도 신세를 졌으니 사람은 끊임없이 남의 도움을 받으며 사는 것인가 보다.

S연구사를 불러 책표지를 주고 출판사에 맡기라고 하였다. 정식 도서로 출판하려면 가격이 올라간다고 해서 비싸더라도 등록된 도서로 출판하라고 했다. 가본(假本)이 나오고 이것을 연구사들이 검토하는 과정을 거쳐 2월 중순에 파주출판단지에 있는 출판사 사장이 완성된 책을 가지고 왔다. 등록된 도서인가를 확인한 후 책을 인수하고, 즉시 대금을 송금하여 주었다.

우선 연수원 직원들에게 책을 나누어주고, 나를 아는 교육계 후배들에게 보내주었다. 보잘것없는 책이지만 내가 교육계 선배로서 노력한 과정을 적어 놓은 것이니까, 교직 인생을 살아가는 후배들에게 혹시나 도움이 될까 해서 보내준 것이다. 그러고 났더니 허전했던 가슴이 조금은 뿌듯해졌다.

교원으로서 마지막 실망

2월 하순이 되자 휴가를 내고 며칠이라도 쉬라고 부장들이 권했지만, 나는 하루라도 연수원에 더 나오고 싶었다. 신규임용 예정교사 연수가 3월 초순까지 계속되는데, 2월말까지는 내가 원장이니 특강도 하면서 지켜보고 싶었다. 퇴직하면 다시는 해보지 못할 일이라고 생각하니 하루하루 지나가는 것이 아쉬웠다.

2월 하순이 되니 격지에서 하는 복직 예정자 직무연수도 끝나고 연수원에서 하는 신규임용예정교사 연수과정만 진행 중이었다. 연수 첫날 개강식에 이어서 특강을 하고 나면 주중에는 시간 여유가 있었다. 연수원 동산에 있는 소나무가 모두 리기다소나무라 볼품도 없었고, 수령이 다된 상태여서 중·장기 계획을 세워 수종 갱신을 하라고 총무부에 지시는 해 놓았다. 동산을 잘 가꾸어놓은 연수 시설을 가보고 싶어서 가까운 충청북도 단재교육연수원을 방문했다. 수목을 심고 관리를 잘 하고 있었으나, 자연 상태의 산은 아니었다. 원장실에 가서 차를 들며 온 목적을 말하고 조언을 구하였더니, 충청북도 학생수련원을 추천하여 주었다.

학생수련원 정문에서 내려서 올려다보니, 고봉에서 내려온 산줄기가 부드럽게 멈춘 야산인데 자연산 소나무가 빽빽이 들어서 있어 제법 운치가 있었다. 안으로 들어가자 건물 사이사이에도 소나무가 있는데 옮겨온 것이 아니라 자연산 그대로인 것 같았다. 원장의 안내를 받아 원장실에 가서 차를 들며 설명을 들었다. 소나무는 자연산 그대로 이며 수련원 가까이 있는 소나무만 전정(剪定)을 하고 나머지는 그대로 둔 것이라고 했다. 체육시설이 있는 앞쪽으로는 활엽수를 곳곳에 심어 놓아서 봄부터 가을까지는 경치가 더 좋다고 했다. 수련원이 생기기 전에 있던 초등학교 분교장이 폐교되면서 개·증축해서 활용하고 있는 것이라고 했다. 수련원 곳곳을 둘러보며 앞으로 흐르는 큰 개울에 대해서 물어보니 잘 몰랐다. 일반직 4급(서기관) 원장인데 부임한 지 얼마 안 되어 주변 지형 파악을 하지 못한 것 같았다. 수련원을 나와서 차에 타려다가 개울가로 가보았다. 고운 모래사장이 넓게 펼쳐져 있고, 물은 앞쪽 청벽 밑으로 흐르는데 폭도 넓고 시퍼렇게 보이는 것으로 보아 꽤 깊은 것 같았다.

사방을 둘러보며 기억을 되살려보았다. 교사 시절 진천에서 근무할 때 국민학교 분교장이 둘 있다고 들었는데 여기가 그 중 하나인 은탄분교장이 틀림없었다. 이 개울은 내 고향 마을(안골) 앞을 지나 십리 쯤 와서 백곡천 물과 덕산천 물과 합류되고, 다시 오리쯤 흘러 초평천 물과 합류해 수량이 늘어난 것이다. 여기(은탄리)에서 다시 오리쯤 가면 증평에서 흘러오는 보강천과 만나 미호천이 되어 청주 북쪽에서 무심천을 품고, 부강에서 흘러오는 금강을 만나 연기군(세종시)으로 흘러가는 것이다. 여기(은탄리)까지의 개울 이름이 내가 다닌 중학교 교가에도 나오는 그 백사천(白沙川)이다.

어린 시절 여름 장마철에 비가 많이 오면 넓은 개울에 붉은 황톳물이 빙빙 돌며 가득 내려갔다. 언젠가 밤새 비가 많이 온 날 아침에 개울에 가보았더니 초가집이 집 모양 그대로 둥둥 떠내려 오는 것도 본 적이 있다. 집중호우에 지붕까지 물이 차자 재목을 맞춰서 지은 집이 부력에 의해서 개울로 흘러간 것이다. 그때는 겨울에 땔감이 없어서 산에 있는 낙엽과 잔가지를 모두 긁어 땠으니, 비가 오면 곧바로 흙을 쓸어가며 흘러서 홍수가 자주 났다. 그러던 것이 박정희대통령이 집권하면서 도시의 연료는 연탄으로, 시골의 연료는 지붕 개량을 통해 남은 볏짚으로 대체하면서 그렇게 외쳐대도 안 되던 산림녹화가 자연스럽게 실현된 것이다. 그러면서 매년 여름이면 듣던 홍수로 산사태가 나고 곳곳에서 사람이 여럿 죽었다는 방송국 뉴스도 차차 사라지게 되었다. 그 무렵 여름철에 홍수가 나서 개울물이 많이 흘러갈 때, 아침 일찍 개울에 갔다 온 사람이 막 집에서 나온 사람에게 "앞개울이 소두머니 같아"라고 하는 소리를 들었다. 그 '소두머니'가 여기인 것이다. 옛날에는 물이 하도 깊어서 명주실 한 타래가 다 들어갔다고 하였다. 그 후 곳곳에 저수지를 막아서 수량이 줄어들고, 그 아래 콘크리트로 된 보를 막으면서 토사가 쌓여 깊이가 얕아진 것이다.

그런 생각을 하며 청벽 쪽을 바라보고 있는데 Y주무관이 "원장님 시간이 돼 가는 데요." 하는 소리가 들렸다. 얼마 전 충북교육청에 전화를 걸어 고등학교 때 3년간 담임을 했던 은사의 전화번호를 알아본 적이 있다. 몇 번 시도 끝에 통화가 되어 오늘 청주 오는 길에 만나 뵙기로 한 것이다. 댁 근처에 가서 전화를 하였더니 얼마 되지 않아 내외분이 같이 나왔다. 가까운 식당에 가서 식사를 하며 근황을 여쭙자, 작년에 폐암 진단을 받아 원자력병원에 가서 주기적으로 치료를 받고 있다고 하였다. 그러고 보니 얼굴에 윤기가 없고 큰 키에 등이 굽어보였다. 약주를 권하자 사모님이 말렸으나, 오늘은 한잔 해야겠다며 잔을 몇 번 비웠다. 그동안 바쁘게 살아온 사정을 얘기하자 사모님이 더 기뻐하며 내일 친구들에게 자랑해야겠다고 했다. 내 결혼식에 주례를 섰을 때도 자랑을 많이 했다는 얘기도 하였다. 식사가 끝나서 댁에 모셔다드리고 미리 준비해 간 사과를 건네며 건강 잘 챙기시라고 하며 돌아섰다. 말은 그렇게 하였지만 회복되기가 어렵겠다는 생각이 들면서 눈물이 나왔다. 차에 타고 말이 없는 나에게 Y주무관이 "오늘 뽑기를 잘 했네요!" 해서 "그러게." 라고 대답하며 젊은 날의 씩씩하던 그의 모습을 떠올려 보았다.

이튿날 아침, 총무과장을 불러 연수원 주변 산 조림 계획을 세울 때 상록침엽수와 낙엽활엽수가 잘 어울리도록 식재 구역을 설정하라고 했다. 내일은 도교육청에서 훈·포장 전수식을 하는 날이라, 오늘밖에 시간이 없을 것 같아서 초등연수부 R팀장과 진천에 있는 김유신 장군 유적지를 가보기로 하였다. 연수원 부근에 문화유적지가 적어서 인근 지역으로 힐링 연수 대상지를 확대하려는 의도였다.

한 시간도 안 걸려서 진천에 있는 김유신장군 사당 길상사에 도착하여 둘러보고, 잣고개를 넘어가서 생가 터에 도착하였다. 공원을 잘 조성하여 놓고 생가도 잘 복원하여 놓았는데 집안에 내용물이 없었다. 집 뒤에 태실(胎室)도 있고 활을 쏘던 활터와 말을 달리던 길도 복원하여 놓았으나 그것만으로는 부족했다. 문화유적지로 조성한다고 소리만 크게 질렀지 부실하기 짝이 없었다. 여기에서 오리쯤 만뢰산 쪽으로 올라가면 우리(온양정씨 계향당파 진천소종중) 가족묘지가 있어서 해마다 몇 차례(한식, 벌초, 성묘, 시제)씩 곁을 지나갔지만 차에서 내려 살펴보기는 처음이었다.

김유신의 아버지 김서현은 가야국 출신으로 김유신 외할아버지의 미움을 사 당시 신라의 변방지역인 만로군(진천의 당시 지명) 태수로 오게 된 것이다. 차령산맥에서 가장 높은 봉우리인 만뢰산 능선을 넘어가면 고구려 땅이니 그야말로 최전방 접경지역인 셈이다. 김유신은 이곳에서 태어나서 글을 배우고 무예를 닦으며 장차 나라의 동량이 될 자질을 길렀다. 그 후 아버지의 근무처가 바뀌어 이곳을 떠날 때까지 어린 시절과 청소년 시절을 보낸 고향과도 같은 곳이다.

이러한 역사적 사실에 근거하여 김유신의 성장 과정과 당시의 생활 모습을 알 수 있도록 역사적인 고증을 거쳐 체계적인 복원사업을 하면 훌륭한 문화유적지가 될 것이라는 생각을 하는데, 전화벨이 울렸다. 도교육청 인사담당 장학관인데, 내일 훈·포장 전수식 때 퇴임 교원을 대표해서 퇴임사를 해달라고 했다. 지금 외부에 출장을 나와 있어서 준비하기가 어렵다며 사양을 했더니, 굳이 해달라고 사정을 하였다. 무슨 사정이 있기는 한 모양인데, 전부터 알던 사람이 매달리니 할 수 없이 그러겠다고 하였다. 오후에도 더 둘러볼 곳이 있어 시간이 촉박하였다. 중등연수부 S팀장에게 전화를 하여 좀 있다 들어갈 테니 퇴임사를 써 놓으라고 하였다.

점심때가 되어 진천교육청으로 갔다. 친구인 L교육장과 관리과장이 현관까지 나와서 맞이하여 주었다. 교육장실에 갔더니 전임 K군수와 동문회 총무 K사장이 와 있었다. 차를 들며 조금 전까지 본 것에 대하여 이야기했더니, 전임 K군수가 본인이 재임 당시 시작한 사업인데 마무리를 짓지 못하고 나와서 그렇다고 했다. 점심식사가 준비된 식당으로 갔더니 군의회 L의장이 와서 기다리고 있었다. 학교 다닐 때 이야기를 하며 맛있는 식사를 하고 퇴임기념으로 쓴 책을 한 권씩 주었다. L교육장과 K군수와 함께 백곡저수지 둑 아래 공원에 있는 종(鐘) 박물관에 갔다. K군수가 재임 시절에 해 놓은 전국 유일의 종 박물관이다. 전국에서 수집한 종을 제작연대 순으로 전시해 놓았는데 그 양이 꽤 많았다. 종의 제작 과정과 발달에 대한 설명을 곁들여놓아서 금속 제련 기술의 발달 과정을 추측할 수도 있었다. 입구 도로 옆으로 자주 지나다녔지만 와서 보기는 처음인데 박물관으로서의 가치가 있다는 생각이 들었다. K군수가 선생 출신이라 이런 사업을 추진했으리란 생각이 들었다.

농다리에도 가보려고 하였으나 시간이 촉박해서 친구들과 인사하고 연수원으로 차를 돌렸다. 돌아오는 차안에서 R팀장에게 농다리에 대해서 이야기하였다.

농다리는 고려시대에 놓은 돌다리로 모래바닥 위에 돌을 쌓아 기둥을 세우고 그 위에 길고 넓적한 돌을 얹어 사람과 소가 다닐 수 있게 놓은 돌다리이다. 개울 폭도 넓고 수량도 많은 곳에 놓은 돌다리가 천년 동안 본래의 모습을 유지하고 있는 것은 신비스런 일이라고 할 수 있다. 장마철이 되면 엄청난 물이 흘러 물속에 들어가 보이지도 않다가 평상시로 돌아가면 그 모습 그대로 나타나는 것을 보면 그렇게 생각할 수밖에 없다. 오늘날의 공법으로 철근 콘크리트를 쳐서 다릿발을 세우고 그 위에 철근 콘크리트를 부어 잠수교를 만든다고 해도 천년은커녕 백년 가기도 어려울 것이다. 농다리가 오랜 세월을 버틸 수 있었던 것은 유속이 빠르지 않은 곳에 허물어지지 않는 다릿발을 세우고, 그 위에 떠내려 가지 않는 큰 돌을 얹어놓았기 때문일 것이다. 그리고 진천 땅이 비옥하고 지하수가 풍부한 것은 농다리가 있는 이곳의 양쪽에 바위산이 있어 개울 폭이 넓어질 수가 없으므로 홍수가 나도 물이 찼다가 서서히 빠지게 되므로 위쪽이 일정시간 침수는 되더라도 물을 가두어두는 역할을 하는 특이한 지형이라는 것이다.(아버님께서 말씀하신 내용이다)

내가 국민학교 다닐 때 십리도 넘게 걸어 농다리로 소풍을 온 적이 있다. 그때는 물이 깊어도 맑아서 물고기 노는 것이 다 보였다. 그러던 것이 백사천 상류인 광혜원과 대소에 공단이 조성되면서 수질이 급격히 나빠졌다. 연기군에 세종신도시가 조성되면서 미호천 수질 개선에도 관심을 갖게 되면 농다리를 찾는 관광객도 늘어날 것이다. 오늘 둘러본 코스에 농다리를 추가하면 그런대로 반나절 답사 코스가 될 것 같다고 의견을 나누는 사이에 연수원에 도착하였다.

잠시 휴식을 취하고 있는데 중등연수부 S팀장이 퇴임사를 가지고 들어왔다. 읽어보니 내가 얘기한 내용을 다 넣어서 더 추가하고 말 것도 없었다. 한 번 더 읽어보고 건네주며 Y주무관에게 넘겨주라고 하였다.

다음날 퇴임식 시작 시간보다 일찍 도교육청에 도착하였다. 차에서 내려 본관을 바라보니 감회가 남달랐다. 장학관으로 전직하면서부터 자주 드나들었는데, 이제 여기 올 일이 없다고 생각하니 마음이 조금은 허전하였다. 비서실에 가서 잠시 기다렸다가 교육감을 뵈었다. 그동안 많은 은혜를 입었고 감사했다고 말하자, 수고 많이 했다고 하며 악수를 청했다. 기다리는 사람이 있어서 차를 들고 바로 나왔다.

교육감실을 나와 대강당으로 가는 통로를 걷는데 지난 일이 떠올랐다. 연천교육장으로 발령이 났을 때는 화가 났었다. 명색이 도교육청 과장인데 집하고는 정반대인 북쪽 끝에 발령을 냈으니까 말이다. 일 년 반 후에 율곡교육연수원장으로 발령이 나서 대강당에서 임명장을 받은 후, 교육장 발령자들과 같이 교육감실에서 차를 드는데 이런 말을 했다. 지난번 교육장 발령 때는 한두 사람 이야기만 듣고 했으나, 이번에는 여러 사람의 의견을 들었다고 하는 말을 듣고 참 솔직한 분이라는 생각을 했다. 여러 사람 앞에서 그런 말을 하기는 쉽지 않은 것이기 때문이다. 또 경기도교육연수원장으로 발령을 받고 1년이 지나자 반년이 남는 것을 어떻게 할 것이냐고 도교육청 인사과에서 걱정을 한다고 했다. 그래도 모르는 척 그냥 있었더니 어느 날 강의가 끝나고 이동하는 승강기 안에서 6개월 더 수고해달라고 하는 말을 듣고 신의가 있는 분이라는 생각도 했었다.

입구에서 등록을 하고 식장 안으로 들어갔다. 수상자와 축하객으로 식장 안은 입추의 여지가 없었다. 식이 시작되고 훈·포장 전수에 들어갔다. 순서대로 단상에 올라가 교육감으로부터 훈·포장과 증서를 받는 것이다. 내 차례가 되어 받고 돌아와 앉아서 단상을 보니 언짢은 모습도 보였다. 교직 인생을 끝맺음하는 날이니 예의를 갖춘 단정한 복장을 하는 것이 당연할 텐데 그렇지 않은 사람들도 꽤 있었다. 퇴임 기념으로

퇴임식

옷이라도 한 벌 사 입지! 하는 생각을 하는데 이상한 것이 보였다. 단상에 올라가 훈·포장을 받고 내려온 사람이 앉았던 자리로 돌아가지 않고 그냥 밖으로 나가는 것이다. 처음에는 몇 사람이 그러더니 시간이 갈수록 점점 많아졌다. 훈·포장 전수가 끝나고 교육감 치사가 시작하기 전에 보니 반도 더 나가 꽉 찼던 식장이 듬성해져 있었다.

왜 저럴까 생각해보니 두 가지로 요약이 되었다. 첫 번째는 교육감에 대한 불만의 표출이었다. 진보 교육감들이 다 그렇듯이 학교경영의 민주화를 내걸고 학교장의 권한을 무력화하는 정책을 추진하였다. 그래서 책임만 있고 권한은 없는 허수아비 교장으로 만든 것에 대한 불만이었다. 두 번째는 그동안 어쩔 수 없이 눈치 보며 살았는데, 이제 볼일 다 보았으니 구속에서 벗어나보자 하는 생각에서 그랬을 것이다. 그래도 그렇지 교육감이 밉고 자격 미달이라면 참석을 하지 말고 학교에서 받으면 될 것이 아니가? 이왕 참석하였으면 나 받을 때 다른 사람에게서 박수를 받았으니 나도 다른 사람에게 박수를 보내주는 것이 예의가 아닌가? 하는 생각이 들었다. 이제 나가면 평생 내 멋대로 살아도 될 텐데! 자연인이 되는 게 그렇게도 급하단 말인가?

교육감 치사가 끝나자 식장은 더 휑해졌다. 퇴임사고 뭐고 하고 싶은 생각도 없어졌지만 할 수 없이 단상에 올라갔다.

퇴 임 사

존경하는 ○○○ 교육감님,

그리고 함께하신 교육동지 여러분,

우리들은 1970년대 초반에 함께 교육자의 길을 출발하였습니다. 이제 2014년 청마의 해를 맞아 새로운 출발을 하게 되는 이때, 길게는 40여년, 짧게는 30여년에 이르는 교직생활을 마치고, 모두 함께 영광의 날을 맞아 이 자리에 서게 되었습니다.

우리의 성장기는 우리나라가 전쟁의 상처를 치유하며 새로운 길을 개척하던 시기였습니다. 교육의 길에 처음으로 들어섰던 때, 학교는 할일이 많았으나, 있어야 할 것은 부족한 열악한 여건이었습니다. 그러나 우리는 그 어려운 시기에 내가 맡은 학생에 대한 열정과 사명감으로 지난 세월을 함께 해 왔습니다.

지금 우리나라는 교육의 발전과 함께 성장하여, 우리가 길러낸 수많은 인재들이 대한의 자랑스런 아들딸로 각 분야에서 제몫을 다하고 있으며, 1960년대 79달러였던 국민소득은, 2만 달러 시대를 넘어섰고, 장차 국민소득 4만 달러 시대를 내다보는 국가정책이 필요한 때가 되었습니다.

교육도 마찬가지로, 여러 교육 사조와 철학이 지난 40여 년을 흘러갔으나, 우리가 지향하는 바는 항상 같았으며, 교육을 통하여 인류의 발전에 공헌하였다는 자부심은 가슴속에 영원히 남아 있을 것입니다.
특히 교직생활을 마감하는 시기에 경기교육의 수장으로 함께하신 ○○○교육감님께 감사의 말씀을 드립니다.
현재의 경기교육의 방향과 철학은 전국적으로 진보와 보수를 아우르는 건실한 방향타가 되고 있습니다. 경쟁을 넘어 상생의 시대를 향해, 경기교육의 지향점을 함께 고민하고 모색하며, 창의지성교육의 실현을 위해 마지막 정열을 불태웠습니다.
혁신교육의 철학으로 불러온 학교의 변화가 더욱 지속적이고 바람직한 방향으로 계속될 것으로 믿으며, 우리는 새로운 기대를 가지고 한마음으로 지켜보겠습니다.
지난 세월 모든 어려움을 극복하고, 교육의 한길을 걸어오신 동지 여러분! 심신의 건강과 능력을 고려할 때, 교육의 현장을 지금 떠나기에는 매우 아쉬운 것은 사실이나, 이제 새로운 자리에서 교육자로 살아온 삶을 통한 봉사를 생각하여야 할 시점이 된 것 같습니다.
이 자리가, 지난 세월 오직 한길 교육에 헌신한 사람에 대한 감사, 그리고 위로와 격려의 마음을 전하는 자리이지만, 우리들은 제2의 인생을 향한 출발과 도전의 자리로 생각합시다.
함께하신 교육동지 여러분!
40년 전 교직을 출발할 때의 바로 그 걸음으로, 제2의 인생을 향하여 힘차게 걸어갑시다!
감사합니다.

2014. 2. 27

경기도교육연수원장 정 낙 환

전수식이 끝나고 교육감과 축하와 감사의 인사를 주고받았다. 교육의원과 교육삼락회 회장을 비롯한 교직단체 대표들에게도 감사하다는 인사를 하였다. 오지 못하게 했는데도 몇 명의 직원들이 와 있어서 같이 기념촬영을 했다. 행사를 주관한 인사과장과 장학관, 장학사들에게 수고했다며 악수를 하고, 도교육청 본관을 천천히 훑어본 후 차에 올랐다.

예약해 놓은 식당에 가서 기획평가부 K연구사, 초등연수부 R연구사, 중등연수부 S연구사, 원격연수부 L연구사, 총무부 Y주무관·L주무관과 도교육청 K장학사와 함께 식사를 하였다. 지나온 이야기를 주고받으며 오랜만에 편안하면서도 아쉬운 시간을 보냈다.

연수원을
떠나던 날

연수원에 도착하니 본관 앞에 전 직원이 사진 촬영할 준비를 마치고 기다리고 있었다. 환영하는 박수를 받으며 자리에 앉자 카메라 플래시가 터졌다. 그 빛을 보는 순간 오늘이 마지막이라는 걸 실감하였다.

엘리베이터를 타라고 하는 걸 평소와 같이 계단을 천천히 걸어서 올라갔다. 원장실 앞에 가니 P주무관이 문을 열고 웃으며 기다리고 있었다. 차를 마시며 P주무관에게 그동안 수고 많았다고 하니까, 원장님 모시고 근무할 수 있어서 영광이었다고 했다.

P주무관은 내가 이천교육청 학무과장으로 있을 때 3년 동안 같은 사무실에서 근무했다. 조용하고 차분한 성격이었으나 늘 미소를 잃지 않는 분위기 메이커였다. 밝고 명랑한 S주무관과 같이 이천 출신으로 일을 미루지 않으며 나를 많이 도와주었다. 경기도교육연수원장으로 부임하고 한 달쯤 지났을 때 총무부장이 와서 P주무관을 아느냐고 했다. "잘 알지, 그런데 지금 어디 있느냐?"고 물었다. 이천 시내 학교에 있는데 부속실에 근무할 의향이 있는 것 같은데 어떻겠느냐고 했다. 나야 좋

으니 본인이 희망하면 데려오라고 했다.

연수원을 개원하고 나서도 부속실 근무를 희망하는 사람이 없어서 계약직 직원을 임용했었다. 학교에 있는 주무관들이 신설 기관에 오면 일이 많을 것은 뻔하고 학교보다 퇴근시간도 늦으니 희망을 하지 않는 것 같았다. P주무관은 연수원으로 오고 싶은 생각은 있었으나, 원장이 누가 오는지 몰라서 망설이고 있었다고 나중에 말했다. 이천에서 통근 거리도 꽤 되고 사서 고생할 수도 있으니 당연한 것이다.

지역교육청에서는 1년에 한 번 있는 교육감 방문에도 야단법석인데, 교육감 방문도 수시로 있고 강사들도 수시로 들락거리니 일이 많은 것은 물어보나 마나다. 그럼에도 특유의 섬세함과 온유함으로 방문객을 편안하게 해줌으로써, 연수원 이미지 제고에 일익을 담당한 것에 대한 고마운 마음을 가지고 있는 것이다.

총무과장이 들어와서 직원들이 배움홀에서 기다린다고 했다. 직원들하고 차나 마시면서 고맙다는 이야기나 하고 떠난다고 했더니, 굳이 강의를 듣고 싶다고 해서 그러자고 했다. 박수를 받으며 단에 올라서니, 기념품을 증정한다고 했다. 엊그제 핸드폰 사주었으면 되었지 무슨 기념품이냐고 했더니, 그것은 일반직이 주는 기념품이고 이것은 전문직이 주는 기념품이라고 했다. 오래 전부터 그런 것 절대 하지 말라고 했는데도 준비했으니 받는 수밖에 없었다. 행운의 열쇠라고 했다. 핸드폰도 오래도록 쓰고 이것도 평생 간직하겠다고 했다. 부속실 P주무관에게서 꽃다발도 받았다. 다과를 들면서 편안한 자세로 들으라고 하며 이야기를 시작했다.

여러분들에게 드린 책에도 있는 바와 같이 나는 교육에 깊은 관심이 있어서 선생의 길로 들어선 것도 아니고 어쩌다 보니 하게 된 것입니

정년퇴임 고별 강연

다. 군 제대 후에는 적성에 맞지 않는 것 같아서 다른 길로 가고 싶었지만, 장남으로서의 책임감과 아버지의 바람을 떨칠 수가 없어서 가던 길을 계속 가게 되었습니다. 내가 다시 청년시절로 돌아간다면 굳이 공무원이 되고 싶지도 않으며, 공무원이 된다고 하여도 선생이 되고 싶은 생각은 없습니다. 왜냐하면 나는 무사안일 한 것이 그렇게 좋게 생각되지 않기 때문입니다. 그래서 내 자식들에게 선생이 되라거나 공무원이 되라고 권한 적이 없습니다. 그러나 지금 자식들이 한다고 하면 말리지는 않을 것 같습니다. 부모는 자식이 안정된 삶을 살아가는 것이 가장 속이 편안하니까 그런가봅니다. 아마 내 아버지도 그래서, 속 썩이기 싫어서 그랬을 것 같습니다. 그렇다고 여러분에게 진로를 잘못 선택했다고 하는 것은 절대 아닙니다. 세상은 변해서 공무원은 선망하는 직업이 되었고, 여러분은 영광스러운 대한민국의 공무원입니다.

지금부터 공무원에게 필요한 덕목을 말해보겠습니다. 첫 번째로 '사명감'을 말하고 싶습니다. 전에 국민학교 교과서에도 나왔던 강재구소령 이야기를 해보겠습니다. 베트남전에 파병되기 전에 받는 훈련에서, 수류탄 투척 훈련을 하던 중 병사 하나가 안전핀을 뽑고 목표를 향해 던진다는 것이 실수를 하여 바로 앞에 떨어졌습니다. 잠시 후 폭발하면 여러 명의 생명이 날아갈 판이 되었습니다. 순간적으로 위기를 직감한 중대장은 몸을 날려 수류탄을 덮쳤고 동시에 수류탄이 폭발하여 그의 몸은 산산이 쪼개졌으나 부하들의 목숨은 지킬 수 있었습니다. 여기에서 강재구의 몸을 날리게 한 것은 무엇이었다고 생각하십니까? 애국심, 전우애, 사나이의 의리... 여러 가지로 말할 수 있겠으나, 나는 그보다 앞서 사명감이라고 생각합니다. 중대장으로서의 사명감이었을 것입니다. 그가 일개 병사라도 서슴없이 그렇게 했을까요? 그렇다면 그것은 사명감이 아닌 다른 것이었을 것입니다.

내가 연천교육장으로 있을 때 천안함 폭침사건이 일어났습니다. 일촉즉발의 남북간 대치상황에서 웬만하면 대수롭지 않게 여기던 연천주민들도 사태의 심각성을 이야기하며 동요하고 있었습니다. 전쟁 발발의 위험을 느끼고 있는 것입니다. 업무협의 때 과장들에게 물으니 분위기가 뒤숭숭하여 일이 손에 잡히지 않는 것 같다고 하였습니다. 며칠 후 4월 월례회의에서 이렇게 이야기하였습니다. 만일 전쟁이 발발하면 도교육청 지시를 기다리지 않고 여기에서 판단하여 신속히 소산 조치를 취하고 보고할 것입니다. 여러분들 다 철수시키고(운전주무관까지) 모든 것을 확인한 다음에 맨 뒤에 내가 나갈 것이니 염려하지 말라고 했습니다. 그랬더니 직원들 얼굴에 웃음이 돌고 분위기가 환해졌습니다.

여러분들이 퇴근 후나 휴일에도 미진한 업무를 확인하고 필요한 조치를 하는 것은 사명감 때문에 그런 것입니다. 그래서 포상 추천할 때에 제일 앞에 '투철한 사명감을 가지고' 라고 쓰는 것입니다. 공무원에게

경기도교육연수원 전직원 송별기념

사명감은 기본적으로 필요한 것입니다. 기본적인 사명감이 부족하여 일이 잘못되었을 경우에는 벌을 받을 수도 있습니다.

다음에는 '창의성'에 대하여 이야기하겠습니다. 우리나라 공무원들에게 가장 부족한 것이 무엇이냐고 지적하라면 서슴없이 창의성이라고 말할 것입니다. 공무원들이 창의성이 없으면 국가 발전이 더딥니다. 또 세금이 낭비됩니다. 창의성이 없다고 벌 받는 경우는 거의 없습니다. 그러나 창의성이 없이 남보다 앞서가기는 어렵습니다.

창의성이 있다고 하늘에서 뚝 떨어진 새로운 것을 내놓는 것은 아닙니다. 늘 하던 그대로를 답습하는 것이 아니라, 지금의 상황에 맞는 것, 여기의 실정에 맞는 것, 나에게 꼭 맞는 것을 찾는 것이 창의성의 발현이라고 할 수 있습니다. 창의성을 발현하는 것은 귀찮고 머리가 아픕니다. 그래서 대부분은 남이 하던 대로, 어제 하던 대로 그대로 합니다. 그렇다고 벌을 받지는 않으나, 창의성이 있는 상사에게 질책을 받을 수는 있습니다.

우리 연수원을 처음부터 하나하나 만들 때, 지금까지 다른 연수원에서 해왔던 것을 그대로 받아쓰거나 따라한 것이 없습니다. 연수부에서는 연수 브랜드 개발, 각 과정에 맞는 교육과정 편성에 머리를 짜냈고, 총무부에서는 관리 시스템을 개발하느라 궁리에 궁리를 거듭했습니다. 우리 연수원에 맞게 새로 만들고, 고치고, 바꿨습니다. 그러느라고 머리도 아프고, 시간도 걸리고, 힘도 들었을 것입니다. 그러는 과정에서 원장 욕도 하고, 불평도 하였을 것입니다. 그러나 다 해놓고 나서는 가슴 뿌듯함을 느꼈을 것입니다. 창의성을 발휘하면 성취감을 맛볼 수 있습니다. 그 맛에 자꾸 새롭게 하고 싶은 것이 습관이 되기도 합니다.

공무원들이 창의성을 발휘하지 않는 데에는 과거를 답습하는 것이 편하고, 법과 규정에도 어긋나지 않기 때문입니다. '가만히 있으면 중간은 가.'라는 속담이 있습니다. 잘하려고 하다가 선의의 피해를 볼 수도 있다는 말일 것입니다. 공무원들이 창의성을 발휘하여 성과를 올렸을 때에는 상을 주고, 잘못되더라도 벌을 주지 않는 법과 규정이 마련되어야 창의성을 발휘하는 공직 풍토가 조성될 것입니다.

세 번째로 '열정'에 대하여 이야기하겠습니다. 열정도 창의성과 마찬가지로 권장사항이라고 말할 수 있습니다. 열정은 어떤 일에 몰입하는 것입니다. 열정이 있는 사람은 무슨 일을 할 때 슬슬하지 않습니다. 누가 시키지도 않았는데 정성을 다해, 온 힘을 다합니다. 열정을 다했다고 그 일이 꼭 성공하는 것은 아닙니다. 확률은 높아질 수 있습니다. 그러나 실패해도 후회는 남지 않습니다.

나는 젊은 나이에 공무원(선생)이 되었습니다. 그런데 해보니 별 재미가 없었습니다. 군대에 가기 전까지는 아이들하고 노는 것이 좋아서 그냥 했는데, 제대 후에는 여러 가지 생각이 들었습니다. 밥 굶는 것은 면하겠지만 이 봉급 받아가지고 사람답게 살아갈 수는 있을까? 뭐 그래도 승진하는 맛이라도 있어야 하는데, 그것이 언제인지 대중도 못하게 까마득한 것이고, 방학 때 시간은 있는데 돈이 있어야 놀러 다니지? 시골 구석에서 이렇게 썩어야 하나? 이런저런 생각하다 새벽녘까지 잠 못 이루는 때가 많았습니다.

그러다가 결혼을 하는 바람에 꼼짝없이 가던 길을 가는 수밖에 없었습니다. 그러나 사정은 똑같았습니다. 해결할 수도 없는 고민을 떨쳐버리기 위해 그때그때 하는 일에 몰두하였습니다. 체육지도 할 때에는 퇴근시간도 없고 방학도 없었습니다. 몇 년을 그 일에 빠져 그렇게 지냈습니다. 남들은 그거해서 무슨 빛을 보겠다고 저렇게 온힘을 다 쏟나 했겠지만 그래야 잡념이 생기지 않았습니다. 현장교육 연구를 하며 방송통신대학에 다닐 때도 밤을 새워가며 보고서를 쓰고, 시험공부를 했습니다. 그래서 다른 사람들이 몇 년씩 붙잡고 끙끙대는 것을 삼사년에 끝냈습니다.

도서벽지에 가는 것도 남들은 갈까 말까, 접적지역으로 갈까? 섬으로 갈까? 망설이다 결국은 못 가곤 하였는데, 나는 한두 달 따져보고 섬으로 내신을 내서 갔습니다. 군대 한 번 더 갔다 오는 셈치고 가자는 생각이었습니다. 벽지점수만 따가지고 오려고 섬에 간 것인데, 생각지도 않게 3년 중에서 2년간 근무성적 평정 '수'를 받는 바람에 섬에서 나온 지 1년 만에 교감 자격연수 대상자로 지명을 받았습니다. 그리고 한 달쯤 지나서 교감으로 발령을 받았습니다.

임명장을 받고 얼마간은 새로운 맛이 있었으나 1년쯤 지나자 별 재미가 없었습니다. 그래서 교육부지정 인성교육 시범학교에 응모하여 지정이 되었고, 젊고 의욕이 넘치는 선생들과 제대로 된 인성교육을 해보고자 밤을 훤하게 밝혔습니다. 그 결과 도내에서 유일하게 재지정을 받기도 하였습니다. 시범학교 운영도 연구주임을 중심으로 분담한 업무가 잘 추진되어서 내가 일일이 간섭하지 않아도 되었습니다. 그러자 또 슬슬 심심하기 시작하였습니다.

그때 다시 찾은 돌파구가 교육대학원에 가는 것이었습니다. 등록금이 싸고 거리가 가까운 곳을 찾다가 국립대학교 교육대학원 시험에 합격하여 다니게 되었습니다. 계절제 대학원인데 방학 때 수업일수를 줄이기 위해 학기 중에도 일주일에 하루씩은 출석 수업을 하였습니다. 수업에서 발표할 것을 준비하다 보면 한주가 가고, 방학 때 출석수업 마치고 나면 한 학기가 가니 지루하지 않았습니다. 졸업시험은 영어와 전공을 보는데 중학교 때 영어 실력을 되살려서(농업학교에서는 별로 배운 것이 없어서) 무조건 외운 결과 통과되어 논문을 쓰게 되었습니다.

대학원을 졸업하고 주변의 권유에 따라 전문직 시험 준비에 들어갔습니다. 학교에서는 남는 시간에 공문을 숙독하고 컴퓨터 실기를 연습했습니다. 책을 읽다 보면 어느새 날이 밝아오곤 했습니다. 그렇게 하여 시험에 합격하고 장학사 발령을 받아 지루할 틈 없이 4년 반 동안을 살았습니다.

교장을 나가는 나에게 K교육장이 교장 오래하지 말고 장학관으로 들어오라고 하여서, 겉으로는 그러겠다고 하였지만 속마음으로는 푹 쉬고 싶었습니다. 개교한 지 2년밖에 안 되었지만 열린교육의 바람이 한창일 때 지어놓은 학교라 교실과 책걸상을 바꿔달라는 학부모의 요구가 대단하였습니다. 말로는 내년부터 시작하여 몇 년 걸려야 된다고 하였지만, 바로 시작하여 1년 안에 현안사항을 모두 해결하였습니다. 교직원과 학부모의 요구사항이 모두 해결되니 학교는 안정 되었는데 한

가한 시간을 보내게 되었습니다.

한가한 것은 여유로워서 좋기는 하지만 일하는 재미가 적었습니다. 1년 반 만에 전문직 전직 신청을 하여 장학관으로 나갔습니다. 여기저기 다니며 이일저일 하다가 기관장으로 나갔고, 여기까지 와서 여러분과 만나게 되었습니다.

나와 여러분이 만난 것이 여러분에게는 불행이었을지 모르지만, 나에게는 행복 그 자체였습니다. 최고의 연수원을 만들고자 하는 여러분의 열정은 나를 능가하였습니다. 그 열정이 모두가 불가능하다고 믿었던 연수원 개원도 가능하게 바꿨으며, 짧은 기간에 모든 것을 완벽한 수준으로 올려놓았습니다. 열정은 옮겨갑니다. 여러분의 열정이 나에게 옮겨왔으며, 다시 그 열정은 우리 모두에게 공유되었습니다. 열정은 가슴 뿌듯한 성취감을 맛보게 합니다. 우리 모두는 우리가 일궈 놓은 연수원을 바라보며 가슴이 뿌듯해짐을 느낍니다.

여러분은 공무원이 갖추어야 할 기본 덕목인 투철한 사명감을 가지고 있고, 맡은 바 업무를 새롭게 개선하려는 창의성을 발휘하고 있으며, 자신은 물론 다른 사람에게도 전해주는 뜨거운 열정을 가지고 있습니다. 사명감과 창의성과 열정을 가진 여러분의 공직생활은 심심하거나 지루하지 않을 것입니다. 나는 오늘 퇴임하는 것이 아쉬운 것이 아니라, 다시는 여러분과 같이 일을 할 수 없다는 것이 서운합니다. 나는 오늘 떠나지만 여러분과 같이 쓴 경기도교육연수원의 역사는 영원히 남을 것입니다.

여러분! 그동안 정말 고생 많았습니다. 앞날에 건강과 행운이 함께하시길 빌겠습니다. 여러분! 감사합니다. 그리고 사랑합니다.

본관 앞에 도열해 있는 직원들과 악수를 나눈 후, 연수원 전체 모습과 오늘따라 유난히 파란하늘을 기억 속에 저장하며 차에 올랐다. 정문에 이르러 손을 흔드는 직원들의 모습을 다시 한 번 뒤돌아보고 연수원을 빠져나왔다.

농자천하지대본

農者天下之大本

땅에 얽힌 이야기

땅에 얽힌 이야기

얼마 전까지만 해도 시골에서 땅이라고 하면 으레 논을 가리키는 것이었다. 세상은 변해 요즈음은 땅이라고 하면 밭이나 산, 또는 나대지를 먼저 떠올리지만, 농경문화가 시작되면서 최근까지 가장 귀한 대접을 받은 것은 논이었다. 그러나 농민이 자기 땅을 가지고 농사짓기 시작한 것은 그리 오래지 않았다. 장구한 세월 동안 지주는 따로 있고, 농민 대부분은 소작농이었다. 그러다가 일제강점기를 지나 해방되면서부터 제 땅에 농사를 짓는 자작농이 될 수 있었다. 그래서 농민은 땅을 제 목숨만큼이나 소중하게 생각했다.

내가 농사짓고 있는 땅도 할아버지와 아버지가 목숨만큼이나 아끼던 땅이다. 또 그 땅은 부모의 애환이 담겨 있는 땅이기도 하다.

퇴임을 일주일 정도 앞둔 날, 저녁식사를 하면서 아내에게 내일 오후, 진천에 가서 안골 땅 매매계약을 하고 오겠다고 말했다. 식사 후 지하 헬스장에서 운동을 하고 들어오는 아내가 현관에서부터 나를 불러댔다. 왜 이렇게 호들갑을 떠느냐고 했더니 다짜고짜로 땅을 팔지 말라는 것이었다. 헬스장에서 같은 통로에 사는 농협 상무 부인을 만나서 들은 이야기를 했다. 자기네가 농사짓던 과수원을 2억 5천만 원에 팔았는데 양도세가 8천만 원이 나와서 큰 걱정을 하고 있다고 했다. 부모로부터 물려받아서 10년 이상 직접 농사를 지었기 때문에 양도소득세는 생각도 하지 않고 팔았다는 것이다. 사정을 듣고 보니 나와 비슷한 경우였다.

다음날 업무협의회가 끝나고 총무부장에게 물어보았다. 부모로부터 토지를 물려받은 것이 있는 사람이라 이야기했더니 매매를 하지 않아서 모른다고 하며 잘 알아보고 팔아야 한다고 했다. 인터넷에 들어가서 뒤져보니 8년 이상 자경(自耕)을 하면 양도세가 면제된다고 되어 있었다. 자경의 인정 범위를 알아보니 인접 시·군이어야 하고 거리가 40㎞ 이내이어야 된다는 규정이 있었다. 나는 오래전부터 주소가 시골집으로 되어 있어서 그런 조건과는 해당이 없었다. 더 찾아보니 연 3,700만 원 이상의 소득이 있으면 자경으로 인정받지 못한다는 규정이 있어서 이것이 문제였다. 양도소득세를 내가며 땅을 팔 수는 없는 노릇이었다.

땅을 팔아보려고 했던 것은 어머니의 권유 때문이었다. 그동안 현직에 있으면서도 주말에 오가며 농사거리 관리하느라 고생을 했는데, 퇴임하면 편히 쉬어야지 또 농사를 짓느냐고 하며 말렸기 때문이다. 또 논값이 내려갈 것을 염려하여 지금 파는 것이 낫다는 주변의 권유도 있어서 그러기로 했었다. 농촌에 젊은 농사꾼이 있어서 논을 사들여야 값이 올라가는데, 대부분이 60세 이상의 고령이니 있는 것이나 농사짓는 형편이다. 거기에다가 쌀값이 싸서 농사지어야 인건비도 안 나오니 있는 논도 묵힐 수 없어서 농사짓는다고 보아야 한다. 그나마 우리 논은 길옆이고 주변보다 높아서 비닐하우스를 설치하기에 적당하기 때문에 사려는 사람이 있는 것이다.

논 값이 이렇게 싼 것은 농업진흥지역 지정 때문이다. 우리의 주 식량자원인 쌀을 자급자족하기 위해 논을 농업 이외의 용도로 전용하지 못한다는 법이 있어서다. 그런데 쌀 소비는 줄어들고 생산량은 늘어나 보관중인 벼가 처치 곤란한 지경이 되었다. 그런데도 당국에서는 보조금 몇 푼씩 준다는 명분으로 농업진흥지역을 사수하고 있다. 논 값의 반에도 못 미치던 야산이나 산비탈 따비밭은 수십 배 올랐는데 논 값은 오히려 떨어지니 이게 될 말인가? 논 가지고 있는 농민의 재산권도 보호해 주려면 대책을 세워야 하는데, 농업진흥지역 보호라는 명분으로 희생만 강요하고 있으니 분통이 터질 노릇이다.

땅 매매를 중계하는 사람은 아버지가 자경한 사실을 인후보증으로 증명하면 양도소득세를 1/2로 감면받을 수 있다고 하였으나, 팔지 않기로 마음을 굳혔다. 나중에 안 사실이지만 나는 상속받은 것이 아니라, 아버지가 살아계실 때 증여받았기 때문에 거기에 해당되지도 않았다. 어느 따뜻한 봄날 농산물품질관리원에 가서 농업인으로 등록하였다. 그래서 정식으로 농사꾼이 되었다. 편히 살 팔자는 아닌가보다.

장비 모습으로 찍힌 할아버지

내 눈앞에 떠오르는 할아버지는 60년 전의 모습이다. 아버지가 모시고 가서 사진을 찍자고 하여도 한사코 듣지 않으셔서, 할아버지가 알아 눕기 전 내 머리에 찍어둔 사진밖에 없다. 두상이 둥글둥글하고 얼굴은 불그스레하며 구레나룻이 턱수염과 이어져 있었다. 키는 보통보다 좀 크고 몸집이 있어서 당당하게 보였다. 내가 중학교 다닐 때 처음으로 삼국지를 읽었는데, 장비의 모습을 설명하는 장면에서 할아버지의 모습을 떠올렸다.

온양정씨의 본거지는 충청남도 아산인데, 진천에 살게 된 것은 고조부가 백곡 지그머리에 터를 잡으면서부터이다. 고조부는 슬하에 아들 다섯을 두었는데 모두 똑똑하였다고 한다. 할아버지는 첫째 증조부의 작은아들로 태어났다. 그런데 둘째 증조부가 아들을 못 두어서 그분의 양자로 들어갔다고 한다. 그 당시에는 형제 중에 아들을 두지 못한 사람이 있으면 동생이나 형의 아들을 양자로 삼는 것이 통상적이었던 것 같다. 할아버지의 양아버지는 똑똑한 분이었으나 모아놓은 재산은 별로 없었던 모양이다. 할아버지가 양자로 들어가 농사를 지어 봉양하던 중 할아버지 열네 살 때 양아버지가 돌아가셨다고 한다. 예나 지금이나 장례를 치르려면 비용이 꽤 들어간다. 먹고 살기 어렵던 옛날에 가난한 사람들은 부모가 작고하면 형제끼리 지게에 지고 가서 공동묘지에 묻었다는 이야기도 전해온다. 어려운 살림에 장례를 준비하던 중 일본 헌병이 와서 다짜고짜로 헌병대로 끌고 갔다고 한다. 헌병대에 가서 왜 나를 붙들어 왔느냐고 따지니까, 웬 문서를 내밀더라는 것이다. 읽어보니 양아버지가 쓴 빚 문서더라는 것이다. 오늘날로 말하면 차용증이었을 것이다. 돈을 빌려준 사람이 채무자가 작고해서 못 받을 것 같으니까 헌병대와 짜고 수작을 꾸민 모양이었다. 지금은 돈이 없어서 못 주고 벌어서 갚겠다고 했더니, 확인서를 쓰라고 해서 써주고 돌아와 장례를 치렀다고 한다. 물려받은 재산이라고는 빚밖에 없었던 것이다.

근면과 성실로 일군 터전

의지가 굳고 몸이 튼튼한 할아버지는 부지런히 농사를 지어 조금씩 재산을 일구었다. 그 당시는 어느 지역이나 막론하고 땅은 대지주 몇 사람의 것이고, 대부분의 사람은 그들의 땅을 빌려 농사를 짓는 소작농이었다. 대지주는 여기저기 있는 땅을 혼자서 관리할 수는 없으니까, 커다란 들판마다 그곳의 땅을 관리하는 이를테면 집사를 두었는데 이를 마름이라고 한다. 지주는 자기 땅을 누가 농사짓는지도 잘 모르고 마름이 바치는 도지만 맞게 챙기면 되는 것이었다. 가을 추수가 끝나면 마름은 자기가 관리하는 땅에서 나는 땅 도지를 받아 소가 끄는 마차에 싣고 가서 지주에게 인계해주어야 하는 것이다. 그러려면 혼자서는 할 수 없고 일 잘하고 자기 맘에 드는 사람을 데리고 갈 수밖에 없다. 할아버지는 해마다 마름과 같이 볏가마니를 싣고 가 지주네 창고에 쌓아주고 하니까, 지주도 할아버지의 근면 성실함을 알아봐서 친하게 지냈다고 한다. 그때의 지주와 소작농의 관계는 주종관계나 반상(班常)의 관계는 아니었던 것이다. 경자유전(耕者遺田)의 원칙에 의하여 토지를 경작하는 농민에게 팔도록 하는 토지개혁이 임박했던 시기였던 것 같다.

그 시절 마름의 권한은 대단했다고 한다. 섣달 그믐날 마름의 집 광에는 돼지다리, 닭 등의 먹을거리가 쌓였다고 한다. 잘못 보이면 다음해에는 붙이던 논을 떼이게 되니까 그 정도의 선물은 할 수밖에 없었던 것이다. 또 마름은 자기 땅이 없어도 관리하는 땅 중에서 좋은 것만 골라 머슴을 두고 농사를 지어 부를 축적할 수 있었으니 꿩 먹고 알 먹는 식이었다. 우리 동네에서 시작되는 큰 들판인 잔다리들을 관리하는 마름이 동네에 살고 있어서 근처 다른 마을사람들보다 우리 마을사람들이 좋은 논을 많이 얻어 농사를 지었다고 한다. 마름과 한동네 사는 것도 복으로 생각했던 시절이었던 것이다.

효성이 지극한 아들

'굳은 땅에 물이 고인다.'는 속담이 있다. 부지런히 일하고 쓰지 않으면 재산이 모인다는 말일 것이다. 할아버지가 부지런히 농사를 지어 조금씩 땅을 늘려가던 때 생부가 병환이 나 눕게 되었다고 한다. 요즈음이야 건강보험이 생겨 감기만 걸려도 병원에 가곤 하지만, 그 당시에는 감기쯤이야 고뿔이라 하면서 참고 견디어서 나았다. 또 병에 걸려도 약값이 비싸서 의원에게 가지 못하고 민가에서 전해 내려오는 산약에 의존해서 치료하던 때였다.

친아버지를 모시고 살던 형님이 의원에서 약을 지어다 드릴 형편이 못되자, 할아버지는 얼추 다 큰 황소를 팔아 약값으로 쓰라고 형님에게 갖다 주었다고 한다. 할아버지가 잘사는 것도 아니고, 이제 겨우 일어서려고 하는 형편에 큰 재산인 황소를 팔아 몽땅 주었다는 것은 아무나 할 수 있는 일이 아닌 것이다. 알아 누운 친아버지가 그 말을 듣고 야단을 치자, 소는 또 사서 먹이면 되지만 아버지는 돌아가시면 그만이지 않느냐고 했다고 한다. 얼마 전까지만 해도 소는 농가에서 커다란 재산이었는데 그 당시에는 가치가 더했을 것이다. 효성이 지극한 아들이었음은 틀림없는 사실이다.

한 부모에서 태어난 형제라도 성격과 재주가 제각각이기 마련이다. 할아버지 형님은 일을 열심히 하지 않고 놀기를 좋아했던 모양이다. 그러니 자연히 사는 형편도 넉넉하지 못했을 것이다. 이를 안타깝게 여긴 할아버지는 땅 두 마지기를 사서 형님에게 주었다고 한다. 형제간의 우애를 소중하게 생각했던 할아버지라고 한다. 그런데 도움을 받아서 잘 사는 경우가 있는가 하면, 도와주어도 별 소용이 없는 경우도 있는 것 같다. 또 그 자식이 부지런히 일을 해서 재산을 모아야 하는데 놀고먹기를 좋아하면 현상유지도 어렵게 되는 것이다. 나에게 큰할아버지가 되는 분의 아들들도 근면하지 않았고, 또 그 손자도 근면하지 않은 것을 내가 보아 알고 있다. 교육학적으로 따져볼 때 유전적인 현상인지, 인적 환경의 영향인지, 둘 다인지는 모르지만 그런 정신이나 생활태도도 대물림되는 것 같다.

겨울이 되면 읽는《삼국지(三國志)》

삼국지에 나오는 조조가 최후의 승자가 될 수 있었던 것은 일찍부터 인재를 모으고 꿈을 키워갔기 때문이다. 조조가 그렇게 할 수 있었던 데는 양아버지의 재산이 있었기에 가능했던 것이다. 예나 지금이나 큰일을 하거나 큰 인물이 되기 위해서는 경제적인 뒷받침이 있어야 한다. 물론 부모가 재산을 많이 모아 놓았어도 자식이 쓰기를 좋아하거나 그릇이 되지 않으면 별 소용이 없기는 하다.

할아버지는 양자로 가서 빚 상속을 받을 정도이니 가난하기는 이를 데 없고, 친가도 넉넉하지 않았으니 도움을 받지도 못했을 것이다. 그 당시도 잘사는 집 자식들은 자기 집에 독선생을 모셔놓고 글을 배웠다고 한다. 또 잘살지는 못해도 부모가 있어서 호구지책만 해결할 수만 있으면 서당에 가서 글을 배우던 시절이었다고 한다. 하지만 할아버지는 어려서부터 혼자 농사를 지어 부모를 봉양하였으니 서당에 가서 글을 배우는 것은 엄두도 못 냈을 것이다.

할아버지 사촌 중에 하나가 한글을 배우는데 "가갸 거 겨..." 하는 소리가 골목까지 들릴 정도로 큰소리로 읽었다고 한다. 부모도 있고 먹고 살기도 웬만하니까 배운 것을 집에서 복습했던 것 같다. 할아버지는 일을 하다 쉬는 틈틈이 사촌 공부하는 뒤에서 속으로 따라하며 한글을 배웠다고 한다. 그야말로 어깨너머로 깨우친 한글인 것이다.

할아버지는 근면이 몸에 배인 분이라 겨울에도 놀지 않고 일을 했다고 한다. 낮에는 땔나무도 하고, 소도 거두고, 이듬해 농사에 쓸 가마니도 치는 등 잠시도 쉬지 않았다. 밤에는 다음날 가마니틀에 걸 새끼를 꼬면서 틈틈이 소설책을 읽었다. 그래서 한해 겨울이면 소설책을 몇 권씩 읽었는데, 그 중에서도 삼국지는 매년 한 번씩 읽어서 외울 정도였다고 한다. 그러니 배운 것을 잊어버리지 않았을 것이고, 세상 살아가는 이치도 계속 깨우치셨을 것이다.

먹고 살기가 웬만해지자 사랑채를 짓고 사랑방을 썼다. 내가 중학교에 다닐 때까지만 해도 농촌에서 먹고 살만하면 사랑방을 써서 겨울이면 또래 친구들이 모여 새끼도 꼬고 놀기도 하였다. 할아버지가 사랑방을 쓰자 겨울이면 같은 또래 친구 십여 명이 매일같이 와서 밤이 이슥하도록 놀다 갔다. 이때 친구들이 삼국지를 읽어 달라고 하여서 할아버지가 읽어주며 해설까지 곁들였다고 한다. 그러면 친구들이 무릎을 치고 깔깔대며 좋아했다고 한다. 글을 읽을 줄 모르니 할아버지의 이야기에 쏙 빠졌던 것이다.

어머니가 시집오고부터는 겨울에 밤참을 자주 해냈다. 외할머니를 닮아 술을 잘 담글 줄 알아서 집에 막걸리가 떨어지지 않았으니 두부나 계란을 안주로 자주 내었다. 때로는 칼국수나 도토리묵을 해서 내기도 했다. 먹을 것이 귀하던 시절이라 긴긴 겨울밤의 간식거리라고 해봤자 고구마나 무, 배추뿌리 같은 게 고작이었다. 그 무렵 제삿날은 어른이나 아이나 모두 기다려지는 날이었다. 닭고기, 돼지고기는 물론 쇠고기도 맛볼 수 있고, 사과, 배, 곶감 같은 과일도 먹을 수 있으니 그랬을 것이다. 제사지내고 나면 사랑방에서 기다리는 마실꾼들에게 대접해야 하니 새벽녘이 되어서야 잠자리에 들 수 있었다. 특히 어머니가 많이 힘들었을 것이다.

사랑방 손님들

사람들이 소를 농사일에 활용한 것은 아주 오랜 옛날부터일 것이다. 농업용 기계가 나오기 전까지 힘든 일은 모두 소차지였다. 그래서 농부들은 소를 가족과 같이 소중하게 여기고 잘 보살폈다. 힘든 일을 하는 것은 소지만 소를 부리는 사람도 힘들기는 마찬가지다. 소가 끄는 농기구를 조정하랴, 소리를 질러가며 소를 몰랴, 농사일 중에 가장 힘든 일이다. 그래서 머슴 중에도 쇤 일을 잘하는 머슴이 상머슴 대접을 받았다.

할아버지는 타고난 체질이 튼튼하고 요령이 있어서 어려서부터 쇤일을 잘했다고 한다. 우리 집 쇤일은 물론 큰집 쇤일까지도 모두 했고, 다른 사람의 일도 잘 해주었다고 한다. 어려서부터 자기 주관대로 농사일을 하면서 배웠으니까 일찍 농사에 박사가 된 셈이다. 그때는 많은 사람이 모여서 이집 저집 일을 돌려가며 할 때인데, 들판에 나가면 할아버지

지시에 따라서 일을 했다. 감히 지시에 따르지 않는 사람도 없었다고 한다. 원래 힘도 세었고 옳지 않은 일을 보면 참는 성질이 아니었기에 할아버지의 뜻을 어기지 못했다는 것이다. 참 시간이 되어서 밥을 먹을 때도 할아버지가 먼저 수저를 들어야 따라서 수저를 들고 먹기 시작했다고 한다. 그렇게 동네에서 어른 대접을 받게 된 것은 할아버지가 힘이 세기도 했지만, 절대 남에게 손해를 끼치거나 남을 곤경에 처하게 하는 일은 하지 않았기 때문이었다. 스스로 모범을 보이면서 질서를 잡았으니 통했던 것이다.

집안에서도 할아버지의 말이면 모두 들었다. 내가 어릴 적에 우리 집에서 종계(宗契-조상의 제사를 받들 목적으로 만든 계)를 하는데, 할아버지의 사촌 되는 분이 종계 쌀을 잘못 처리하여 떼어놓고 변명하다가 할아버지에게 혼나는 것을 본 적이 있다.

내가 학교에 들어가기 전까지도 사랑방에는 자고 가는 사람들이 많아서 어머니가 밥상을 들고 가는 것을 여러 번 보았다. 고무신 꿰매러 다니는 노인, 갓 고치러 다니는 노인, 장사하러 다니는 노인 등이 우리 사랑방에 와서 자고 밥 먹고 가곤 했다. 할아버지는 어려운 사람을 잘 도와주었다. 예전에는 밥을 얻어먹으러 다니는 거지도 많았다. 내가 학교 다닐 때도 아침이면 진천읍 다리 밑에 사는 거지들이 시골 마을로 밥 얻으러 오는 것을 매일 보았다. 거지가 우리 집에 오면 사랑방 쇠죽 쑨 따뜻한 부뚜막에 밥을 차려주어 먹고 가게 했다고 한다.

어려운 사람을 배려하는 마음은 많았지만 자신에게는 엄격했던 것 같다. 농사에 필요한 물건을 사러 장에 가더라도 아침 일찍 가서 용무를 마치고 점심은 집에 와서 드셨다고 한다. 쌈지에 늘 돈을 가지고 있었지만 불필요하게는 쓰지 않았던 것이다. 그렇지만 자식들이 공부하는데 돈이 필요하다고 하면 미루는 일 없이 바로바로 주었다고 한다.

그 아버지의 그 아들

부전자전(父傳子傳)이란 말이 있다. 아버지의 근면성과 정직성은 할아버지를 그대로 닮은 것 같다. 아버지가 제일 존경하는 사람이 할아버지라고 나한테도 이야기할 정도이니까 은연중에 닮아갔을 것이다.

할아버지는 근검절약으로 꽤 많은 농토를 장만하였다. 잔다리 열네 마지기, 장자골 네 마지기, 양돌백이 일곱 마지기, 밭논 일곱 마지기, 물 건너 두 마지기, 골말 네 마지기, 방죽밑 두 마지기해서 논 사십 마지기와 앞산 1정보, 안산 건너 밭 300평을 샀으니, 그야말로 무에서 유를 창조한 셈이다. 그중에서 할아버지가 아버지 앞으로 명의를 이전해준 것은 밭논 일곱 마지기와 양돌백이 일곱 마지기이고, 장자골 네 마지기와 안산 건너 밭은 아버지에게 주었으나 명의 이전은 못해준 상태였다. 건강하시던 할아버지는 갑자기 중풍으로 쓰러지셨다가 회복되어 2년 넘게 사시다 돌아가셨지만 명의를 이전해줄 상황은 못 되었다. 장자골 네 마지기는 세배미로 되어 있는 것을 한배미로 만드느라 한해 봄내 일꾼을 사서 소달구지로 개답을 했다. 어머니가 여동생을 임신한 때라 밥을 내갈 때 내가 물주전자를 들고 따라갔던 기억이 난다. 할아버지가 돌아가시자 큰아버지가 장자골 논과 안산 건너 밭이 할아버지 명의로 되어 있으니 장남인 내가 가져야 한다고 내놓으라고 해서 주고 말았다. 그 후에 특별조치법에 의거 큰아버지 명의가 되었고, 삼촌 땅으로 불렸던 물 건너 두마지기도 큰아버지 명의로 돌렸다. 내가 좀 컸을 때 할아버지 명의로 되어 있는 것을 왜 내어주었느냐고 아버지한테 말했더니 그깟 땅 때문에 형제간에 싸우느냐고 하였다. 아버지는 돈이라면 인정사정 두지 않는 모진 사람은 못되었다.

밭논은 원래는 밭이었는데 백곡저수지가 완공되면서 논으로 만든 것으로, 네 배미로 되어 있던 것을 몇 년 동안 봄마다 개답을 하여 한배미로 만들었다고 한다. 그리고 내가 국민학교 다닐 때 밭논 아래와 옆에 붙어 있는 논 세 마지기와 두 마지기를 사서 열아홉 마지기가 되었다.

아버지도 할아버지와 같이 부지런하였다. 겨울철에 낮에는 마당에서 가마니를 치고 밤에는 사랑방에서 다음날 가마니 치는 데 쓸 새끼를 꼬았다. 낮에 가마니를 치다가 쉬는 틈에는 소등어리를 쓸어주기도 하고 소죽을 끓여다주었다. 봄이 되면 식전에 거름을 한 짐 져다 논에 부리고 아침 식사를 하였다. 농한기 한가할 때라고 해서 오락으로라도 화투를 가지고 노는 일은 없었고, 가끔 명심보감이나 삼국지 같은 책을 읽었다. 그런 점도 할아버지를 닮은 것 같다.

농촌에서 농사를 지으며 살려면 밭이 필요하였다. 채소도 심고 잡곡도 심어서 자급자족을 해야 하는데 밭이 없으니까 사서 먹어야만 했다. 그래서 채소와 마늘이라도 조금 심어서 먹으려고 밭논 귀퉁이에다 모래를 실어다 부어서 밭을 만들어 채마전으로 활용했다. 그러다가 앞산 근처에 있는 밭 200평을 사서 고추와 깨 등을 심었고, 3년 후에는 그 근처에 있는 밭 500평을 사서 밭벼와 콩을 심어서 밭곡도 자급자족을 하게 되었다.

몇 년 후 삼촌 명의로 논 네 마지기를 샀다. 삼촌이 군대 가기 전에 월급타서 보내온 돈을 계산하여 땅을 사서 준 것이다. 그 후 내 명의로 물 건너에 논 여섯 마지기를 샀다. 내가 군대 가기 전에 3년 동안 벌어다 드린 것을 늘려서 사는 것이니 내 명의로 산다기에, 그러지 말고 아버지 명의로 사라고 하였더니 세상일은 어떻게 될지 모르니 잠자코 있으라고 하였다. 그래서 아버지가 경작하는 땅이 논 스물아홉 마지기에다 밭이 700평이니 머슴을 두어야 했다. 아버지가 그렇게 바라던 일 중에 하나가 이루어진 셈이다.

옳지 못한 일을 보면 참지 못하는 성격도 할아버지를 닮은 것 같다. 한번은 막 잠자리에 들었는데 이웃집 사는 사람이 사랑방 문을 두드리며 "자네 형이 멱살잡이하며 싸우고 있으니 빨리 가보라."고 하더라는 것이다. 옷을 입고 밖으로 나가 떠드는 소리가 나는 곳으로 가보았더니 큰아버지가 손아랫사람하고 서로 멱살을 잡고 밀고 당기기를 해서 그만하라고 뜯어말렸는데, 그 사람이 다시 멱살을 잡으러 달려드는 것을 아버지가 잡아서 메쳤다고 했다. 그래서 싸움은 말렸는데 집에 와서 생각해보니 안 된 마음이 들어서 다음날 아침에 가서 사과를 하였다고 한다.

또 한 번은 저녁에 집에서 쉬고 있는데 이웃집 사람이 불러서 나가보니 "자네 형이 싸움을 하고 있으니 빨리 가보라."고 하더라는 것이다. 밖으로 나가 불이 훤하고 떠드는 소리가 나는 곳으로 가보니 아버지 친구 되는 사람이 큰아버지를 메쳐놓고 배를 깔고 앉아 있더라는 것이다. 그래서 잡아 일으키면서 그만하라고 하였더니 다시 욕을 하며 달려들기에 잡아서 메쳤다고 한다. 집에 돌아와 생각해보니 친구한테 미안한 생각이 들어서 다음날 아침 일찍 찾아가서 사과를 하였다고 한다. 옛날에는 시골에 큰일이 있으면 저녁에 막걸리를 사다놓고 먹으며 노는데, 술이 거나해지면 자기주장이 강해지니까 언쟁이 벌어지고 그러다가 곧잘 몸싸움으로 이어졌던 것 같다. 아버지가 덤비는 사람을 메친 것은 나이 어린 사람이 형뻘 되는 사람과 멱살잡이 하는 것은 옳지 않은 일이라고 생각했기 때문에 그랬다고 한다.

아버지가 공군에서 제대하고 농사를 지을 무렵이 자유당 정부 시절인데 가난하게 살던 때라 겨울철이면 곡식을 훔쳐가는 좀도둑이 심하고 놀음을 많이 했다고 한다. 그런데 그런 것을 예방하고 계도(啓導)할 만한 치안력이 확보되지 못해서 의용경찰 제도를 운영했다고 한다. 아버지가 의용경찰로 위촉되어서 밤마다 방범 순찰도 돌고 동네 사랑방을 둘러보며 놀음을 하지 않도록 주의를 시켰다고 한다. 나와 동생들이 어렸을 때 "법은 지키라고 있는 것이다. 법을 지키지 않으면 나라가 혼란해져서 살 수가 없는 것이다."라고 말씀하시던 기억이 난다. 스스로 법과 규칙을 잘 지키며 옳지 못한 것을 그냥 보아 넘기지 않는 정신을 자식들에게 심어주려고 했던 것 같다.

아버지가 만든 상등답(上等畓)

아버지 장례식 후 삼우제(三虞祭-죽은 사람을 매장한 뒤에 지내는 세 번째 제사)를 지내고 시골집으로 돌아와 사랑방에서 쉬고 있는데, 안방에서 어머니와 동생들이 이야기하는 소리가 들렸다. 동생들이 땅은 누구 명의로 되어 있느냐고 묻자, 어머니가 논은 혁이 아비 명의로 되어 있고 밭은 아버지 명의로 있다고 하였다. 언제 그렇게 해주었느냐고 물으니까, 나와 상의해서 몇 년 전에 증여해주었다고 하였다. 혁이 아비가 군대 가기 전에 3년 동안 월급 타온 돈으로 물 건너 논 여섯 마지기를 샀다가 너희들 공부 시키느라고 팔지 않았느냐? 그리고 제대 후에도 3년 동안 월급 타서 모두 가져 왔으니까 벌어온 돈이 논 열 마지기 값은 충분히 되지 않느냐? 그래서 혁이 아비 앞으로 명의를 돌려준 것이라고 어머니가 말씀하셨다.

나는 처음부터 결혼해서 살림을 나기 전까지 월급을 타면 봉투째 아버지께 갖다 드리고 하숙비나 용돈을 받아서 썼다. 그때만 해도 농촌 경제가 그렇게 나쁘지 않아서 동생들이 청주에 가서 고등학교를 다닐 때도 꾸려 나갈 만했다. 그러다가 내가 결혼해서 살림을 나간 후에 동생

둘을 한꺼번에 대학에 보내고 나서 농촌 경제가 급격히 나빠져 땅을 팔게 되었다. 어느 날 아버지가 나를 부르시더니 빚을 내서 학비를 댈 수 없으니 땅을 팔아야겠다고 말씀하셨다. 어느 땅을 팔 거냐고 물으니까 밭논을 팔겠다고 하셔서, 그것은 할아버지가 물려주신 거니까 그냥 두고 물건너 논을 팔라고 하였다. 그건 네 명의로 사준 거라서 안 된다고 하시는 걸 괜찮다고 우겨서 물건너 논을 팔았다. 그렇게 해결하면 끌고 나갈 줄 알았는데, 그사이 쌀값은 더 떨어지고 논이 줄어들었으니 총생산량도 줄어들어 여동생 결혼시키느라 조직한 쌀계 불입금을 빼고 나니 남는 게 없었다. 아버지가 나를 부르시더니 남의 빚을 늘려주느니 양돌박이 논을 팔아야 되겠다고 하셨다. 팔기는 아까운 논인데 내가 도와드릴 여력이 없으니 어떻게 할 수가 없어서 그렇게 하시라고 하였다.

남은 논은 밭논 하나였다. 할아버지한테서 물려받은 것은 일곱 마지기인데 아래와 옆에 붙어 있는 논을 아버지가 사서 열두 마지기가 되었고, 경지정리를 해서 한배미로 되었는데, 중부고속도로에 귀퉁이 일부가 편입되어 열 마지기가 조금 넘게 남았다. 아버지는 제대로 된 농사꾼이라 도로 밑으로는 도랑을 파서 건수(乾水-평상시에는 물이 고여 있지 않다가, 장마 때 땅속으로 스몄던 빗물이 잠시 솟아나서 괴는 샘물)를 흐르게 하여 쉬(늪지대같이 깊게 빠지는 곳)를 없애고, 용수와 배수를 자유롭게 할 수 있도록 만들어서 농사꾼이라면 누구나 갖고 싶어 하는 상등답(上等畓-토질이 썩 좋아 농사가 잘되는 논)이 되었다. 그래서 내가 현직에 있을 때도 휴일에 다니며 농사를 지을 수 있었다.

일제강점기에 막은 백곡저수지 둑을 두 배 정도로 높이자 저수량이 풍부하여 앞산 언저리에 있는 밭을 논으로 만들어 벼농사를 짓기 시작하였다. 어찌 보면 천지가 개벽한 것 같은 느낌이다. 높은 지대까지 저수지 물이 올라가니 말이다. 그래서 우리도 앞산 근처에 있는 밭을 논으로 만들어 농사를 지었는데 아버지가 돌아가신 후에 팔아서 어머니께 드렸다. 더 농사를 지으려면 멀리 돌아서 다녀야 하는 불편을 감수해야 하니 할 수 없이 팔았다. 그 밭을 가려면 할아버지가 장만했던 산 옆으로 난 길을 거쳐야 하는데, 큰 사촌형이 산을 파는 바람에 공장이 들어서고 진입로가 막혀버렸기 때문이다. 이제 남은 땅은 할아버지와 아버지의 굵은 땀방울이 스며 있는 밭논뿐이다. 돌아가신 후부터는 내가 농사를 지어 일부는 농협에 수매하여 농자금으로 사용하고, 일부는 도정(搗精-낟알을 찧거나 쓿음)을 하여 형제들과 나누어 먹고 있다. 김탁환이 쓴 《불멸의 이순신》을 보면 이순신이 젊은 시절에 "장부로 태어났으면 무장(武將)이 되어서 외적(外敵)으로부터 나라와 백성을 지키는 일에 온힘을 다하든지, 그렇지 않으면 농사를 지어 부모를 봉양하고 처자식을 먹여 살리는데 힘써야 한다. 글이나 읽으며 한가하게 세월을 보내는 것은 장부가 할 일이 아니다."라고 중얼거리는 장면이 나온다. 나도 그런 마음으로 농사를 짓고 있다.

내 집 만들기

얼마 전부터 도시생활에 실증을 느낀 사람들이 전원생활을 하고 싶어 귀농·귀촌을 하고 있고 관심을 갖고 준비 중인 사람들도 꽤 있다고 한다. 전원생활은 바쁘게 서두를 필요도 없고, 눈치 볼 것도 없으며, 형식에 억매일 필요도 없어서 좋다. 그렇다고 시골에서 살면 마냥 편하기만 한 것은 아니다. 시골에서도 할 것은 다해야 살아갈 수 있는 것이다. 단지 내 마음대로 할 수 있는 재량권이 커졌을 뿐이다.

시골에서 살려면 어느 한 분야의 전문가보다는 생활에 필요한 여러 가지를 직접 해결할 수 있는 팔방미인이 되는 것이 좋다. 도시에서는 대부분이 아파트에서 거주하는데 이것은 완벽하게 꾸며진 공간에 돈만 내고 살면 되는 것이다. 불편한 것이 있으면 관리소에 부탁하면 거의 다 해결해준다. 그러나 시골에서는 필요한 것 하나 해결할 때마다 사람을 부를 수도 없고 올 사람도 마땅치 않다. 그러니 필요한 도구와 자재를 미리미리 준비해 두었다가 일이 벌어지면 스스로 해결해야 한다.

요즈음 방송에 나오는 귀촌 사례를 보면 시골 헌집을 수리해서 사는 사람들도 꽤 있는 것 같다. 나름대로 어떤 뜻이 있어서 그렇게 하겠지만, 비용을 절약하기 위해서 하는 것이라면 잘못된 계산이다. 공사 기간을 단축하기 위해서 그렇게 하는 것이라면 그것도 잘못된 계산이다. 능력에 맞게 형편에 맞는 규모로 새로 지어 사는 것이 오히려 돈을 절약하는 방법일 것이다. 새로운 생활의 시작이니 모든 것을 새로운 터전에서 출발하는 것이 좋다.

지방도(地方道)를 다니다 보면 산 밑에 집을 짓고 정착하는 사람들이 꽤 있다. 이런 사람들 중에는 은퇴를 하고 노년을 즐기기 위해 시골로 내려온 사람들이 많다. 새로운 곳에서 내가 살기 편하도록 꾸미는 데 5년은 걸려야 한다. 그 기간 동안에는 일을 많이 해야 하므로 체력도 많이 소모된다. 나이가 든 후 시작하면 준비운동하다 힘 다 빼고 본 운동은 제대로 해보지도 못하는 꼴이 된다. 뭐든지 젊어서 시작하는 것이 좋다. 또 남이 사는 것 며칠 보고 따라할 것이 아니라 한동안 살아보고 결정하는 것이 좋을 것이다. 성급하게 서둘러서 시골로 왔다가 다시 도시로 가는 사람들도 더러 있으니 하는 말이다.

나는 내가 오랫동안 살았던 집이고, 비워놓은 적이 없는 집인데도 할 것이 많았다. 남이 보면 멀쩡한데 뭐 할 것이 있느냐고 하지만 실제로 살려고 하니 고치고, 붙일 것이 많이 있었다. 농사 지어가며 몇 년간 별로 쉬지도 못하며 걷어내고 메우고 바르고 했는데, 둘러보면 달라진 것도 별로 없다. 헌집 고치는 것이 그런 것이다.

온돌방에 대한 향수

오래전 농부들은 하루 종일 농사일을 했으나, 요즈음 농부는 아침저녁에만 잠깐씩 농사일을 한다. 그렇게 하는 데에는 농사를 부업으로 생각하기 때문이기도 하지만, 하루 종일 할 만큼의 일거리가 되지도 않고, 햇볕이 강해서 한낮에는 밖에서 일을 할 수가 없어서 그렇다. 과거 햇볕은 여름에도 맨살에 직접 쬐면 따가운 정도였는데, 요즈음 햇볕은 늦봄부터 초가을까지 옷 위에 쬐어도 뜨거울 정도이다. 그러다 보니 안성에서 다니면서 농사를 지을 수는 없고, 일주일에 며칠간은 시골집에서 자고 시원한 아침시간에 일을 하려고 했다. 어머니가 쓰시는 안방과 윗방을 튼 커다란 방 말고도, 보일러가 들어가는 건넌방이 있기는 하지만 구들을 놓은 사랑방에서 자고 싶었다. 그래서 사랑방을 치우고 청소를 하였다.

40년 전에 집을 지을 때는 부엌에서 불을 때서 난방을 하도록 구들을 놓았는데, 20년 전에 구들을 들어내고 보일러 난방으로 바꾸었다. 그때 아버지 말씀이 시골에는 불 때는 부엌이 하나는 있어야 된다고 하셔서 사랑방은 보일러 선을 깔지 않았다. 그래서 어쩌다 사람이 잘 때나, 시래기를 삶거나 청국장·메주를 쑬 때만 불을 땠다.

모 기르는 것을 남에게 맡겨서 하니까 사월 중순이 되어야 농사일을 시작한다. 그때도 사용하지 않던 방은 바닥이 차갑고 공기가 서늘해서 군불을 때야만 한다. 가마솥에 물을 퍼다 붓고 콩깍에 불을 붙여 넣은 다음 그 위에 장작을 몇 개 올려놓았다. 그런데 바람이 불어서 그런지 불길이 방고래 안으로 빨려 들어가지 않고 아궁이 밖으로 나왔다. 그렇게 한참을 땠더니 가마솥의 물이 펄펄 끓었다. 이제 방도 조금 따뜻해졌나 하고 방바닥을 만져보니 아랫목 벽 옆에만 조금 미지근하고 다른 곳은 기별도 없었다. 솥에 물을 더 퍼다 붓고 장작을 몇 개 더 넣었다. 날이 컴컴해져서 아궁이 문을 닫고 방에 들어가 또 바닥을 만져보니 아까보다는 조금 더 위에까지 온기가 돌기는 하는데 전체적으로 냉기가

아궁이

굴뚝

가시지 않았다. 할 수 없이 전기매트를 깔고 잤는데 아침에 일어나니까 코가 맹맹하였다. 바닥은 따뜻하나 공기가 차가워서 감기에 걸린 것 같았다.

일주일 후에 다시 일하러 가서 아궁이를 손보기로 했다. 전에 아버지가 하던 대로 아궁이에서 불길이 들어가는 고래를 후벼보기로 했다. 헛간에 둥그렇게 말아놓은 와이어를 풀러놓고 끝에 짚수세미를 단단히 묶었다. 손전등을 비추고 와이어를 천천히 밀어 넣었더니 불길이 올라가는 턱에 재가 채여서 잘 올라가지 않았다. 와이어 끝에 달린 짚수세미를 넣었다 뺐다 하며 재를 모두 아궁이로 긁어 내렸다. 그 다음에는 5m나 되는 와이어를 다 집어넣어서 고래 안에 있을 그을음을 털어 넣었다. 불길이 들어가는 고래 3개를 차례차례 청소하고 아궁이 안에 떨어진 그을음과 재를 한 삼태기나 긁어 내었다.

헛간을 뒤져서 손잡이 길이가 3m가 넘는 쇠로 된 고무래를 찾아내었다. 고래 안에 떨어진 그을음을 긁어내기 위해서였다. 집 옆으로 돌아가서 가로고래를 메운 흙을 호미로 파내었다. 손전등으로 비춰보니 그을음이 꽉 차서 빛이 들어가지 않았다. 고무래를 집어넣어 앞쪽에 있는 그을음부터 긁어내었다. 고무래가 들어가는 대로 차츰차츰 안으로 집어넣어 긁어내었다. 긁어낸 그을음이 바람에 날리기 전에 헌 비료포대에 담았더니 가득 세포대나 되었다. 이번에는 굴뚝 옆에 있는 가로고래를 메운 흙을 파내었다. 손전등을 비춰보니 빛이 들어가긴 하는데 그을음이 꽉 차 있었다. 고무래를 집어넣어 긁어내고 손전등을 비춰보니 안이 훤히 보였다. 두 번째 가로고래에서 긁어낸 그을음이 비료포대로 두 개 가득이었다. 파낸 그을음을 손수레에 실어 퇴비장으로 옮겨 퇴비 속에 파묻었다. 그렇게 한나절 동안 그을음을 처리하고 나니 얼굴과 옷, 모자, 신발은 물론 땅바닥까지 모두 그을음투성이였다.

내가 국민학교 다닐 무렵 오전 수업이 끝나고 집에 오는 길이면, 끝에 솔이 달리고 둘둘 말린 대나무 꾸러미를 한쪽 어깨에 메고 징을 두드리며 다니는 사람을 겨울철에는 자주 볼 수 있었다. 방고래 청소하러 다니는 사람이었다. 그 시절에는 어디 할 것 없이 불을 때서 난방을 했었다. 그러니 불을 많이 때는 겨울철에 방고래가 메이면 방이 따뜻하지 않으니까 방고래 청소를 하게 되고, 그러려면 장비도 있어야 하지만 그을음을 뒤집어쓰며 고래를 후벼내야 한다. 그래서 겨울철이면 등장하는 직업 중 하나가 그을음청소부(굴뚝청소부)였다. 겨울철이면 징! 징! 징! 하고 울리던 굴뚝청소부의 징소리가 사라지기 시작한 것은 가정용 연탄이 공급되면서 부터이다. 오늘 내 모습이 꼭 그 시절 굴뚝청소부의 모습이었다.

점심을 먹고 콩짚에 불을 붙여 아궁이에 넣어보니 불길이 안으로 들어갔다. 콩짚을 더 넣고 굴뚝 있는 쪽에 가서 연기의 흐름을 살펴보니, 굴뚝으로는 연기가 조금씩 나가고 가로고래 구멍으로는 연기가 펑펑 나왔다. 가로고래 구멍 두 개만 흙으로 꽉 막으면 굴뚝으로 연기가 잘 나갈 것 같았다.

손수레에 삽을 싣고 황토 흙을 파러 고속도로 진출입로 옆에 있는 산으로 갔다. 낙엽송을 베어낸 자리에 잡초 덩굴이 우거져 어디에 삽을 댈지 마땅치 않았다. 집에 다시 가서 가져온 낫으로 잡초 덩굴을 걷어 내고 삽으로 팠더니 쓰레기가 섞여 있었다. 이리저리 뒤지다가 겨우 깨끗한 황토 흙을 찾아서 두 번 파왔다. 그리고 헛간에서 작두를 찾아다 묵은 볏짚을 썰어서 흙과 섞고, 물을 부어 반죽을 하였다. 흙 반죽으로 가로고래 구멍을 연기가 새지 않게 꼼꼼히 막았다. 이제 솥에 물을 퍼다 붓고 불을 때는 일만 남았다. 따뜻한 방에서 잘 생각을 하니 오늘 방고래 청소하기를 잘 했다는 생각이 들었다. 그런데 이게 어찌된 일인가? 불길이 안으로 잘 들어가지 않았다. 굴뚝 쪽에 가서 살펴보니 바람이 불지 않을 때는 연기가 굴뚝으로 조금씩 나가고, 바람이 불면 그나마도 나가지 않았다. 방고래만 청소하면 될 줄 알았는데 그게 아니었다. 날이 저물어 더 어떻게 할 수도 없어서 또 전기매트를 틀고 잠자리에 들었다.

다음날 아침 식사를 하고 굴뚝을 살펴보았다. 시멘트벽돌로 쌓아올려 만든 굴뚝인데 높이가 5m는 되어서 지금까지는 연기가 쭉쭉 빨려 올라갔다. 굴뚝 아래에 그을음 청소를 위해 걸쳐놓은 벽돌을 빼고 손전등을 비춰보니 각도가 맞지 않아서 빛이 들어가지 않았다. 나무로 만든 사다리를 놓고 올라가서 손전등을 비추어도 각도가 맞지 않아 빛이 들어가지 않았다. 굴뚝이 멘 것은 확실한데 청소할 방법이 없었다. 그렇다고 육중한 굴뚝을 뜯어낼 수도 없어서 연기를 빨아올릴 새로운 굴뚝을 붙이기로 했다.

일주일 후 건재상에 가서 굴뚝 설치에 필요한 플라스틱파이프를 집으로 배달시켰다. 굴뚝 밑부분의 흙으로 바른 벽돌을 빼고 40㎝로 자른 파이프를 끼워 넣고, 거기에 ㄱ자 연결 파이프를 끼웠다. ㄱ자 파이프에 3m 파이프를 연결하고 그 위에 T자 연결파이프를 씌우고 철사로 굴뚝에 고정시켰다. 이제 아궁이에 불을 지펴 새로 설치한 연통으로 연기가 나가는가를 확인할 차례다. 기대를 하며 콩짚에 불을 붙여 넣었더니, 연기는 기존 굴뚝으로 조금 나가고, 플라스틱 연통으로도 조금 나가고, 가로고래를 메운 흙의 갈라진 틈으로도 나갔다. 새로 설치한 연통은 굴뚝의 구실을 하지 못했다. 사다리를 놓고 혼자 낑낑대며 공사한 것이 헛수고로 판명되는 순간이었다.

일주일 후 다시 건재상에 들러 새로 설치할 연통에 필요한 자재를 배달시켰다. 남은 방법은 벽속에 연통을 넣어 연기를 빨아내는 수밖에 없었다. 벽과 굴뚝을 연결한 연기 통로를 뜯어서 위에 얹은 넓적한 큰 돌을 들어내었다. 그랬더니 벽을 뚫은 연기구멍이 보이는데, 거기에도 그을음이 꽉 차 있어서 모두 긁어내었다. 그리고 벽에 난 구멍으로 스텐 파이프를 밀어 넣어 고정시키고, 위로 올라가는 스텐 파이프는 몇 군데 기존 굴뚝에 단단히 고정시켰다. 파이프 맨 위에는 고깔을 씌워 빗물이 들어가지 않도록 하였다. 다음에는 지난번에 쓰다 남은 황토 흙을 물에 개어 연통과 벽 사이의 틈을 말끔히 싸 발랐다. 이제 공사의 성공 여부를 확인해볼 차례다. 콩짚에 불을 붙여 아궁이에 넣었더니 불길이 방고래로 쑥쑥 빨려들어갔다. 콩짚을 한단 더 넣고 돌아가서 굴뚝을 쳐다보니 연기가 펑펑 나갔다. 한 달을 끈 굴뚝 공사의 성공을 알리는 순간이었다. 거대한 공사를 끝내고 시험 가동을 하여 성공했을 때의 쾌감이 이런 것일까?

날이 따뜻해지면서 할일이 많아 자주 시골집에 가서 자게 되었다. 그때마다 군불을 때는데, 굴뚝을 고치기 전과는 비교할 수 없게 조금만 때도 방이 따뜻하였다. 아랫목은 구들이 두꺼워서 아침까지도 뜨듯하였다. 따뜻한 온돌방에서 자고 나면 다음날 아침에 일어날 때 몸이 개운함을 느낄 수 있었다.

벼를 베는 시기가 되니 방안 공기가 서늘하여 군불을 때지 않고는 잘 수가 없었다. 솥에 물을 반쯤 퍼다 붓고 콩짚에 불을 붙여 아궁이에 넣었다. 콩짚이 다 탈 때쯤 불쏘시개 장작을 몇 개 넣었더니 불이 붙어서 그 위에 굵은 장작 몇 개를 올려놓고 방에 들어갔다. 지금쯤이면 장작이 얼추 탔을 것이라 생각되어 나가 보았더니, 솥의 물도 끓지 않고 아궁이의 불도 시원치 않았다. 이상하다 생각해 아궁이를 들여다보니 솥에서 물이 똑똑 떨어지는 것이 아닌가? 솥을 오래 쓰다 보니 무쇠가 부식이 되어서 구멍이 난 것이다. 물을 퍼내고 아궁이의 불을 껐다. 그날은 겨우 미지근한 방에서 전기매트를 틀고 새우잠을 잤다.

다음날 아침에 솥의 크기를 재서 어머니가 솥을 사러 갔다. 한 시간쯤 후 트럭에 솥을 실고 솥 장수와 함께 도착했다. 솥을 내려놓고 크기를 재어보니 지금 걸려 있는 것보다 조금 컸다. 같은 크기의 것으로 가져오지 그랬느냐고 했더니, 진천읍에서 무쇠 솥을 파는 집은 자기네 집뿐인데 무쇠 솥을 만드는 공장이 모두 없어져서 하나 남은 공장에서 공급 받다보니 어쩔 수 없다고 하였다. 무쇠 솥의 용도가 한정되다보니 솥 만드는 공장이나, 솥을 파는 장사나 모두 사라지기 시작한 것이다. 그렇게 되니 솥값도 부르는 게 값이라, 삼십만 원이나 달라고 하였다.

헌 솥을 들어내고 새 솥을 올려놓아 보았더니 조금 커서 들어가지 않았다. 솥을 내려놓고 솥 아랫부분이 들어가도록 시멘트로 바른 부분을 망치로 톡톡 두드려 깨는데, 밑을 바치고 있던 벽돌이 와르르 무너지는 것이 아닌가? 오랫동안 불에 삭아서 쌓아놓은 시멘트벽돌이 부스러진 것이다. 불에는 남아나는 것이 없는 것이다. 솥만 사다 바꿔 얹으면 될 줄 알았는데 공사가 커졌다. 손수레를 가지고 산에 가서 황토 흙을 하나 가득 파오고 물을 조금 섞어 되게 버무렸다. 창고를 뒤져서 찾아온 시멘트벽돌을 하나하나 놓아가며 흙으로 벽돌을 쌓아올려 아궁이 모양을 만들어갔다. 아궁이 모양을 만들며 둥글게 쌓아올려 부뚜막을 만드는 데는 시간이 꽤 걸렸다. 다음날 쌓아올린 벽돌을 눌러보니 흙이 굳어서 무게를 견딜 만하였다. 솥을 들어 올려 앉혀보니 딱 맞았다. 틈이 있는 곳에 흙을 개서 바르는 것으로 솥 걸기는 끝났다. 솥에 물을 조금 붓고 불을 때보니 불이 잘 들이고, 연기나 불꽃이 새는 곳도 없었다.

시골에서는 웬만한 일은 스스로 해야 한다. 옛날 일이 되어버린 온돌방 굴뚝 고치는 일이나 솥 거는 일은 용역에서 사오는 잡부들은 할 줄도 모르고, 시골에서 할 줄 아는 사람들은 회사에 다니니 기술자를 구할 수가 없다. 이것저것 하는 자디잔 일은 품삯을 주어도 하지 않는 시대가 된 것이다. 시골에서 살려면 이것저것 다 할 줄 아는 만능기술자가 되어야 한다. 가끔 방송에서 보면 주민의 대부분이 노인인 외딴섬에서 환갑이 넘은 이장이 맥가이버(만능기술자) 역할을 하는 것처럼 말이다.

중년이 된 제자들!

퇴직하던 해 봄에 집 주위를 둘러보는데 당장 헛간이 위험하였다. 아버지가 품을 사서 흙벽돌을 찍어 지은 것인데, 오랜 세월을 견디다보니 집 바깥쪽 흙벽 위에 바른 시멘트가 떨어져나갔다. 장마철 세찬비가 들이치는 방향이 그쪽이라 여름을 견딜지 걱정이 되었다. 다행히 한해는 무사히 넘겼는데, 다음해 봄에 보니 흙벽돌 벽이 휘어지고 있었다. 집 안쪽에는 기둥이 있어서 쓰러지면 바깥쪽으로 쓰러지는데, 그러면 옆집 헛간을 무너뜨릴 판이었다. 어머니에게 이야기하였더니 일이 많아지니 무너지지 않게 뒤쪽을 기둥으로 받치는 것이 어떠냐고 하였다. 그렇게 해서 몇 년이나 버틸까 싶어 뜯어내기로 하였다.

막상 뜯어내기로 마음먹으니 아버지와의 추억이 사라지는 것 같아서 서운한 마음에 가슴이 짠했다. 사십여 년 전 큰집하고 한울타리에서 살다가 넓은 터를 찾아 내려와서 사람이 사는 안채를 새로 짓기 전에 지은 것이 이 헛간채다. 옛날 식으로 집을 짓는 계절은 봄이나 가을이다. 그래야 건조가 잘되고 많은 비를 피할 수 있기 때문이다. 초가을에 벽돌을 찍기 위해 마차로 산에서 황토 흙을 파다 마당에 쌓았다. 동네에서 흙벽돌을 잘 찍는 기술자를 두어 명 사서 벽돌을 마당에 찍어 놓았다. 날이 좋아 며칠 만에 딱딱하게 말라서 밑에 나무토막을 놓고 벽돌을 쌓아 놓고 비닐멍석으로 덮어놓았다. 그런데 갑자기 밤중에 천둥번개가 치며 소나기가 세차게 내리기 시작하였다. 빗소리에 잠이 깨었는데 쿵하는 소리가 들렸다. 나와 아버지가 거의 동시에 일어나서 불을 켜고 마당으로 뛰어나갔다. 어머니는 우산을 받고 비닐멍석을 쳐들고 있고, 나와 아버지는 멍석 속으로 들어가서 벽돌을 다시 쌓기 시작하였다. 그냥 두면 빗물이 흘러들어가 벽돌이 거의 못쓰게 될 판이다. 그런데 흙벽돌이 무거워서 일이 그렇게 빨리 되지 않았다. 그때 누가 멍석 속으로 들어와서 벽돌을 들어 나르기에 불빛에 보니, 뒷집에 사는 부뚤이 형이었다. 빗소리에 깼다가 불이 훤하게 켜지고 시끄러우니 도와주러 달려온 것이었다. 아버지 고종사촌형의 아들이니 나하고는 육촌간이 된다. 해병대 출신이라 성질도 괄괄했지만 정도 있는 사람이었다. 셋이서 땀으로 옷이 다 젖도록 일을 하고야 벽돌을 제대로 쌓을 수 있었다. 그러고도 비는 한참이나 더 온 후에 그쳤다. 그 벽돌로 지은 집이니 어찌 옛날 생각이 나지 않겠는가? 집을 지을 때 용도에 맞게 지어서 남쪽은 외양간, 그 옆은 토광, 또 그 옆은 헛간으로 썼다.

헛간채를 헐어내려면 장비를 들여야 한다. 굴삭기로 허물고 덤프트럭으로 폐기물을 실어내야 하는데, 중장비 사업을 하는 친구도 없었고 알고 있는 업체도 없었다. 전화번호부를 뒤적거리다 문득 중장비 운전을 한다는 제자 생각이 났다.

얼마 전 초평국민학교에서 가르쳤던 제자들을 만난 적이 있다. 대동문체육대회를 하는데 내가 첫 번째로 졸업시켰던 제자들이 행사 주관기라 은사를 모시게 되는데 참석해달라는 전화였다. 행사 날짜가 확정돼서 통보를 하면 참석하겠다고 했더니 만나 보러 오겠다고 하여서 안성에서 만나 저녁식사를 하였다. 내가 담임했던 규만이, 진구, 승섭이, 최선생이 담임했던 애란이, 규봉이 이렇게 다섯이 왔다. 세월이 흘러 나이 사십이 넘은 중년이 되었지만, 어릴 때 얼굴 모습이 남아 있어 얼른 알아볼 수 있었다. 기억나는 제자들의 안부를 묻고 살아가는 이야기를 하며 즐거운 시간을 보냈다. 규만이는 건설업체 사장이고, 진구, 승섭이는 회사에 다니고, 규봉이는 굴삭기 운전을 하고, 애란이는 모교에서 영양교사로 근무한다고 했다. 자기 할일을 하며 가정을 꾸리고 사는 것이 대견스럽게 생각되었다.

규봉이에게 전화를 하여 시골집에 일을 좀 해야겠으니 알아보라고 했더니, 규만이한테서 전화가 왔다. 규봉이는 회사에 소속된 기사라 시간을 낼 수 없으니 자기가 와서 일감을 보고 장비를 부르겠다고 했다. 청주에서 일하는 사장이 시간을 내서 달려와 집에서 만나 일감을 살펴보았다. 헛간채를 헐어내고, 대문 안 마당에 깐 콘크리트를 걷어내고 흙을 실어다 메우는 일이라 일거리가 만만치 안았다. 중형 굴삭기와 중형 덤프트럭이 이틀을 해야 되겠다고 하며 알아보겠다고 했다. 폐기물을 퍼내며 흙을 받아야 하니, 좋은 흙이 언제 나오나 알아보고 공사 날짜를 잡기로 했다.

그보다 먼저 할일은 슬레이트 지붕을 걷어내는 일이다. 얼마 전까지만 해도 한곳에 모아서 싸놓으면 되었지만 이제는 업체에서 수거해 가야 한다. 읍사무소에 가서 슬레이트 지붕 철거 신청을 했더니, 다음날 담당 공무원이 나와서 확인을 하고 정해진 날 철거업자가 수거해갔다. 지붕이 없어서 하늘이 훤하게 보이니 비라도 오면 어쩌나 하고 걱정했는데 다행히 비는 오지 않았다.

며칠 후 좋은 흙(마사)을 구했다고 해서 일을 시작하기로 하였다. 굴삭기와 덤프트럭이 8시에 도착해서 작업을 시작했다. 김사장도 아침부터 와서 공사 감독을 했다. 먼저 헛간채를 허물어 내리는데 바짝 마른 흙벽돌집을 부수니 흙먼지가 말도 못하게 일어났다. 흙벽돌과 잡쓰레기를 분류해서 흙벽돌은 따로 모아놓고 잡쓰레기는 덤프트럭에 실었다. 벽을 허물고 나서는 토광 바닥에 깔아놓은 구들장을 걷어내고, 그 아래에 있는 콘크리트 바닥을 깨어내었다. 어떻게나 단단하게 해놓았는지 굴삭기로 두드려도 잘 깨지지 않았다. 이렇게 바닥이 튼튼한 줄 알았으면 벽을 보수해서 그냥 쓸 걸 하는 생각이 들었다. 한나절이나 걸려서 헛간채를 다 뜯어내었다. 다음에는 마당에 깐 콘크리트를 걷어내는 일이다. 장마철에 비가 많이 오면 마당의 흙이 쓸려 내려가니까 안마당 전체를 콘크리트로 깔았다. 그런데 여러 해의 겨울을 거치면서 콘크리트가 깨지고 구멍이 생기기 시작하였다. 군데군데 시멘트로 때워보기도 했지만 겨울이 지나고 나면 떨어져서 소용이 없었다. 또 여름철이면 콘크리트가 가열되어 집주변 기온이 상승하여 더위가 심하였다. 어머니는 곡식 말릴 때 좋다고 넓은 부분을 그냥 두라고 하였으나 활용도가 거의 없었다. 그래서 집 앞 두 평 정도만 남기고 걷어내기로 하였다. 그런데 막상 걷어내려고 하니까 밑 부분은 단단하여 잘 떨어지지 않았고, 걷어낸 콘크리트의 양도 엄청 많았다. 창고 앞 콘크리트까지 걷어내서 실어가는 데 하루 한나절이나 걸렸다. 콘크리트를 걷어낸 자리에는 실어온 흙으로 채웠다. 집 앞에는 나무를 심을 수 있도록 하고, 창고 앞에는 채소를 가꿀 수 있도록 흙을 정리해 나갔다. 김사장과 굴삭기 기사가 집 앞에서 담 밖으로 물이 나가는 거리가 멀어서 맨홀을 묻는 것이 좋겠다고 하는 것을 그냥 자연스럽게 배수가 되도록 경사지게 흙을 정리하라고 하였다. 대문 안에서 집까지 들어오는 통로에는 자갈을 까는 것이 좋다고 하여서 흙을 롤러로 다지고 그 위에 자갈을 깔았다. 이렇게 해서 헛간채를 허물고 마당의 콘크리트를 걷어내는 일이 이틀 만에 끝났다. 어떻게 잘할 수 있을까 하고 걱정이 많았는데, 김사장이 잡부 노릇을 해가며 감독한 덕분에 무사히 마칠 수 있었다. 이틀 동안 자기일 접어두고 와서 수고한 김사장에게 고맙고 미안하여 삼겹살 사가지고 집에 가서 가족과 같이 구어 먹으라고 억지로 돈 몇 푼을 주머니에 넣어주었다.

6월에 한다던 초평국민학교 총동문회는 몇 번을 미룬 끝에 10월 3일에 한다고 통보를 받았다. 생각만 해도 끔찍한 세월호 침몰사건 때문이었다. 개회식보다 조금 일찍 도착하여 학교를 둘러보았다. 내가 경기도로 오기 전 3년간 땀 흘렸던 학교이기도 하지만, 내 어머니와 외삼촌의 추억이 깃들어 있는 특별한 학교이기 때문이다. 여느 시골 학교와 마찬가지로 학생이 적어서 교실은 줄이고, 여유 공간을 잘 꾸며서 그림 같은 학교로 변해 있었다. 현관 앞에 서서 운동장을 내려다보니 남쪽에 줄지어 서 있는 플라타너스와 정문 안쪽에 있는 느티나무는 옛날 그대로 있었다. 오후에 체육수업과 육상지도를 할 때 내게 그늘을 내어주던 고마운 나무들이다. 나무를 바라보고 있노라니 30년 전 일이 파노라마처럼 눈앞을 지나갔다. 그때 그렇게 미치지 않았으면 지금에 와서 아쉬움이 많이 남았을 것 같다는 생각이 들었다.

제자들은 각자 맡은 일이 있어 한 곳으로 모이지 못해서 내가 돌아다니며 만나 보았다. 내가 담임했던 영찬이, 주식이, 혜영이, 한서 ... , 최선생이 담임했던 선애 ... 중년이 되었지만 어릴 때의 얼굴 바탕은 그대로 있어서 얼른 알아볼 수 있었다. 어디에서 무엇을 하며 살고 있는지 일일이 손울 잡으며 물어보았다. 각처에서 가정을 이루고 바쁘게 살고 있다는 말을 들으니 가슴이 뿌듯하였다. 더 생각나는 얼굴이 많았으나 이른 시간이고, 각자의 생활이 바빠서 만나지 못한 것이 아쉬웠다.

식이 시작된다고 하여서 본부석에 갔더니 이선생이 와 있었다. 작년 고등학교 총동문회 때 보았지만 만나니 또 반가웠다. 옆에 앉아서 옛날 이야기를 나누었다. 그때 같이 근무했던 선배 선생들은 대부분 작고하였고, 병마와 싸우고 있는 사람도 있다고 들었다. 벌써 삼십년이나 되었으니 그럴 때도 되었다는 생각이 들었다. 몇 년 전 경기도교육연수원장으로 있을 때 전라남도교육연수원 주관의 전국연수원 발전협의회에 갔다가 돌아오는 길에 들러서 두 이선생에게 점심식사를 대접하며 형님들이 옛날에 이끌어준 덕분에 마무리를 잘하는 것 같다고 하며 고마운 마음을 전한 적이 있었는데, L○○ 선생은 그때나 별로 달라진 것 없이 건강해보였다. 개회식 후에 점심식사나 같이 하자고 하였더니 다른 약속이 있어서 먼저 가봐야겠다고 일어서기에 고등학교 총동문회 때 만나서 대포 한잔하기로 하고 헤어졌다.

식이 시작되고 행사 주관기가 은사에게 감사패를 증정하는 순서가 되어 단상으로 올라갔다. 김사장에게서 감사패와 꽃다발을 받고 악수를 한 후 내려왔다. 제자들에게 감사패를 받으니 감회가 남달랐다. 선생이 아니었으면 경험해보지 못하는 것이니 교직에 봉직한 것이 잘못된 것은 아니었구나 하는 생각이 들었다. 개회식이 끝나고 졸업생으로 행사에 참석한 외사촌들을 만나고 주차장으로 갔다. 점심식사를 하고 가라는 주차관리 담당 제자들과 악수를 하고 행사장을 떠났다. 마음 한편으로는 막걸리라도 한잔하면서 제자들과 정을 나누고 싶었지만, 더 있으면 행사 진행에 지장을 줄 것 같아서 조용히 빠져나온 것이다. 정문 앞을 지나면서 이렇게 여러 명의 제자들을 다시 만날 날이 있을까? 생각하니 가슴이 울컥하였다. "다시 못 만나더라도 아들딸 잘 키우고 행복하게 잘 살아라!" 하고 입속으로 중얼거렸다.

배울 것은 배웠으면…

퇴직하고 한 달간은 그동안 밀린 일을 보느라 하는 것 없이 바쁘게 지나갔다. 4월이 되어 농사지을 궁리를 하던 어느 날 수학여행단을 태운 여객선이 침몰하였다는 소식이 방송을 타고 흘러나왔다. 하던 일을 멈추고 방송을 들어보니 안산단원고등학교 수학여행단을 태운 세월호가 인천항을 출발하여 제주도를 가던 중 진도해역에서 침몰하였다는 것이다. 그러다가 얼마 후 승객은 모두 구조되었다는 소식이 나왔다. 참으로 다행이구나! 하며 안도의 한숨을 내쉬었는데, 잠시 후 오보였다는 방송이 다시 나왔다.

얼마간의 시간이 지난 뒤 각 언론사 취재진이 현장에 도착하면서 실시간 상황이 방송되었다. 여객선은 기울어져 서서히 물속으로 들어가고 있었고, 사고 현장에 도착한 해양경찰 경비함정이 밖으로 나온 승객을 구조하는 장면이 나왔다. 한 중년 남자가 내복 바람에 맨발로 나와 해경함정으로 옮겨 타는 장면이 나와서 승객인 줄 알았는데, 나중에 알고 보니 그 사람이 선장이라고 하였다. 배가 기울어져 침몰하기 시작하자 선장과 선원이 제일 먼저 승객과 배를 버리고 탈출한 것이다. 여객선 선장과 선원으로서의 사명감이고, 비상사태 발생 시 행동수칙이고 아무것도 없는 조난당한 해적선의 도적떼만도 못한 행태였다. 또 현장에 도착한 해양경찰의 승객 구조 작전도 옷에 물 한 방울 묻히지 않고 튜브나 던져주는 정도로, 지중해에서 고기잡이 하던 어선이 아프리카 난민선에서 실수로 물에 빠진 난민을 구조하는 수준이었다. 구조 작전이랄 것도 없었다. 우리가 본 그것이 대한민국의 현주소였다. 입으로 말장난하는 데는 세계에서 타의 추종을 불허하는 대한민국의 실제 모습이었다. 뭐하나 제대로 하는 것이 아직 있는가?

경기도교육청 소속 교육공무원으로 봉직하다 퇴직한 사람으로서 가슴이 저려옴을 느꼈다. 또 경기도교육청과 산하 교육기관들이 감내해야 할 일들이 걱정되었다. 나하고 같이 생활하던 양주무관한테 전화를 하였더니, 매주 연수원 버스를 운전하고 진도 팽목항을 다녀온다고 했다. 교육장과 기관장들도 격주로 내려가서 피해 학생 학부모들을 돌본다고 하였다. 본 업무를 제대로 처리하지 못하는 상황이 된 것이다. 사상 초유의 해난 사고가 발생하였으니 사태 수습이 더딜 수밖에 없었다. 그 가운데 죄인이 된 심정으로 남모르는 고통을 겪은 사람들은 경기도 교육청 교육국 소속 전문직 및 공무원들이었을 것이다. 나도 그 조직에 있던 사람으로 한숨이 저절로 나왔다. 농사일을 시작하러 고향집에 갔더니 어머니가 나를 보자마자 "네가 퇴직해서 다행이다."라고 하셨다.

그날부터 매일같이 그에 대한 뉴스만 방송되었다. 국가의 기능이 마비될 지경이었다. 그런데 이런 위급한 상황이 발생할 때마다 국론이 분열된다는 것이 더 큰일이었다. 빨리 선체를 수색해서 시신을 수습해야 하는데, 일부 시민단체에서 배가 완전히 물속으로 가라앉지 않았기 때문에 공기가 남아있어서 생존자가 있을 수 있다며 반대를 했다. 해군에서 전역한 그 분야 전문가가 소위 '에어포켓'이라는 것은 이론상 가능할 수 있으나, 이 경우에는 해당되지 않는다고 하여도 막무가내로 우겨대었다. 그러는 사이 배는 완전히 물속으로 가라앉아 시신 수습도 다하지 못했다.

사고의 원인과 책임을 놓고 야당의 공세가 시작되었다. 사고의 예방과 인명구조에 허점이 많았다는 것은 누구나 동의한다. 그러나 그것에 대한 근본적인 책임이 현 정부에만 있다는 듯이 공격을 해대는 것은 분명 잘못된 일이다. 우리나라가 급속한 발전을 하다 보니 겉으로는 선진국 문턱까지 와 있는 것 같으나, 속을 들여다보면 아직도 후진국의 티를 벗지 못한 것이 한둘이 아니지 않는가? 여기까지가 우리나라의 한계이구나! 하고 판단을 해야지 현재 집권한 대통령에게 모든 책임을 떠넘기는 것은 덮어씌우기라고 할 수 있다. 그런 식으로 계속 책임을 물으면 업적이 지대하다고 그들이 추켜세우던 정부에서는 왜 이런 것에 대한 대비를 미리 하지 못했단 말인가? 또 입법기관인 국회에서는 그런 것에 대비하고 예방할 수 있는 법을 제정하지 못하고 뭐했단 말인가? 누구의 잘못이라고 책임을 전가할 것이 아니라, 모두가 나의 책임은 어디까지인가? 하고 자책하고 자숙할 때가 아니가? 이런 기회에 정국의 주도권을 쥐기 위하여 불난 집에 부채질하듯 여론을 호도하고 국론을 분열시키는 국회의원은 누구를 위한 어느 나라 국회의원이란 말인가?

혼란 사태가 발생했을 때 우리나라와 일본 국민이 대응하는 태도는 확연히 차이가 난다. 오래되지 않은 고베 대지진과 후쿠시마 원전 사태 때 일본 국민들은 어떻게 처신했는가? 땅을 치며 통곡하는 사람도 볼 수 없었고, 정부와 담당기관의 탓을 하는 사람도 볼 수 없었으며, 여론을 부추겨 혼란을 유도하는 정치인도 보지 못했다. 소리 내지 않고 울며 가족과 친지의 명복을 빌고, 대피소에서 질서정연하게 차례를 기다리는 모습은 방송을 보는 전 세계인을 숙연하게 했다. 그에 반해 우리는 어떠한가?

시간이 지남에 따라 침몰 원인을 놓고 엉뚱한 주장을 하는 세력이 생겨나고 목소리가 커지기 시작했다. 처음에는 미군 잠수함에 들이 받쳐서 침몰하였다고 하다가, 나중에는 한국군 잠수함에 받쳐서 그렇게 되었다고 주장하였다. 구체적인 근거를 대며 설명해도 소용이 없었다. 얄팍한 지식을 앞세운 일부 학자와 야당 국회의원들까지 우겨대기 시작하였다. 천안함 침몰 사건 때는 반 토막 난 군함을 건져 올려 확인하였는데도 북한군의 소행이 아니고, 정부의 자작극이라고 말도 안 되는 주장을 펴는 사람들이니 더 말해 무엇 하겠는가?

의혹을 해명하는 길은 선체를 인양하는 수밖에 없다. 국내업체가 맡으면 각종 의혹을 제기하며 사사건건 간섭을 할 테니 선뜻 나서는 업체가 없었다. 결국 중국 업체가 맡아 3년도 더 걸려 인양하였다. 인양하고 보니 돌멩이에 들이 받힌 흔적도 발견되지 않자, 기세등등하게 잠수함과의 충돌설을 주장하던 학자와 그 지지 세력들은 아무 말이 없었다. 인양에 들어간 비용은 내놓지 못하더라도 사과하는 말 한마디는 있어야 하는 것이 아닌가? 그런데 아무 말도 없다. 그들이 상투적으로 하는 "아니면 말고" 식이다. 이런 나라가 대한민국이다. 이런 꼴을 볼 때면 이 나라에서 살고 싶은 생각이 사라지곤 한다.

끝 무렵에 만난 괜찮은 사람

헛간채를 헐어낸 자리에 받은 흙은 비를 맞고 시간이 지나면서 어느 정도 가라앉았다. 처음에는 발도 못 디딜 정도로 푹푹 빠졌으나 이제는 뛰어다녀도 될 만큼 다져졌을 때, Y사무관이 와서 보고는 이제는 나무를 심어도 된다고 하며 토요일에 오겠다고 하였다.

Y사무관은 경기도교육연수원에서 나를 늘 태우고 다니던 운전 주무관인데, 내가 퇴임하고 1년 후에 사무관으로 명예퇴직을 했다. 사람이 성실하고 붙임성이 있어서 1년 반 동안 같이 근무하였지만 오래된 친구처럼 정이 많이 들었다. 같이 다니면서 퇴임하고 뭐 할 거냐고 물어서 고향에 왔다 갔다 하면서 농사지을 거라고 했더니, 어디인가 와본다고 하며 시골집에 왔다간 적이 있었다. 그러더니 시골집 공터에 자기가 키운 나무를 갖다가 심어준다고 하였다. 그때는 청탁금지법도 없던 때이지만 받고 싶지 않아서 퇴직하고 나중에 집 정리를 하고 나거든 이야기 하자고 미루는 척하며 거절하였다. 그런데 퇴임 후에도 자주 안부 전화하는 것은 물론 비닐하우스에서 기른 채소도 갖다 주고, 명절 때는 음식도 만들어다 주는 등 왕래가 끊이지 않다보니 무엇을 하는지 다 알게 되었다. 그래서 집 정리하는 것도 알게 되고 장마가 끝나갈 무렵 나무를 심어준다는 것이었다.

약속한 날 점심때가 다되어서 Y사무관이 트럭에 소나무와 주목을 가득 싣고 조경인부 두 명을 데리고 도착하였다. 아침 일찍부터 작업을 시작했지만, 나무를 캐고 분을 뜨고 하는 데 시간이 많이 걸려 이제야 왔다고 하였다. 물이라도 좀 먹고 쉬었다가 하라고 하여도 나무뿌리가 마른다며 심어 놓고 쉬겠다고 하였다. 구덩이를 파야 되니 나무 심을 자리를 정해달라고 하였다. 생각도 하지 않고 있다가 갑자기 정하려니 이리저리 망설여졌다. 그래서 조경 전문가들이 알아서 심어 달라고 하였다. 소나무와 주목을 적당히 안배하여 심을 자리를 정하고 구덩이를 판 후 나무를 옮겨다 넣고 물을 충분히 준 다음 흙으로 덮었다. 이렇게 하나하

소나무

잔디밭과 장독대

나 심는 데 시간이 꽤 걸렸다. 끝으로 울타리에 주목을 심는 것으로 작업이 끝났다. 점심식사를 하고 가라고 하였더니 참을 먹고 와서 가다가 먹으면 맞는다고 하면서 그냥 가겠다고 하였다. 인부 두 명의 품삯과 차량 연료비만 달라고 하여서 점심값을 보태서 주었더니 억지로 받아가지고 갔다.

나무를 심어놓고 보니 집이 달라보였다. 나무 하나하나에 정성을 들여 이십년 가까이 키운 것인데, 그것을 주고 갔으니 아까운 마음도 있으련만 오히려 그 사람이 더 기분 좋아하는 것을 보고 정말 괜찮은 사람이라는 생각이 다시 들었다. 얼마 후에 아내가 심은 나무를 보고는 제일 큰 나무를 담 옆에다 심지 왜 제일 안쪽에 심었느냐고 마땅찮은 투로 이야기하였다. 큰 나무를 안쪽에 심어야 안정감이 있다며 그렇게 심었다고 하여도 동의하지 않고 불만을 표시했는데, 그 다음해 풍수지리에 일가견이 있는 사람이 집에 들어와 보고는 큰 소나무를 제자리에 잘 심었다고 하여서 그 말을 전했더니 그때서야 인정을 하였다.

더위나 좀 가거든 잔디를 사다 심으려 기다리고 있는데 Y사무관한테서 전화가 왔다. 집안에서 쓰려고 잔디를 주문했는데 두 군데서 납품을 해서 남게 되었으니 싼값에 주겠다고 하였다. 차로 실어다 쌓아놓은 잔디를 하루 지난 후 가서 심었더니 누렇게 뜬 것이 더러 있었는데 나중에 새파랗게 다시 살아났다. 잔디까지 심어놓고 보니 그런대로 어울리는 정원이 되어서 마음이 흐뭇하였다. 그런데 며칠 후 친구가 와서 보더니 다 좋은데 물 빠지는 도랑을 낸 것이 거슬린다며 맨홀을 묻으라고 권하였다. 생각해보니 그 말이 맞는 것 같아서 맨홀을 묻기로 하였다.

건재상에 가서 맨홀과 플라스틱 파이프를 배달시켰다. 장비를 사면 쉬운데 하루 일거리도 안 되니 장비를 부를 수도 없고, 인부를 사면 인력시장에 가서 데려오고 또 데려다주고 해야 되는 번거로움이 있어 내가 직접 하기로 했다. 지붕에서 내려오는 물과 잔디밭에 떨어지는 물을 모아서 내보내야하니 길이가 꽤 길었고, 또 집의 구조상 두 군데 구부러지는 곳이 있어야 했다. 맨홀과 파이프 묻을 자리를 괭이로 금을 그어놓고 삽으로 파기 시작했다. 파다가 돌이 있으면 곡괭이로 돌을 들어내면서 파나갔다. 이틀 만에 다 팠는데 그 사이 흘린 땀이 아마 한 바가지는 될 것 같았다. 일 중에서 가장 힘든 일이 아마 땅 파는 일일 것이다. 그래서 요즈음은 막노동꾼도 땅 파는 일은 하지 않는다는 말이 있다.

맨홀 네 개를 묻고 그 사이를 플라스틱 파이프로 연결하였다. 그런데 가운데 있는 맨홀은 직각으로 구부러지는 곳이라 ㄱ자 연결 관을 써야 했다. ㄱ자 연결 관을 맨홀에 끼우고 맨 위에 있는 맨홀에 호스로 물을 내려 보내며 관찰하였더니, ㄱ자 연결 관을 맨홀에 직접 끼운 부분에서 물이 새어 나왔다. 그래서 그 부분을 비닐로 싸매고 고무줄로 동여매었더니 괜찮은 것 같았다. 다시 맨 위에 있는 맨홀에 호스로 물을 내려 보냈더니 밖으로 나가는 파이프로 물이 흘러가는 것이었다. 이제는 되었다 싶어 골라낸 돌을 먼저 집어넣고, 그 위에 흙을 부은 다음 잔디를 원래대로 심었다. 그런 다음 다시 한 번 확인하고 싶어서 호스로 물을 흘려보냈는데, 맨 끝의 파이프로 나오는 물이 시원치 않았다. 중간에서 물이 새는 것으로 의심이 되었다. 흙으로 묻는 과정에서 연결 관이 움직인 것 같았다.

저녁을 먹고 마당을 거닐면서 생각해보았다. 그냥 두어도 될 것 같기도 하고, 오랜 세월이 흐르면 땅속의 흙이 쓸려나가 땅이 꺼질 것 같기도 하였다. 고치려면 흙이 다져지기 전에 바로 하는 것이 나았다. 다음날 아침을 먹고 다시 땅을 파기 시작하였다. 문제가 된 부분만 파려고 했는데 그렇게 해서는 일을 할 수가 없어서 전체를 다 파냈다. 그런데 처음 팔 때보다 훨씬 힘이 들었다. 같은 일을 두 번 하는 것이라 싫증도 났고, 이미 체력이 많이 소모된 탓도 있었다. 허리가 아파서 쉬엄쉬엄 하다 보니 저녁때가 되어서야 다 파낼 수 있었다. 문제가 된 가운데 맨홀에 끼운 ㄱ자 연결 관을 빼고 파이프를 조금 잘라 연결 관에 끼운 다음 그것을 맨홀에 끼웠다. 그랬더니 물이 새지 않았는데 파이프가 조금씩 움직여서 전체를 파내기를 잘 했다는 생각이 들었다. 맨 위에 있는 맨홀에 물을 흘려보내고 관찰하였더니, 물이 새는 곳이 한군데도 없었다. 다음날 아침을 먹고 흙으로 맨홀과 파이프를 묻었다. 한 번도 듣지도 보지도 못한 맨홀 공사를 한 번의 실수 끝에 완벽하게 끝냈다. 힘은 들었지만 내 힘으로 했다는 것과 또 하나를 배웠다는 흐뭇함이 몸의 피로를 풀리게 했다.

이듬해 봄이 되자 소나무와 주목에서 새잎이 돋아나고 잔디도 파릇 파릇 싹이 터서 보기가 좋았다. 그런데 소나무 한그루와 주목 두 그루가 잎이 말라가는 것 같았다. 물도 주고 영양제도 주었으나 서서히 말라가서 가을에는 죽었다는 것이 확인이 되었다. 그런데 죽은 나무는 맨홀을 묻기 위해 땅을 파낸 구덩이와 가까운 곳에 있는 나무였다. 뿌리 쪽으로 바람이 들어가서 죽은 것 같기도 하였다. 다음해 봄에 죽은 나무를 뽑아내고 그 자리에 소나무와 주목을 다시 심었다. 영산홍도 30주 사다가 무리지어 심었더니 며칠 후 꽃이 피어서 집안이 훤해졌다. 울타리에 심은 주목 밑에 내년 봄에 루드베키아 씨를 받아다 뿌리기로 하고, 시골식 정원 조성 공사는 일단 마무리 지었다.

그 후에도 Y사무관은 내가 없어도 가끔 들러서 나무를 관리해주었다. 그럴 때마다 제철 과일을 사다가 어머니께 드리기까지 하는 것을 보고, 집안 아주머니들이 퇴직을 하였는데도 저렇게 하는 사람은 처음 본다고 칭찬을 아끼지 않았다고 하였다. 한번은 어머니가 우리 아들과 나한테 잘해주어서 염치가 없다고 하니까, 껄껄 웃으면서 제가 원장님이 좋아서 쫓아다니는 것이니까 신경 쓰지 말라고 했다며 그렇게 마음 착한 사람은 처음 본다고 했다. 늙어가면서 마음을 나눌 수 있는 사람이 주변에 있다는 것은 무엇과도 바꿀 수 없는 중요한 재산이라는 생각이 들었다.

시행착오(試行錯誤)

헛간채를 헐어내고 마당의 콘크리트를 걷어낸 뒤 정원을 만들 흙을 채워놓을 무렵 아버지 제사가 있었다. 차를 대문밖에 받쳐두고 집안으로 들어가는데, 아내가 신은 하이힐 굽이 자갈 사이에 끼어서 가죽이 벗겨졌다. 그렇지 않아도 있는 그대로 살지 뭣 하러 일을 사서 하느냐며 탐탁찮게 말하던 사람한테 제대로 말거리가 생긴 셈이다. 일을 하려면 제대로 해야지 사람이 드나드는 길에 무슨 자갈을 깔았느냐고 책망을 하면서 구두 망가진 거 고쳐놓으라고 하였다. 생각해보니 문제가 되기는 하였다. 여자들이 구두를 신고 다니기에는 불편할 것 같았다.

아침저녁으로는 서늘함이 느껴지는 초가을에 제자 김사장에게 전화를 하였다. 대문 앞에서부터 현관 앞까지 들어오는 길을 보도블록으로 깔아야겠으니 알아봐달라고 하였다. 며칠 후 김사장한테서 전화가 왔다. 보도블록과 경계석은 공장에서 직접 배달시키고 모래는 진천에 있는 업체에 배달시켰으니 대금을 지불하라고 하였다. 보도블록 설치는 청주에서 일하는 기능공에게 부탁을 했으니 수일 내로 할 것이라고 하였다. 시골에서 하는 작은 일이니까 시간이 났을 때 와서 해 주는 것이었다. 그 안에 내가 할 일은 남아 있었다. 보도블록을 깔 자리에 있는 자갈을 걷어내야 하는 것이다. 덤프트럭으로 거의 한차 분량이니까 꽤 많은 양이다. 소형 굴삭기를 부르면 한두 시간 일거리밖에 되지 않으니 그러는 것도 걸려서 손수레로 직접 퍼내기로 하였다.

삽으로 자갈을 퍼서 손수레에 담아 대문 밖 주차장 만들 자리에 쏟아놓는 일인데, 애들 말로 장난이 아니었다. 삽으로 땅 파는 일과는 비교도 안 되게 힘들었다. 삽으로 자갈을 파는 것도 처음에 몇 번은 할 수 있었으나 조금 하고 나니 할 수가 없었다. 레이크로 긁어서 모아놓은 다음 삽으로 퍼 담아야 했다. 손수레로 나르는 것도 흙 나르는 것과는 비교도 안 되었다. 무게가 대단하고 울퉁불퉁한 길을 밀고 가는데 힘이 많이 들었다. 아침을 든든히 먹고 시작하였으나 한 시간 정도 지나자 배에 힘이 없어 일을 못할 지경이었다. 틈틈이 간식을 먹어가며 일을 계속했다. 한낮이 가까워오자 기온이 오르기 시작했다. 비 오듯 땀이 흐르니 연신 이

온음료를 들이켜도 목이 말랐다. 점심을 먹고 잠시 쉬었다가 또 일을 시작했다. 어머니는 오늘은 그만하고 내일 하라고 하였으나, 어떻게든 오늘 끝내야지 내일 또 하기는 싫었다. 바닥이 보이기 시작하자 일하기가 쉬워졌다. 자갈을 퍼 담기도 낫고 창고 앞 지붕 밑에다 부으니 거리도 가까워졌다. 창고 지붕에서 떨어지는 빗물 때문에 흙이 파여 나가는 것도 해결하니 일석이조(一石二鳥)인 셈이다. 저녁때가 되어서 자갈을 다 파내고 바닥을 고르는데 보도블록 설치공이 사전답사 차 왔다. 지금 상태에서 모래를 깔고 설치하면 되니까 그만 파내라고 하였다.

다음날 보도블록 설치공이 자기 조카를 데리고 와서 일을 시작하였다. 먼저 경계석을 놓고 그 안쪽에 손수레로 모래를 퍼다 부었다. 다음에는 모래를 평평하게 고르고 기계로 모래를 단단하게 다졌다. 그러고는 얇은 송판으로 모래를 골라가며 보도블록을 놓았다. 한 장이 다 안 들어가면 자르는 기계를 사용해 알맞게 잘라서 깔았다. 기초 작업이 오래 걸리지 본 작업은 오히려 쉬운 것 같았다. 처음에 이야기한 대로 대문 바로 앞까지만 깔고 공사를 마쳤다.

며칠 후에 집에 갔을 때 대문 밖에서 보니 좀 이상하게 보였다. 대문 앞까지 널찍하게 보도블록을 까는 것이 더 좋을 것 같았다. 다행히 보도블록도 남은 것이 있고, 모래는 많이 남아 있었다. 며칠 전에 본 대로 먼저 삽으로 땅을 고르고 그 위에 모래를 폈다. 얇은 송판을 잘라서 모래를 골라가며 보도블록을 깔아나갔다. 남은 보도블록을 다 소모해서 대문 앞 맨홀로 물이 흘러가도록 경사지게 깔았다. 그런데 다하고 나니 쪼그려 앉아서 하는 것이라 그런지 허리가 꽤 아팠다. 남이 하는 것은 쉬워 보이지만 내가 해보니 만만한 것이 아니었다. 한해가 지나고 나니 보도블록이 울퉁불퉁해져서 물이 잘 흘러가지 않고 보기도 좋지 않았다. 공사할 때 추후 점검을 해 준다고 하였지만 내가 하는 것이 좋을 것 같았다. 기구가 없어서 어렵게 보도블록 한 장을 빼내었으나, 그 다음부터는 문제될 게 없었다. 보수할 부분의 보도블록을 걷어낸 다음 부대에 담아두었던 모래를 실어다 깔고, 높이를 맞춰가며 다시 깔았다. 높은 부분은 나무로 살살 두드리고 깊은 곳은 모래를 보충해가며 맨 처음과 똑같이 깔아 놓았다. 지나가다가 일하는 소리를 듣고 대문 안을 들여다 본 집안 아주머니가 보도블록 까는 기술자로 나가도 되겠다고 하여서 한바탕 웃었다.

치수(治水) 1

사십여 년 전에 집을 지을 때 터를 평평하게 고르기 위하여 높은 곳을 깎아서 낮은 곳에 메웠다. 지금 같으면 덤프트럭 몇 대분의 흙을 사서 메우면 되는 건데 그때는 그런 생각을 하지 못했다. 거기에다 십오 년 전 즈음에 마을 안길을 포장하면서 뒷길이 높아지면서 집터가 더 낮아진 셈이 되었다. 그리고 한옥의 북쪽에는 햇빛이 비치지 않아 습하게 마련이다. 그래서 아버지가 생전에 함석 홈통을 두세 개씩 이어서 지붕에서 내려오는 물을 담 밖으로 나가도록 해놓았다. 그런데 담과의 거리가 먼 곳에 있는 물받이에서 내려오는 물은 함석 홈통을 많이 이을 수가 없으니까 그냥 집안으로 떨어지게 두었다. 비가 많이 오는 날 살펴보니 집안으로 내려오는 물의 양이 대단하였다. 지붕에서 내려오는 물을 담 밖으로 내보낼 궁리를 하였다.

건재상회에 들러서 알맞은 플라스틱 파이프를 골라 사서 배달해달라고 하였다. 종업원은 파이프 하나를 어떻게 배달해주느냐고 하는데, 주인이 내일 아침에 배달해준다고 하였다. 건재상회에 며칠이 멀다 하고 들르니까 낯이 익은 탓이다. 다음날 배달된 파이프를 지붕 물받이 홈통에 연결하였는데, 파이프 무게가 있어서 얼마나 견딜지 걱정이 되었다. 생각 끝에 땅바닥에 철근 도막을 두 개 박고 거기에 비닐하우스용 파이프 두 개를 묶어서 세운 다음, 위에는 서까래에 철사를 걸어 묶었다. 그 위에 플라스틱 파이프를 얹으니 탄탄하였다. 그러고 초가을에 태풍이 지나간 후 집안을 둘러보는데 담 위에 얹은 플라스틱 파이프가 원래 위치에서 두어 뼘쯤 옮겨져 있었다. 못을 박아 묶는 방법도 있었으나, 블록 담장에 구멍을 뚫어서 집어넣는 것이 더 좋을 것 같았다. 다 풀어서 처음부터 다시 설치하여 놓았더니 제대로 된 것 같아서 마음이 상쾌하였다.

다음에 비오는 날 둘러보는데 물받이 홈통에서 물이 똑똑 떨어지는 것이 보였다. 다른 곳도 살펴보니 대부분이 그랬다. 실리콘으로 때우면 될 것 같아서 비가 그치고 함석이 마른 다음에 하나하나 실리콘으로 때웠다. 그 후 비가 오는 날 살펴보니 전보다 덜하기는 하지만 역시 물방울이 맺혔다가 떨어졌다. 지붕 교체 작업을 한 업체에 애프터서비스를 신청하려고 찾아봐도 알 수가 없었다. 아버지가 생전에 한 것인데 돌아가신 지 십년이 넘었으니 찾을 수가 없는 게 당연하였다. 진천 전화번호부에서 함석집을 찾아보니 없었다. 시대가 변해 수요가 없으니 저절로 사라진 것이다.

안성에 와서 인터넷을 뒤지니 딱 한집이 있었다. 봉산동에 있는 「동원함석」을 찾아가서 집에서 떼어 온 물받이 홈통을 내밀며 이런 것 있으면 달라고 하였다. 기성품이 있기는 한데 집에서 가져온 것보다는 길이가 좀 짧았다. 그래도 매달 수만 있으면 되니까 한번 가져가서 설치해 보라고 하여서 몇 개를 사왔다. 며칠 후에 집에 가서 대어보니 길이가 약간 짧아서 함석 챙에 걸쳐지지를 않았다. 다시 안성에 있는 함석집에 가서 이야기하였더니 걸 수 있도록 앞뒤에 함석을 이어준다고 하였다. 그러지 말고 맞춤제작을 해주면 안 되겠느냐고 하였더니 단가가 높아져서 현실성이 없다고 하였다. 하는 수없이 길이를 이어달라고 하였다. 며칠 후 찾아다가 달아보니 완전하지는 않지만 달리기는 하여서 그렇게 마무리를 지었다.

기상이변인가? 한반도 기후가 변하는 것인가? 제주도와 남부지방은 비도 자주 오고 집중호우도 발생하곤 하는데 중부지방은 벌써 몇 년째 장마철에도 비 한 번 시원하게 내린 적이 없다. 모처럼 중부지방에 집중호우가 예상된다는 보도가 있어서 논의 물꼬를 낮춰놓고 기다리는데, 집중호우는 아니고 다른 때보다 조금 많이 오는 정도였다. 그런데도 남쪽지붕 홈통에서 바닥으로 떨어지는 물소리가 밤이 되니 따다닥 하고 크게 들렸다. 밤새 물 떨어지는 소리에 잠을 설쳤다. 다음날 농업용 천막호스를 사다가 지붕 홈통에 매달고, 지면에 닿은 호스 끝에 함석홈통을 끼워 단단히 묶은 다음 시멘트블록에 끼워 넣었다. 바람이 불어도 천막호스는 흔들릴지언정 시멘트블록에 끼워 넣은 함석 홈통은 움직이지 않았고, 비오는 날 빗물 떨어지는 소리에 잠을 설치는 일도 없었다.

해가 바뀌어 계절이 여름에서 가을로 접어드는 시기가 되었다. 이때쯤이면 기층이 불안정해서 돌풍이 불고 세찬 비가 간헐적으로 퍼붓는 일이 가끔 생긴다. 전에는 이런 비는 반갑지 않았으나 요즈음에는 사정이 달라졌다. 장마철에도 비는 오지 않고 마른장마만 계속되다 보니 댐이나 저수지에 물이 고이는 것은 장마철이 아니라, 여름에서 가을로, 가을에서 겨울로 계절이 바뀔 때 오는 비에 겨우 물이 고이는 정도가 되었다. 그러다 보니 산사태가 나고 물난리가 났다는 뉴스는 들어본 지 오래가 되었다. 자연재해가 발생하지 않는 것은 좋은데, 장마철에 물이 세차게 흐르면서 발생하는 침식·운반·퇴적작용이 활발하지 않아 개울이

나 강에는 모래가 쌓이는 대신 진흙이 쌓이고 거기에 갈대가 뿌리를 내려 우거지게 되었다. 그래서 전국 어느 개울이나 강에서 볼 수 있었던 모래사장이 없어졌다. 민물 모래가 없으니 건설현장에서 필요한 모래를 바다에서 건져 올리는 진귀한 현상이 일상적인 일이 되었다.

전에는 태풍이 오면 집중호우가 동반되어 물난리가 나고 강풍으로 인한 피해가 심하여 제발 태풍이 비켜가기를 기대하였는데, 요즈음은 비구름을 몰고 올 태풍을 기다리는 형편이 되었다. 그러고 보니 최근 몇 년간 중부지방에 태풍이 오지 않아 벼농사에서 이삭거름을 많이 준 사람들이 풍년의 기쁨을 맛보긴 하였다. 그런데 댐이나 저수지의 저수량이 모자라 생활용수나 농업용수의 부족을 걱정하는 뉴스를 자주 보게 되었다.

돌풍이 불고 세찬 비가 장난처럼 내렸다 그치기를 반복하는 날 오후에 어머니에게서 전화가 왔다. 사랑방 부엌 쪽에 있는 물받이에서 내려오는 천막호스를 묶은 함석 홈통이 시멘트블록에서 빠져 부엌으로 가는 바람에 아궁이에 물이 하나 가득 고였고, 그걸 원래 위치로 되돌리려다 지붕홈통에 천막호스를 묶은 고무줄이 풀어져 빗물이 보도블록 위로 쏟아지고 있다는 것이다. 급한 김에 응급조치라도 할 사람을 찾으러 온 동네를 다녀도 사다리에 올라가서 호스를 묶을 사람이 없다는 것이다. 지금 갈 테니 그냥 있으라고 하고 차에 올랐다. 보통 때 같으면 배티고개를 넘어 가는 길로 가지만 빨리 가기 위해 평택제천 고속도로로 진입했다. 40분 만에 도착하여 비가 조금 뜸한 틈을 타 사다리를 놓고 올라가 호스를 홈통에 묶었다. 그러고 나니 언제 비가 왔냐는 듯 해가 나와서 원래대로 해놓았다. 사람이 잡아당겨도 잘 빠지지 않는데 빠진 것을 보고 자연의 힘이 대단함을 실감하였다.

집에 오면서 이리저리 생각해 보아도 딱히 떠오르는 생각이 없었다.

다음주에 집에 가서 사다리를 놓고 올라가 물이 모여 내려오는 홈통을 살펴보았다. 주름져서 구부러진 홈통을 똑바로 펴려고 해보았더니 펴지지 않아서, 박혀 있는 나사못을 드라이버로 돌려보니 주름진 홈통이 빠졌다. 그러자 길이가 채 5㎝도 되지 않는 물받이의 원 홈통이 보였다. 그것을 보니 생각이 떠올랐다. 물받이 홈통에 직접 플라스틱 파이프를 연결하여 빗물이 내려오게 하면 깔끔할 것 같았다. 물받이 홈통보다 지름이 조금 큰 플라스틱 파이프 3개와 거기에 맞는 ㄱ자 연결관 3개를 건재상회에 주문했다. 다음날 물품이 도착하여 작업을 시작했다. 물받이 홈통의 춤이 얕아서 플라스틱 파이프가 물받이와 지면에 꼭 맞아야 빠지지 않을 것 같은데, 그럴 경우 혹시 겨울에 땅이 얼어서 시멘트나 보도블록이 솟아오를 경우 괜찮을까가 의문이었다. 양지쪽이라 땅이 얼어 솟아오를 염려는 적으나, 솟아오를 정도로 추울 경우는 플라스틱 파이프도 수축이 되지 않을까? 지면이 솟아오르는 것보다 플라스틱의 수축이 작으면 그만큼 함석 물받이가 위로 올라갈 것도 같았다. 여하튼 지금 상태에서 딱 맞게 할 수밖에 없었다. 먼저 플라스틱 파이프에 ㄱ자 연결관을 끼워 세우고 사다리에 올라가 물받이에 딱 맞는 길이에 표시를 하였다. 다음에 표시한 부분을 세톱으로 잘라내고 윗부분을 홈통에 끼우고 아랫부분을 나무토막으로 톡톡 쳐서 똑바로 세웠다. 흔들어보아도 빠지거나 휘어질 염려가 없었다. 다시 사다리를 타고 올라가 물받이 홈통과 플라스틱 파이프의 여유 공간을 실리콘으로 메우고 지면과 닿은 부분은 콘크리트 못을 두 개 박고 철사로 고정시켰다. 그리고 ㄱ자 연결관에 도막난 플라스틱 파이프를 비스듬히 잘라 끼웠다. 겨울에 눈 녹은 물이 다시 어는 것을 조금이라도 막아보자는 생각에서였다. 다른 두 개의 물받이도 그렇게 하여 세웠다. 그런데 한 번에 다 잘라놓고 설치하려 했으면 낭패를 볼 뻔 했다. 똑같을 것 같은데 지면에서의 높이가 조금씩 차이가 있는 것이다. 다 해놓고 보니까 보기에도 좋고 바람이 불어도 괜찮을 것 같은데 겨울을 넘겨봐야 이상 유무를 판단할 수 있을 것 같았다. 그해 겨울이 꽤 추웠고 눈도 많이 왔는데 땅이 솟아올라 플라스틱 파이프가 휘거나 얼음으로 막혀 얼어터지는 일이 없었다. 조금 그늘이 드는 곳의 파이프에는 보온 덮개를 감아 놓은 덕도 보았는지 모르기는 하였다. 이렇게 하여 집안으로 떨어지는 빗물을 담장 밖으로 배출하는 일은 끝난 것 같았다.

치수(治水) 2

퇴직한 지 4년째 되는 해 이른 봄에 봄비가 제법 내린 적이 있었다. 며칠 후 집에 들렀더니 어머니가 사랑방 부엌 아궁이에 맑은 물이 가득 고였었다고 했다. 나가서 살펴보니 물이 고였던 흔적이 보였다. 봄비가 좀 왔다고 해도 그럴 정도는 아닌데, 얼른 이해가 되지 않았다. 잠시 생각해보니 짐작이 가는 것이 있었다. 지난겨울에 눈이 여러 번 많이 왔었는데 대문 밖에서 길까지의 눈은 이웃에 사는 집안 동생이 치워 주었지만, 대문 안 보도블록에 쌓인 눈은 길만 내고 쌓아놓아 서서히 녹으면서 모두 땅속으로 스며들었던 것이다. 그래서 보도블록 밑의 흙이 물기를 잔뜩 머금고 있는데 빗물의 일부가 또 스며들었으니 지면보다 낮은 부엌 아궁이로 흘러 든 것이었다. 따라 나온 어머니에게 올 겨울에 눈이 오거든 맨홀위로 밀어놓든지 잔디밭으로 밀어놓으라고 하였다.

보도블록을 깔면 사랑방 부엌에 물이 안 고일 줄 알았는데 그게 아니었다. 보도블록은 일부의 물이 땅속으로 스며든다는 것을 간과했던 것이다. 그렇다고 콘크리트를 치면 겨울을 몇 번 지나면 깨어질 것 같아서 그렇게 한 것인데 거기에도 문제는 있었던 것이다. 지난여름 장마 때에는 비다운 비가 내리지 않아서 그냥 지나갔지만, 올여름에라도 장맛비가 제대로 내리면 부엌에 물이 고일 것 같았다. 이제 남은 대비책은 창고 지붕에서 내려오는 물이 지면으로 내려오지 않게 하는 방법뿐이었다. 여러 번 우리 집 일을 한 적이 있는 주택 수리업자에게 전화로 이야기를 했더니 시간 나는 대로 오겠다고 하였다. 며칠 후 그 사람이 집에 와서 만나 창고 지붕에 함석 물받이를 달아달라고 하였다. 물받이에서 모은 물은 집안에 있는 맨홀과 대문 밖의 맨홀로 직접 들어가게 하라고 하였다. 공사를 하는 김에 창고에 창문을 하나 내어 남쪽의 창문과 맞바람이 치도록 해달라고도 하였다.

퇴직한 첫해 비닐하우스로 차고를 지었지만 헛간채를 헐어내는데 불편하여 뜯어내었다. 그래서 여름이면 차를 담 옆에 바짝 대놓는데도 한낮의 열기에 차 컴퓨터가 더위를 먹었다. 시동을 걸면 바로 뜨던 화면이 한참 있어야 뜨는 것 같아 지정 정비공장에 갔더니 더위를 먹어서 그럴 수 있다고 하였다. 그래서 이참에 대문 밖 오른쪽 담 옆으로 차고를 짓기로 하였다. 비닐하우스에 차광 망을 씌우고 문을 달지 말고 사방으로 바람이 통하도록 하였다. 혹시 있을지 모를 센 바람에 대비하기 위해서였다.

봄이 무르익어갈 무렵 공사를 한다는 기별이 왔다. 여러 곳에 공사를 벌여놓은 사람이라 시간을 쪼개어 찔끔찔끔 일을 하였다. 차고를 먼저 지었는데, 내가 말한 대로 문은 달지 않고 지면에서 50㎝ 정도 떨어지게 비닐을 씌워 바람이 통하도록 하였다. 그런데 높이가 좀 높아 태풍이 불어와도 괜찮겠느냐고 걱정을 하였더니, 드나들기 편하라고 그렇게 하였다며 사방 바람이 통해서 괜찮을 거라고 하는데 지나봐야 알 일이었다. 창고지붕 물받이는 달아놓고 보니 춤이 낮았다. 비가 많이 오면 빗물이 앞으로 넘어올 것 같다고 하였더니, 업자는 많은 비가 와도 넘지는 않을 것이라고 하였다. 그 말이 아니라 세찬 비가 오면 지붕에서 내려오는 물의 압력이 높아져서 물받이 위를 치고 넘어온다고 하였더니 수긍을 하였다. 어떻게 하느냐고 해서 물받이 위에 함석을 덧대면 될 것 같다고 하였다. 다른 곳에서 하던 일이 마무리 되는대로 하겠다고 해서 장마 전까지만 하면 된다고 하였다. 달이 바뀌고 논일이 시작될 때쯤 내가 말한 대로 해놓았으니 와서 보고 재료비를 추가로 달라고 하였다. 집에 가서 보니 그 정도면 빗물이 넘어 올 것 같지는 않을 것 같아서 재료비를 바로 송금해주었다. 이제 할 수 있는 방법은 다했는데 사랑방 부엌에 물이 고이는지는 장마철이 지나봐야 알 일이었다.

여름에 비가 꽤 많이 온 다음날 시골집에 갔더니 사랑 부엌에 물이 고여 있었다. 어디에서 온 물일까? 생각하다가 창고 남쪽에서 흘러내린 물이 땅속으로 스며들어 온 것일 수도 있다는 생각이 들었다. 창고 남쪽 지붕에도 물받이를 설치하여 밖으로 물을 내보내겠다고 하였더니 어머니는 그냥 두라고 하였다. 그러나 비가 올 때마다 물을 퍼내는 모습이 보기 싫어서 어떻게든 해결하고 싶었다. 지난번에 일했던 업자를 불러서 부탁을 했더니 시간 나는 대로 와서 하겠다고 하였다. 우리 집 일을 여러 번 한 사람이라 지켜볼 것도 없었다. 그 다음주에 가보니 얘기한 대로 일을 마쳐서 공사비를 송금해주었는데, 이럴 줄 알았으면 지난번에 다할 걸 하는 생각이 들었다. 기술자 인건비가 비싸서 하루 일거리가 되게 만들어서 하는 것이 절약하는 방법이기 때문이다.

가을에 비가 꽤 많이 오고 난 다음날 가보았더니 역시 부엌 바닥에 물이 고여 있었다. 지금까지의 시도는 실패했다는 것이 판명되었다. 가을걷이가 끝나고 나니 날이 쌀쌀해져서 다음 공사는 이듬해로 미루었다. 겨울이 가고 봄이 왔다. 더워지기 전에 공사를 하려고 집에 가서 어떻게 할까? 궁리를 해보았다. 이제 해볼 수 있는 방법은 보도 불럭 밑에 비닐을 까는 방법과 부엌 바닥을 방수처리 하는 두 가지이다. 어느 방법을 먼저 해볼까? 하다가 내가 할 수 있는 방법을 시도해보기로 했다. 다음날 건재상회에 가서 몰탈 20포와 방수액 한 통을 배달시켰다. 배달 온 기사가 우리 집에 여러 번 온 사람이라 물건을 내려놓고 안으로 들어와서 어디에 쓸 것이냐고 물었다. 부엌 바닥을 가리키며 여기에 바를 것이라고 했더니, 물에 개서 바르려고 하지 말고 마른 채로 다 쏟아 넣고 그 위에 방수액을 물과 섞어서 조루(어린 모종에 물을 주는 물뿌리개)로 충분히 뿌린 다음 흙손으로 문지르면 된다고 하였다. 대문밖에 있는 몰탈 20포를 들어다 부엌 바닥에 쏟는 것도 꽤 힘이 들기는 하였으나 물에 개서 붓는 것보다는 수월하였다. 방수액이 스며들기를 기다렸다가 흙손으로 미장을 하였다. 다음 주에 가보니 상석은 잘 되었는데, 효과가 있는지는 비가 와봐야 알 수 있는 것이었다.

그해 봄에는 비가 가끔씩 많이 왔다. 비가 온 다음날 집에 가서 보니 아궁이 안과 나뭇간에 물이 고여 있었다. 이제 남은 한 가지 방법을 쓸 수밖에 없었다. 내가 해볼까 하다가 혼자서는 못할 것 같고 인부를 한 명 사야 되는데 그렇게 하느니 업자에게 부탁하는 것이 나을 것 같아서, 늘 오던 W사장에게 전화를 하여 보도블록 밑에 비닐을 깔아달라고 하였다. 며칠 후에 집에 와서 본 후 나에게 전화를 하였다. 보도블록을 걷어내고 두꺼운 비닐을 깔고 그 위에 부직포를 깔고 다시 보도블록을 놓으려고 하는데, 그렇게 하면 되겠느냐고 하였다. 사람이 밟고 다니면 비닐이 찢어질 수 있으니 부직포를 두 겹으로 깔라고 하였더니, 비닐을 두 겹으로 깔고 부직포는 두툼한 것으로 깐다고 하였다. 공사하는 날 가보니 인부 한 명을 데리고 와서 저녁때까지 하였다. 역시 맡기기를 잘했다는 생각이 들었다.

이왕에 손을 댄 것이니까 완벽하게 해야겠다는 생각이 들었다. 그 다음주 건재상에 들러 나뭇간과 아궁이를 방수하기 위해 몰탈 15포를 배달시켰다. 나뭇간을 바르는 것은 일거리가 많았다. 나뭇간에 가득한 나무를 옮기는 데만 한나절이 걸렸다. 바닥을 깨끗이 치운 다음 몰탈 13포를 들어다 쏟아 붓고 방수액을 섞은 물을 뿌린 다음 미장을 하였다. 아궁이 안은 물에 비벼서 삽으로 퍼 넣고 대강 문지르는 수밖에 없었다. 솥을 떼어내고 틈이 없이 문질러야 하는데 일거리가 너무 많아 그냥 삽으로 미장을 하였으니 완전하지는 못하였다. 다음주에 가서 나뭇간으로 나무를 다 들여놓는 것으로 물과의 겨루기는 일단락되었는데 성공 여부는 큰비가 와봐야 판명될 것 같다.

호박도 페인트칠하면 수박?

차고도 지었고 대문 안 집안 정리도 다 되어서 깔끔하기는 하였으나, 안채 벽의 칠이 퇴색되어 집이 허름하게 보였다. 내친김에 페인트칠까지 해서 집안 환경정리를 마무리하기로 하였다.

집에 도색을 처음 한 것은 새집을 짓고 삼년쯤 지나서였다. 한옥에 도색을 하는 것은 어렵고 힘이 많이 든다고 하며 이웃사람들이 도장 전문 업자에게 맡기는 것이 좋다고 권하였으나, 자재를 구입하여 직접 했다. 집이 크고 한옥의 특색인 서까래를 칠해야 하기 때문에 주말을 이용해서 할 수는 없었다. 그때만 해도 토요일은 한나절 근무를 하고 일요일만 쉴 때였다. 날이 좀 쌀쌀하기는 하였지만 봄에 하는 것이 좋을 것 같아서 봄방학을 이용해서 하기로 하였다. 동생(낙필)이 학교를 졸업하고 취직하기 전이라 같이 하기로 하였고, 방위 근무 중이던 외사촌 동생(찬희)

도 도와준다고 하였다.

서까래에 칠할 황색 유성페인트와 벽에 칠할 수성페인트를 미리 구입해놓았다가 아침부터 작업을 시작하였다. 날이 좀 쌀쌀하였으나 땀이 나지 않아서 일하기에는 좋았다. 동생 둘은 서까래에 유성페인트 칠을 하고 나는 수성페인트를 벽에다 칠했다. 서까래에 페인트칠을 하는 것은 여간 힘든 일이 아니다. 드럼통 두 개에 널빤지를 올려놓고 그 위에 올라가 고개를 젖혀 위를 보며 붓으로 발라야 하니 목을 꽤 혹사시키는 작업이다. 얼굴과 옷이 페인트 범벅이 되어가며 발랐다. 외사촌 동생은 방위근무 중이라 밤에는 경찰지서에 가서 야간 근무를 하고 낮에는 와서 중노동을 하였으니 힘들 법도 한데 원래 사람이 좋아서 웃는 얼굴이었다. 외사촌 동생(찬희)에게 힘든 일을 시킬 수 있었던 것은 친형제처럼 생각하였기 때문이다. 우리 집에서 3년 동안 중학교를 다니면서 정이 많이 들어서 친형제와 같았다. 긍정적인 사고방식을 가진 사람이라 우리 아버지한테도 늘 칭찬을 들었고, 돌아가신 외할머니도 어렸을 때이지만 하는 행동이 실금하다고 칭찬을 하였다. 본인이 공부를 원래 잘해서 여간해서 칭찬을 하지 않는 외삼촌도 가끔 기대하는 말씀을 할 만큼 공부도 잘했다.

나는 롤러에 막대를 끼워 수성페인트를 벽에다 발랐는데, 백색 페인트에 색소를 타서 원하는 색을 내야 하니 내가 할 수밖에 없었다. 연두색에 약하게 초록빛이 되도록 색소를 배합하여 놓고 롤러로 발랐다. 전체적으로 한 번 바르고 다음날 두 번째 칠을 하고 나니 제대로 원하는 색이 나왔다. 붓으로 천정하고 맞닿은 부분과 아랫부분을 붓으로 마무리하는데 사흘이 걸렸다. 그렇게 하고 보니 더 새집이 되었다.

집에 두 번째로 색칠을 한 때는 아버지가 돌아가신 이듬해 봄이다. 어머니 혼자서 사시는데 집이라도 환하게 해드려야 하겠다는 생각에 외벽 페인트칠을 다시 하고, 방과 마루, 주방에 도배도 하였다. 서까래는 처음 칠한 그대로여서 벽만 수성페인트로 칠했다. 색깔도 처음과 거의 같게 하고 아랫부분만 연한 회색으로 칠했다. 그렇게 하였는데도 다시 새집같이 되었고 분위기도 밝아졌다.

그러고 나서 다시 또 세월이 십년이나 흘렀으니 집안과 밖이 퇴색될 만도 하였다. 이번에는 집안과 밖의 색깔을 바꾸어보기로 하였다. 외벽은 아이보리색으로 하고 집안은 연한 회색으로 하는 것이 좋겠다는 생각이 들었다. 페인트 가게에 물품을 구입하러 갔더니 수성페인트 색을 배합하는 것이 어려우니, 원하는 색과 약간 다를 수 있어도 기성품을 사는 것이 어떠냐고 하여서 그렇게 하자고 하였다. 내가 원하는 색보다 약간 하얀빛이 들기는 하였지만 별 무리는 없을 것 같아서 아이보리색 수성페인트 두 통과 녹색 유성페인트 한 통을 사가지고 왔다.

다음날 아침 일찍, 작업이 끝나면 버릴 옷과 모자로 무장을 하고 페인트칠을 시작하였다. 아이보리색 수성페인트를 고무 대야에 붓고 물을 조금 섞은 후 롤러로 발랐다. 물을 많이 섞으면 흘러내리고 색이 얇아서 두 번 발라야 됨을 그간의 경험을 통해서 알게 되었다. 롤러에 페인트를 자주 묻히며 천천히 칠하였더니 한 번에 제대로 된 색이 나왔다. 오후에는 창고 벽을 칠하는데, 처음 칠하는 것이라 한 번 가지고는 제대로 되지 않았다. 마르기를 기다렸다가 한 번 더 칠하였더니 안채와 거의 비슷한 색이 되었다. 그 다음날은 벽 아랫부분을 칠하였다. 아이보리색 페인트에 검정색 색소를 조금 넣고 고루 섞어서 회색으로 만든 다음, 롤러로 대강 바르고 붓으로 마무리를 지었다.

'떡 본 김에 제사 지낸다'는 말이 있듯이 남은 페인트를 보자 여기저기 바르고 싶었다. 담벼락에도 바르고 대문 기둥에도 발랐다. 집안과 대문 앞에서 보이는 곳에는 모두 발라 수성페인트를 전부 소모했다. 다음날 녹색 유성페인트로 대문을 칠하는 것으로 외부 도색 작업은 끝났다. 이웃 사람들이 와서 보고는 완전히 새집이 되었다고 부러워하였다.

그 다음주에는 집안 도배를 하였다. 흰색 바탕에 회색 점이 있는 것이 밝아 보인다고 해서 집 전체를 한 가지 색으로 바르기로 하였다. 도배공 두 사람이 와서 하는데 물건 옮겨주고 쓰레기 치워주는 뒷바라지 하는 것도 힘들었다. 도배가 끝나고 나서 바닥에 떨어진 풀을 닦아내고 쓰레기를 내다 버리는 일까지 마치고 나니 긴 봄날 해가 넘어갔다. 다음날 집에 갔더니 어머니가 돈도 들어가고 힘도 들었지만 다 해놓고 보니 좋다고 하면서 "사람이나 집이나 가꾸어야 돼."라고 하셨다. 어머니가 좋아하는 모습을 보니 그동안의 피로가 말끔히 풀리는 것 같았다.

건달농사꾼

우리 민족이 제대로 된 벼농사를 짓기 시작한 것이 삼한시대부터라고 하니, 유구한 역사에 어울리게 이어온 농사라고 할 수 있다. 그때부터 생산량을 늘리기 위해 저수지를 막는 등 국가적인 노력을 기울인 것을 보면 벼가 귀한 식량 작물이었다는 것도 알 수 있다. 오죽했으면 옛날 사람들의 흔한 소원 중에 하나가 "쌀밥 한번 배불리 먹어 봤으면!" 하는 것이었을까? 그래서 나라와 통치자가 바뀌어도 가장 소중한 식량자원인 벼 생산량을 늘리기 위한 노력은 계속되었었다. 고려시대 몽고의 침입으로 강화도로 피난 간 조정이 오래 버티며 항몽 투쟁을 벌일 수 있었던 것도, 갯벌을 막아 논을 만들어가며 벼 생산량을 늘려서 식량을 충당할 수 있었기에 가능했을 것이다. 벼 생산량을 늘리기 위한 농민들의 노력도 계속되어 이 땅의 농민이면 누구나 벼농사의 기술자라고 불릴 만큼 보편적인 재배 기술을 확보할 수 있었던 것으로 보인다. 일제강점기에 압박과 수탈을 피해 우리의 고토인 만주지방으로 이주해간 조상들이, 그곳 사람들은 생각도 못한 벼농사를 시작하여 식량을 자급할 수 있었던 것을 보아서도 알 수 있다.

그럼에도 불구하고 벼 생산량은 수요를 충당하지 못하여 쌀은 늘 귀한 대접을 받는 식량이었다. 내가 어릴 때만 해도 시골에서 쌀밥을 먹느냐, 보리밥을 먹느냐가 그 집의 빈부를 판단하는 첫 번째 기준이었다. 그런 우리 민족의 역사와 같이 한 쌀밥을 배불리 먹는 소원이 이루어진 것은 내가 초임교사 시절이다. 5.16 군사혁명으로 탄생한 혁명정부는 혁명공약 '지금까지 기아선상에서 허덕이는 민생고를 시급히 해결한다.'에서 볼 수 있듯이 주식인 쌀의 자급자족을 위해 각고의 노력을 기울였다. 그 결과 수확량이 획기적으로 늘어난 벼 품종 개발에 성공하고, 간척 · 개간사업을 통한 재배 면적의 증대로 쌀 자급자족 시대를 열었다. 쌀 자급자족을 이룰 수 있게 한 품종이 그 당시에는 우리 국민이면 누구나 다 알았던 통일벼(시험장 품종 명 IR 667)이다. 그 이후에는 밥맛이 떨어진다는 통일벼의 단점을 보완하기 위해 고품질 벼 품종 개발에 전력을 기울인 결과 일본 벼 '아끼바레'를 우리나라 기후 풍토에 맞게 개량한 '추청'을 개발, 보급하여 전 국민이 맛있는 쌀밥을 배불리 먹을 수 있는 나라가 되었다.

그러나 이제는 국민소득이 높아지고 식생활이 서구화됨에 따라 쌀 소비량이 줄어들어 맛있는 쌀이 남아도는 시대가 되었다. 쌀밥의 우수성을 홍보하여도 쌀 소비량은 오히려 지속적으로 줄어들게 되자 급기야 벼 재배 면적을 줄이는 정책을 시행하게 되었다. 그리하여 논에 다른 작물을 재배할 능력이나 형편이 되지 않는 사람만 벼농사를 짓고 있는 실정이다 보니 제대로 대접도 못 받는 것이 사실이다. 이러한 때에 남이 하는 대로 따라하며 쉬엄쉬엄 농사를 지어보겠다고 덤벼들었으니 건달 농사꾼이라는 호칭이 어울릴 것 같았다.

시작은 건달농사꾼이었으나 시간이 지나면서 자식을 기르는 부모 마음, 제자를 키우는 스승의 마음으로 농사를 짓게 되었다. 다른 사람이 하는 것을 보며 기억을 더듬어 올라가면 40여 년 전 농업고등학교 다닐 때 배웠던 내용이 하나둘 떠오르기 시작하였다. 충청북도 농업기술원 홈페이지에 들어가 벼농사 재배 기술을 살펴보니 보통작물 시간에 1년 동안 배웠던 내용이 요약된 것이라 금방 이해할 수 있었다. 오래전에 배웠던 지식을 실제로 적용해보는 즐거움도 느끼게 되고 자식 교육과 연관 지어 깨닫는 바도 많았다. 가을에 추수를 하고 나서는 퇴직 전에 미리 준비하여 다른 농사를 지어볼 걸 그랬나? 하는 아쉬운 마음이 들기도 하였다.

엿장수 마음대로!

어떤 농사이건 간에 농사의 시작은 땅을 가는 것부터 비롯된다. 초기에는 사람의 힘으로 땅을 갈았을 것이고, 그다음부터는 오랜 세월 동안 가축(주로 소)을 이용하여 땅을 갈았다. 우리나라에서 기계를 이용하여 땅을 갈기 시작한 것이 삼십 년쯤 전부터이고, 본격적으로 기계를 이용하여 땅을 간 것은 불과 이십여 년 전부터였다고 할 수 있다.

우리 농촌에 처음 보급된 농기계는 경운기(耕耘機)인데, 그 시기는 사십 년쯤 전이다. 보급 목적은 이름 그대로 논밭을 가는 데 이용하는 것이었으나, 논에서는 빠져서 제대로 활용하지 못하고 밭을 갈고 흙을 잘게 부수는 데 일부 이용되었다. 가장 많이 이용한 것은 운반용 수레와 원동기를 이용한 급수와 배수 정도라고 할 수 있다. 그러니까 농업의 기계화 시도 초기는 소와 경운기의 혼용 시기라고 해야 맞을 것이나, 논농사에는 소를 주로 이용하였다.

그러다가 논농사가 본격적으로 기계화시대를 맞게 된 것은 트랙터가 보급되면서부터이다. 논을 갈고 써리는 것은 트랙터로 하고, 모를 심는 것은 이앙기로 하며, 벼를 베는 것은 콤바인이 하는 시대가 된 것이다. 이렇게 논농사가 빠르게 기계화된 것은 경지정리가 동시에 이루어졌기 때문이다. 처음에는 논 한 블록을 900평으로 정리하다가 나중에는 3000평으로 대형화하였다. 이에 따라 트랙터를 비롯한 농기계도 점점 대형화되었다. 초기에 사용한 트랙터는 오늘날 북한에서 사용하는 정도의 규모였으나, 지금은 크기와 기능이 훨씬 커지고 다양화되어 못하는 농·작업이 없을 정도가 되었다. 그에 맞춰 이앙기(移秧期)와 콤바인도 대형화되어 작업 속도가 훨씬 빨라졌다. 신형 트랙터, 이앙기, 콤바인을 구비한 젊은 농부는 5만 평의 논도 경작이 가능할 것이다. 그러나 아직 대기업이나 국가기관에서 경영하는 농장을 제외하고는 2만 평 이상을 소유한 농부는 그리 많지 않은 형편이다. 그래서 농기계를 보유한 농부들은 1만 평 이하의 자기 소유 농토만 경작해 가지고는 수지타산이 맞지 않으므로, 농기계를 보유하지 못한 소규모 농가의 농·작업을 맡아서 해주고 있는 실정이다.

아버지가 살아계실 때에는 논을 갈고 써리고, 모를 심고, 벼를 베는 것은 농기계 보유 농민에게 맡겼으나, 못자리를 해서 모를 기르는 것은 직접 했다. 그러다가 아버지가 돌아가시고 난 후부터는 모 기르는 것까지 농기계 보유 농민에게 맡겨서 했다. 처음에는 사촌형 논을 맡아서 하는 사람에게 맡겨서 했으나, 퇴직하고부터는 이웃 동네에 사는 막내 동생 친구에게 맡겨서 하고 있다. 그 사람도 자기 농토와 여러 사람의 농토를 맡아서 작업을 하고 있으니 논을 갈고 써리고, 모를 심고, 벼를 베는 것까지 자기가 잡은 일정에 따라 진행을 하는 것이다. 작업을 맡긴 농지 소유주는 그 사람이 하는 대로 따라갈 수밖에 없다.

한해 농사 성패의 반은 논 써리는 것에 달려 있다고 해도 과언이 아니다. 높고 낮음이 없이 평평하게 잘 써리면, 모를 심고 나서 물을 대었을 때 물속에 잠기는 모가 없어서 생육률이 높아지기 때문이다. 반대로 높고 낮음이 있으면 모를 심고 난 후 물을 대었을 때, 높은 곳의 모는 물에 닿지도 않았는데 낮은 곳의 모는 물속에 잠기게 된다. 물속에 잠겨 있는 모는 녹아 없어지거나 그대로 있어도 활착이 되지 않는다. 논흙의 표면에는 논 써린 후 뿌린 초기제초제가 가라앉아 있는데 물을 대면 제초제 성분이 물에 섞이기 때문에 그런 현상이 일어나는 것으로 판단된다. 그리고 10일 정도 후에는 중기제초제를 살포하여 잡초의 발아를 억제하게 된다. 중기제초제를 살포하고 며칠 후에 논에 가서 보면 모가 없는 곳이 여러 군데 발견된다. 중기제초제 살포 전까지 완전히 활착되지 않았던 모는 삭아서 죽었기 때문이다. 그러니까 모를 심고 물을 대었을 때 물속에 잠긴 모는 그때 녹아서 없어지지 않았더라도 겨우 물속에서 잎이 나와 살아나다가 완전히 활착이 되지 않은 상태에서 중기제초제의 영향을 받아 죽게 되는 것이다. 모가 죽은 자리에 남아 있는 모를 다시 심어도 며칠 후에 가보면 여전히 죽고 없다. 중기제초제를 뿌리고 나면 모가 뿌리를 내릴 수 없는 환경이 되는 것이다.

농업은 자연환경의 영향을 절대적으로 받기 때문에 그때그때 해야 할 작업시간이 그렇게 길지 않다. 논을 써리는 것도 길어야 10일, 대개는 7일 이내에 다 마쳐야 한다. 그러다 보니 트랙터를 가지고 작업을 하는 사람은 되도록 서두를 수밖에 없다. 논을 써릴 때에는 물을 적당히 대고 작업을 해야 하는데 트랙터가 돌아다니면 흙탕물이 되어 높고 낮음을 잘 구분할 수도 없다. 방법은 천천히 다니는 것이 제일 좋은데 기계 소유주는 작업량과 연료 소모량 등을 감안하여 그렇게 하지 않는다. 또 트랙터가 대형일수록 논 귀퉁이에서 방향을 전환할 때 흙이 패이게 되어 평평하게 고르기가 어렵다. 그런데다 논 면적이 넓으면 평평하게 고르기가 더 어렵게 된다. 우리 논은 이천 평이 넘는 논이 한 배미로 되어 있어서 작년에 깊었던 곳을 높이면 다른 곳이 낮아지고, 다음해 그곳을 높이면 다른 곳이 낮아지곤 하였다.

퇴직하고 농사짓던 첫해에는 논이 잘 써려졌다. 모를 심고 물을 대었더니 모가 물속에 잠기는 곳이 조금밖에 없었다. 그 다음해부터는 첫해만 못하여 논 써리는 날 미리 나가서 지켜보곤 하였지만 일일이 잔소리할 수도 없고, 잘 보이지도 않아서 그냥 보고 있는 정도였다. 그래서 전에 아버지는 논 써리고 난 후 흙탕물이 가라앉고 나서 높은 곳의 흙을 파서 가마니 위에 싣고 가 낮은 곳에 붓는 방법으로 논을 평평하게 골랐다. 그런데 나는 그렇게 할 엄두가 나질 않으니 영락없는 건달농사꾼이 아닌가?

그때그때 해야 되는 일

벼는 물에서 자라는 아열대성 작물이다. 그래서 우리나라에서는 여름 한철에 재배하는 작물이기도 하다. 최근 우리나라 기후가 빠르게 아열대성 기후로 바뀌어가면서 벼농사나 열대성 과일의 재배에는 적합한 기후가 되어간다고도 한다. 일부 남부 지방에서는 벼농사 이모작을 시도하고 있다. 농업고등학교에 다닐 때 벼의 적산온도(벼가 생육하는 동안에 받아야 하는 일평균 기온의 합계)가 4000℃라고 배운 기억이 난다. 아열대 기후로 바뀌면서 적산온도를 쉽게 초과하니까 생육 상태가 좋아 해마다 재배 면적이 줄어드는데도 생산량은 증가하는 것이 아닌가 하는 생각이 든다.

그런데 벼의 생육에 필수 조건인 물이 문제다. 여름철 기온은 아열대 기후와 비슷하게 바뀌어 가는데, 강수량은 타이가 지대와 비슷하게 되어가는 것은 어떻게 설명해야 되는가? 그냥 이상기후라고 하면 되는가? 이러한 현상을 설명할 이론이 정립되어 있지 않으니, 대책도 무조건 물을 확보해야 된다는 주먹구구식일 수밖에 없다. 사람이 살아가는데 필요한 식수와 생활용수는 미리미리 대비하면 확보할 수 있겠지만 단기간에 많은 양의 농업용수가 필요한 벼농사는 어떤 대책을 세워야 하는 것이 아닌가?

세계 최대 쌀 수출국인 태국에서도 지난해에 비가 제때 오지 않아 수확량이 크게 감소하자 저수용 댐을 설치하기 위해 우리나라 4대강 보를 벤치마킹하겠다고 방한하기도 하였다. 그런데 정작 국내에서는 4대강 보의 무용론이 제기되며 공이냐 과냐를 따지는 정쟁이 지속되다가, 대통령 탄핵으로 조기에 실시되는 대선후보 토론회에서도 논쟁거리가 되었다. 야당 후보들은 입을 모아 4대강 보 때문에 수질이 악화되었으니 강물의 흐름을 막은 보를 철거해야 된다고 주장하였고, H후보는 보가 문제가 아니라 4대강으로 흘러들어오는 지천의 폐수가 문제이니 이를 정화하는 시설을 하면 된다고 하였다. 그래도 야당 후보들이 우겨대니까 소양강댐 물은 수십 년을 가두어놓아도 왜 썩지 않느냐고 하자 우물쭈물하였다. 그러다가 4대강 보의 철거를 주장하는 야당 후보가 정권을 잡자 일부 보의 수문을 개방하였다. 그러나 보의 수질은 개선되지 않았다. 그러면 이제 보를 철거해야 하는 것인가? 그렇다고 강물의 수질이 좋아질 것이며, 설사 좋아진다고 하더라도 필요한 물의 확보는 어떻게 할 것인가? 참으로 한심한 나라다. 빈대 잡기 위해 초가삼간을 태우겠다고 하는 것과 무엇이 다르단 말인가? 보를 철거할 예산에 더 보태어 4대강으로 흘러드는 지천의 물을 정화할 정화시설을 설치하자는 말은 하지 못하는가?

4대강 사업을 한 정부 측에서는 당초 편성한 예산을 확보해주었으면 지천의 정화시설까지 끝냈을 것이고, 그러면 수질오염의 문제도 없었을 것이라는 주장이다. 이에 반대했던 측에서는 지천의 정화부터 단계적으로 하는 것이 순서라고 한다. 집권하면 업적을 남기고 싶은 것이 정치가들의 속성이 아닌가? 특히 우리나라의 정치지도자들은 자기의 업적을 남기기 위해 전(前) 정부의 업적을 깎아 내리는 데 망설임이 없다.

건달농사꾼 4년차 되는 해(2017년)의 중부지방 봄 가뭄은 심했다. 기상청 발표로는 1973년 기상관측을 실시한 이래 45년 만에 겪는 가뭄이라고 하는데, 내 기억으로는 평생 처음 보는 가뭄이다. 그러니까 적어도 65년 안에는 이렇게 극심한 가뭄이 없었다. 다섯 살 때부터는 모두 기억이 나고 그전에는 어머니에게 물어보니 이런 가뭄은 없었다고 하는 것으로 보아 그렇다. 내가 초등학교 3학년 때 꽤 심한 가뭄이 있었다. 모내기를 하려고 저수지물을 논으로 대는 아버지를 돕다가 밤이 늦어서 집에 오려고 하니까, 동네사람들이 요새 늑대가 다니니 혼자 가면 안 된다고 하여서 거적때기를 덮고 들판에서 잔 적이 있다. 그때 모내기를 하고 나니까 백곡저수지 물이 바닥나서 물고기를 가마니로 잡아냈던 적이 있었다. 그 가뭄을 겪고 나서 백곡저수지 둑을 높여야 한다는 주장이 제기되었다. 그러나 그 당시에는 여력이 되지 않아 미루다가 경제개발에 성공한 후, 그러니까 20년쯤 후에 기존 저수지 둑 앞에 훨씬 높게 새 둑을 쌓았다. 그래서 저수량이 기존의 2배 이상이 되었다. 그런데도 올해 모내기를 하고 나니까 백곡저수지의 저수량이 30% 정도밖에 남지 않았다. 그전 저수지의 규모 그대로였으면 모내기도 제대로 못할 뻔하였다.

처음의 백곡저수지는 일제강점기에 세운 것으로 동양 최초의 SI-

PHON식 저수지였다. 홍수가 나서 물의 유입량이 많아 저수량이 적정량을 초과할 경우 대기의 압력을 이용해 단번에 많은 양의 물을 방류할 수 있도록 콘크리트 댐을 설치하였다. 그 후 저수량을 늘리기 위해 기존의 시설 앞에다 27미터 높이의 둑을 쌓아서 SIPHON 시설은 수몰되었다.

모내기할 때까지는 물을 매일 내려 보냈으나, 모내기가 끝나고 나서는 일주일에 나흘(목금토일)만 물을 내려 보냈다. 기상청 장기예보에 장마철에도 비가 적게 온다고 하니까, 가뭄이 장기화할 것에 대비하여 저수량을 최대한 늘리기 위한 방안이었다. 그러자 물이 내려오는 날이면 서로 물을 많이 대기 위해 바쁘게 움직이기 마련이다. 저수지 물이 닿지 않는 논은 지하수를 퍼서 물을 대는데, 가뭄이 심하여 지하수가 끊기자 저수지 도랑물을 양수기로 퍼서 몇 백 미터씩 끌어다가 물을 대었다. 밤새도록 돌아가는 경운기 소리에 밤에 자다 깨면 새벽까지 잠이 오지 않았다. 다음날 밤새워 경운기를 돌려 물을 푼 친구에게 밤에는 경운기 좀 쉬게 하라고 하였더니 그렇게 했으면 얼마나 좋겠느냐고 하면서, 너희 논은 거저 농사짓는 논이라고 하였다.

우리 논은 저수지 물이 내려오는 용수로의 첫 번째 논이어서 물문만 열면 언제든지 물을 댈 수 있다. 그런데 아래쪽 논이 외지인들에게 팔리면서 인심이 달라졌다. 물이 위에서 아래로 흐르니까 위에 있는 논에 먼저 대고 아래 논에 대는 게 순리이거늘, 이것을 깨고 같이 나누어 대겠다고 우리 논의 물문을 마음대로 닫아놓는 일도 벌어졌다. 그렇게 하는 것을 내 눈으로 보면 알아듣게 이야기하겠는데, 만날 수도 없고 밤낮으로 지키고 있을 수도 없으니 밤늦게 가서 확인하고 와야 했다. 거저 농사짓는 논이 아니다.

논물 관리는 쉬운 것 같지만 논농사의 기본이고 한해 농사의 성패가 달린 중요한 일이다. 요즈음은 논의 잡초를 뜯거나 매지 않고 제초제로 잡초의 발아를 억제하기 때문에 이때 물을 제대로 대지 않으면 풀밭이 되기 십상이다. 논물 관리는 초기일수록 잘해야 한다. 오전에 모내기를 하고 하루 종일 조금씩 물이 들어가게 해서 저녁때까지 알맞게 대어놓고 물문을 잠그고 들어갔다. 다음날 아침에 일어나 논에 가보고 깜짝 놀랐다. 밤새 물문으로 물이 새어 들어가 논에 물이 그득 고였다. 낮은 곳의 모는 물속 저 밑에 있어서 보이지도 않았다. 어제 저녁에 내가 들어가고 나서, 아래쪽 논 농사짓는 사람들이 물을 대기 위해 용수로로 물이 많이 내려오도록 하니까 수압이 높아져서 물문 사이로 많이 흘러들어간 것이다. 건달농사꾼 첫해 용수로에 끼운 물문 파이프 둘레를 시멘트로 때웠는데 겨울을 몇 번 지나면서 떨어져 나간 것이다. 물이 더 새어 들어오지 않도록 비닐봉지에 흙을 넣어 막았으나, 이미 들어간 물은 어떻게 해야 할지 막막하였다. 물의 깊이가 알맞게 물꼬를 터놓을까 하다가 그냥 두었다.

일주일 후에 가보니 물속에 있던 모가 커 나와서 물위로 고개를 내밀었다. 그렇게 기특할 수가 없었다. 사람 같으면 나 죽는다고 주인에게 욕이라도 해대었을 텐데 그런 것도 없이 혼자 견디며 겨우 커 나온 것이다. 머리를 쓰다듬어 주고 싶을 만큼 신통하였다. 다시 닷새 후에 중기 제초제를 주었다. 마음 같아서는 모가 더 큰 다음에 주고 싶었지만, 지난해 우천으로 이틀을 미루었다가 풀밭을 만들 뻔했던 일이 생각나서 날짜를 맞추었다. 일주일 후에 가보니 낮은 곳의 모는 온데간데없어졌다. 아직 완전히 뿌리를 내리지 못하고 겨우 물위로 나왔던 모가 독한 제초제에 녹아 없어진 것이다. 그런 곳이 여러 군데 있었다. 그냥 둘 수가 없어서 남겨놓았던 모를 있는 대로 다 심었다. 일주일 후에 가보니 언제 심었더냐 싶게 모두 다 녹아 없어졌다. 제초제 주기 전에 뿌리를 완전히 내리지 못한 모는 절대 살 수가 없는 것이다.

올해 농사는 별 볼일 없게 되었다. 물을 뺄까 망설이다 그냥 둔 것이 결정적인 실수였다. 망설이지 말고 알맞은 깊이로 낮추었어야 했다. 생각해보면 다른 일도 다 그럴 것 같다. 잘못된 것이 있으면 일이 더 진행되기 전에 바로잡는 것이 옳은 것이다. 어떻게 잘 되겠지 하고 미루는 것은 잘못을 더 키우는 꼴밖에 되지 않는다. 근본적인 잘못은 농사 시작 전에 물문을 점검하지 않았다는 데 있다. 매년 이른 봄에 용수로와 물문 파이프 사이를 시멘트로 때우는 일로 농사를 시작하는 것이 순서일 텐데 간과한 것이다.

다이어트! 저절로 된다

오래전 농촌에 '가래질 일꾼 밥 먹듯 한다.'는 속담이 있었다. 가래질이 힘이 많이 드는 일이라 가래질을 하고 나서는 밥을 많이 먹는다는 뜻이다. 벼농사에서 물이 새나가지 않도록 논두렁을 잘 관리하는 것은 첫 번째로 중요한 일이다. 그래서 논에 물을 가두면서 흙을 물에 개어 논둑을 싸 발라야 하는데 이것을 가래질이라고 한다. 겨울이 지나면 논둑이 갈라지고 쥐나 두더지가 구멍을 내놓고, 곤충들이 흙을 파내어 그냥 물을 대면 줄줄 새나가기 마련이다. 그러기에 매년 해야 하는 이 가래질이 농사일 중에서 제일 힘이 든다. 특히 아래 논과의 사이에 있는 갈개 둑은 우리 논에 우리가 쌓은 둑인데 좁고 높이가 낮아 해마다 가래질을 해야 한다. 물에 젖은 바닥 흙을 파서 기존 둑에 붙이고 발로 살살 밟은 다음 삽으로 반드르르하게 문지르는 것인데, 온몸을 다 움직이는 것이라 팔 다리 허리 안 아픈 데가 없다. 한참 하고 쉬고 또 쉬었다 또 하다 보면 겨우 중간 지점에 이르게 된다. 그때부터는 희망이 보여서 그런지 가속도가 붙는다. 가래질할 때같이 논 이쪽 끝에서 저쪽 끝이 그렇게 멀게 느껴진 적이 없다. 간식을 먹고 자주 물을 먹어가며 해도 한나절 가까이 하고 나면 녹초가 된다. 그러고 집에 와서 점심을 먹으면 반찬이 없어도 밥맛이 꿀맛이다. '시장이 반찬이다.'라는 말이 이래서 나온 말일 것이다.

논두렁

아버지 돌아가시고 농사를 지으면서 해마다 했으니까 여러 번 해봐서 요령이 생기긴 했지만 힘들기는 마찬가지였다. 건달농사꾼 3년차 되는 해 모내기 하는 날 이런저런 이야기 끝에 가래질이 제일 힘들다고 하였더니 농기계 소유주가 내년부터는 트랙터로 해준다고 하였다. 신형 트랙터에는 논두렁을 쌓는 기능이 추가되어서, 이것을 작동시키면 튼튼한 논둑이 쌓아졌다. 그래서 4년차부터는 가래질을 하지 않아도 되었다.

다음으로 힘든 일이 도랑을 치는 일이다. 도로 쪽으로는 논이 질어서 가을에 벼 벨 때 콤바인이 빠지는 것을 방지하기 위하여 도랑을 파놓았다. 그런데 이것이 한해 지나면 조금씩 메워져서 배수할 때 물이 잘 빠지지 않았다. 그것도 모아 두었다가 이삼 년에 한 번씩 굴삭기를 사서 파면 되는데 그렇게 하기는 싫었다. 그래서 해마다 가래질이 끝나면 도랑치기를 하였다. 풀뿌리가 번으면 도랑을 치기가 힘들어지니까 이른 봄에 하는 것이 덥지도 않고 힘도 덜 들어서 좋았다. 집에서는 품을 사서 하라고 하는데 몰라서 하는 말이다. 요즈음 삽으로 땅을 파는 일은 공사장 인부도 하지 않는 일이다. 세상이 그렇게 변하였다.

여름철에도 들판의 논둑은 누런색이다. 풀이 새파랗게 크는 논둑은 볼 수가 없다. 제초제 덕분에 그렇다. 농촌에서 농사를 짓는 데 없어서는 안 될 것 중의 하나가 제초제이다. 논둑이고 밭둑이고 길바닥이고 풀이 나는 곳이면 뿌려대는 것이 제초제이다. 농약 중에서 가장 많이 소비되는 것도 제초제일 것이다. 생산량을 늘리기 위해서 병충해 방제를 위한 약은 여간해서 뿌리지 않지만 제초제는 수시로 사용할 수밖에 없게 되었다. 논둑밭둑에 풀을 깎으려면 시간과 체력이 많이 소모되니까 생력재배(省力栽培-힘을 덜 들이거나 줄이는 재배 방식)를 위해 필요한 것이다.

제초제를 뿌리지 않고 논둑을 깎으면 벼농사 짓는 데 필요한 전체 노동력의 80%가 여기에 소모될 것이다. 모내기 전부터 시작하여 보름에 한 번씩 깎다가 장마철부터는 열흘에 한 번씩은 깎아야 한다. 처서(處暑)가 되어야 식물의 성장이 멈추니까 그때까지는 계속 풀을 베어야 한다. 비가 와서 며칠만 미루어도 풀이 벼만큼 크고 어디가 물꼬인지 찾을 수도 없을 정도가 된다. 그러니 누가 논둑의 풀을 베겠는가? 제초제를 주면 20일 이상은 버틸 수 있으니 쉬운 방법을 찾을 수밖에 없는 것이다.

건달농사꾼 1년차 시작은 예초기를 구입하는 것으로 시작했다. 예초기 판매점에 가서 논두렁 제초용으로 사용할 것이니 제일 가벼운 것으로 달라고 했더니 일제 신형을 권했다. 여분의 칼날과 연료첨가제를 포함해서 50만 원 정도를 주고 사왔다. 내가 제초제를 사용하지 않고 논둑의 풀을 깎으려고 하는 것은 아버지가 하던 대로 하기 위해서이다. 아버지는 한 번도 논둑에 제초제를 뿌린 적이 없다. 낫을 몇 가락씩 갈아

가지고 가서 논둑을 깎았다. 여름철이면 여기저기 있는 논의 논둑을 깎는 것이 일과나 마찬가지였다. 아버지가 제초제를 사용하지 않은 이유는 논둑을 튼튼하게 유지하기 위함도 있지만, 제초제를 사용하면 토양이 황폐화되는 것은 물론 수질을 오염시키는 원인이 된다는 생각에서 그랬던 것이다. 제초제 성분이 빗물에 씻겨 논으로 들어가면 벼가 흡수하게 되고 결국 사람의 몸으로 들어가게 된다. 도랑으로 흘러들어간 것은 개울로 강으로 흘러가 섞이게 된다. 요즈음 들판의 배수로에는 곤충은 물론 물고기 중에서 가장 생명력이 강한 미꾸라지도 거의 없다. 개울에도 물고기가 거의 없고 어쩌다 잡히는 것은 변형된 물고기가 많다. 이것은 대단히 심각한 문제이다.

예초기로 논둑을 한 번 깎는 데 두 시간 정도 걸린다. 모자를 쓰고 선글라스를 끼고 장화를 신고 한참 팔을 좌우로 돌리다 보면 어느새 온몸이 땀으로 범벅이 된다. 잠시 쉴 때 팔도 흔들고 물도 마셔가며 하지만, 다 깎고 나면 팔에 찌릿찌릿 전기가 오고 엔진이 열이 나서 등도 후끈거린다. 팔 힘이 빠지면 예초기 날에 땅이 파이고 논둑 가까이에 있는 벼도 잘려나간다. 잘려나간 벼가 그렇게 아까운 줄은 농사를 지으면서 느낄 수 있었다. 농부가 농사짓는 곡식을 자기 자식처럼 아낀다는 말을 이해할 수 있을 것 같았다.

장마철에는 벼도 크지만 풀은 훨씬 더 잘 큰다. 생육에 필요한 수분도 공급되지만 공기 중에 떠 있던 유리질소(遊離窒素-다른 원소나 분자와 화학적으로 결합하지 않고 수용액상에 존재하는 질소)가 비에 녹아 떨어지니 질소질 비료를 뿌리는 셈이다. 논둑을 깎고 이삼일 후에 가보면 골프장 잔디만큼이나 커 있다. 그러니 열흘에 한 번씩은 깎아야 깔끔해 보인다. 그래야 논둑에서 물이 새는 것도 쉽게 발견이 되고 해충의 번식도 막을 수 있다. 그렇게 논둑을 깎다가 벼가 노란색을 띠고서야 논둑 깎는 것을 그만두게 된다. 그렇게 비생산적인 논둑 깎기를 누가 하겠는가? 온 들판에서 예초기로 논두을 깎는 농부는 나와 사촌형뿐이다. 찰농사꾼인데 뇌출혈로 거동이 불편해져서 농사를 짓지 못하고 재활운동을 하는 동네친구가 괜히 고생하지 말고 제초제 뿌리라는 말을 여러 번 하였다. 처음에는 흘려들었는데 삼년이 지나고 나니 꾀가 생겼다. 봄에는 예초기로 깎다가 여름철이 되면 논둑이 무너지는 것과 관계가 없는 위쪽에는 제초제를 한 번씩 뿌려주니까 논둑 깎는 일이 반으로 줄어들었다. 그 사이에 생태계 파괴에 영향을 적게 미치는 저독성 제초제가 개발 보급되었다. 기존의 제초제는 뿌리자마자 풀이 시들어 죽어 가는데, 새로 보급되는 제초제는 뿌린 지 며칠 지나면서부터 잎이 누렇게 변하며 서서히 말라 죽게 한다. 제초제를 사용하는 농부를 말릴 수는 없으니까 독성이 약한 제초제를 개발한 것이다. 그런데 값은 더 비싸니 농약회사는 손해날 것이 없는 것이다. 부담은 오로지 농민 몫이니까.

농사 중에서 사람손이 가장 덜 가는 것이 벼농사이다. 벼농사의 생력재배(省力栽培)를 가능하게 한 것은 농업용 기계와 벼농사용 제초제의 개발이다. 이 두 가지 요소는 거의 동시에 개발이 완료되어 생력재배를 앞당겼다고 볼 수 있다. 기계화와 제초제의 개발은 오래전부터 거론되고 시도되었으나 좀처럼 진척되지 않다가, 농촌에 농사일을 할 인력이 절대 부족하게 되자 절실한 필요성에 의해 단기간 내에 이루어졌다. 농촌에 농사일을 할 젊은이가 없게 된 것은 임금 단가가 높은 제조업 쪽으로의 인구 이동이 그 시작임은 누구나 다 알고 있는 사실이다. 벼농사의 소득으로는 전용 인력을 고용할 수 없었고, 일용인부 인건비보다도 농기계 사용료나 농약 값이 싸니까 자연스럽게 인력의 사용을 줄이는 농사를 할 수밖에 없게 된 것이다. 십 수 년 전까지만 하여도 모내기하고 나서 논에 나는 풀을 제거하기 위해서 논을 두 번 정도 매고 뜯고 하던 것을 모내기 전 제초제 살포와 모내기 후 제초제 살포로 대신하게 되었다. 게다가 얼마 전까지 모내기 후 주던 비료도 모내기 전에 트랙터로 살포하는 것으로 대체하고 있다. 되도록 인건비를 줄이지 않으면 그나마 남는 것이 없기 때문이다.

논에 뿌리는 제초제는 벼 외에 다른 식물의 발아를 억제한다. 벼와 생김새와 특성이 거의 같은 피까지도 가려서 자라지 못하게 한다. 이런 제초제의 사용에도 여전히 살아남아 농민들을 괴롭히는 풀이 있다. 그 풀을 우리 고장에서는 올미채라고 부른다. 올미채는 알뿌리 식물이라 생명력이 강하며 씨로도 번식하기 때문에 기하급수적으로 퍼진다. 아버지가 농사지을 때는 수시로 뽑아서 거의 발견되지 않았는데, 그 후 한두 개씩 발견되더니 어느새 반 정도의 논에 퍼졌다. 워낙 생명력이 강하여 그냥 두면 벼가 치어서 자라지 못하므로 이삭이 나오지 못하거나 작아진다.

중기제초제를 주고 며칠 후에 보면 다른 풀은 없는데 올미채는 하나씩 둘씩 나오기 시작한다. 여기에 제초제를 또 주면 벼가 죽거나 자라지 못하니까 뽑는 수밖에 없다. 푹푹 빠지는 논을 돌아다니며 며칠을 뽑고 나면 허리도 아프고 온몸의 힘이 빠진다. 날은 뜨거운데 논을 돌아다니는 것이 체력 소모가 많아서 그럴 것이다. 그런데 더 맥 빠지게 하는 것은 일주일 후 가보면 언제 뽑았느냔 듯이 올미채는 그대로이다. 땅속에서 싹트지 않고 있던 것이 올라온 것이다. 두 번째도 눈에 보이는 것은 모두 뽑았다. 일주일 후에 가보니 저번보다 더 많이 나 있었다. 날이 더워지니 뿌리를 깊게 뻗어 뽑기가 훨씬 힘들어서 반 정도 뽑고 포기하였다.

장마에 대비하여 물꼬를 열기 전에 올미채 전용 제초제(승전보)를 사다가 뿌렸다. 며칠 후에 가보니 잎이 노랗게 말라가서 이제 되었구나!

하고 안심하였는데, 얼마 후에 가보니 다시 살아나서 벼만큼 큰 것이 싱싱하게 서 있었다. 그냥 두면 벼가 결실을 맺는 데 지장이 있을 것 같아서 올미채 죽이는 약을 뿌리기로 했다. 논을 말리는 철이라 용수로에 물이 내려가지 않아 집에서 물통 여러 개에다 물을 담아 승용차로 싣고 갔다. 농약(바사그린)과 물을 희석한 분무기를 등에 지고 다니며 한나절 동안 뿌렸다. 이삼일 후에 가보니 잎 끝부분부터 노랗게 말라가서 힘은 들어도 잘했다는 생각이 들었다.

벼가 익어갈 때 벼이삭 위로 올라온 올미채가 없어서 죽은 걸로 알고 있었는데, 벼 베는 날 보니 윗부분은 죽었으나 아랫부분은 파랗게 살아 있었다. 벼가 결실을 맺는 데 크게 장애가 되지는 않았으나 죽지는 않았다. 이 얼마나 끈질긴 생명력인가? 다음해에도 농약 판매점에 가서 올미채까지 잡는다는 새로 나온 제초제를 사다가 뿌렸어도 마찬가지여서 똑같은 과정을 매년 반복했다.

농촌경제가 급격히 하락하게 된 데에는 각국과 맺은 FTA도 한몫하였다. 소규모 노동집약적 구조의 우리 농업과 대규모 기계화 농업과는 경쟁 자체가 무의미하다. 또 경제발전으로 고임금 사회가 되어 후진국과의 가격 경쟁에서도 상대가 되지 않는다. 그러니 쌀을 비롯한 주요 농산물 가격은 오르기는커녕 계속해서 떨어지고 있다. 그러나 어쩌랴! 우리나라는 주요 공산품을 수출해서 먹고 살 수밖에 없는 형편인 것을. 제조업이나 서비스업에서 벌어들이는 수입을 주 소득원으로 하고 농사는 부업으로 할 수밖에. 후손들이 농사만 지어 먹고 살기를 기대하는 사람도 없을 테니까. 합리적인 생각을 가진 농민들과 국민들은 그렇게 생각했다. 그런데 이를 반대하는 세력들이 금방 나라가 망할 것처럼 국민들을 선동하며 극렬하게 반대했다. 그러나 막상 수입농산물이 들어오자 언제 그랬냐는 듯이 앞장서서 애용하는 소비자가 되었다. 그런데 사정이 바뀌어 미국 측에서 한·미 FTA가 불공정하다고 재협상을 하자고 나왔으니 어떻게 할 것인가? 체결 당시 반대하던 논리로 따진다면 오히려 잘된 것이니 이번 기회에 파기하고 말 것인가?

내가 어릴 때 멧돼지는 그림책에서나 볼 수 있었고 고라니는 그림책에서도 볼 수 없었다. 그런데 요즈음은 멧돼지나 고라니를 동네에서도 볼 수 있을 만큼 그 수가 엄청나게 불어났다. 이런 동물의 개체수를 조절하는 역할을 하는 포식자가 없어진 탓이다. 먹이사슬이 파괴된 것이다. 유해조수 포획단의 활동이 활발해도 피해는 늘어만 간다. 근본적인 해결책은 생태계의 복원일 것이다. 호랑이는 몰라도 늑대의 울음소리가 산야에 울려 퍼지는 날 유해조수 포획단의 활동이 중단될 것이다.

멧돼지는 높이가 있는 산에 살지만 고라니는 야산이나 개울가 갈대숲에도 많이 산다. 동네 앞 야산에 사는 고라니가 매일 밤 우리 논 논둑을 타고 이동한다. 매일 다니는 길로만 다녀서 발자국이 선명하게 나 있고 아침에 가보면 마르지 않은 배설물도 종종 보이는 것으로 보아 새벽에 지나가는 것 같았다. 아버지가 농사지을 때부터 다녔으니까 꽤 오래되었다. 가을에 벼 벨 때가 가까워져 논에 물이 없으면 논을 가로질러 뛰어다녀서 길목에 아카시아나무 가지를 잘라다 세워서 막기도 하였다. 세월이 지나면서 논둑으로 다니기만 하는 것이 아니라 여름철에 논에 들어가 벼를 짓밟아놓기도 한다. 그래서 유해조수 포획단에 알려 퇴치를 요청하였으나 몇 차례 밤중에 나와 보아도 발견할 수 없다고 포기하였다. 농약 판매점에 갔더니 고라니가 싫어하는 냄새가 나는 농약을 뿌려보라고 하여 시도해보았는데, 일시적인 효과는 있었으나 냄새가 가시면 다시 나타나 완전히 쫓을 수는 없었다. 다시 농약 판매점에 가서 상담하였더니 고라니가 나타나면 감지하여 소리를 냄으로써 쫓아버리는 퇴치기를 권하였다. 효과가 있을 것 같아 값을 물었더니 50만 원이라고 했다. 고라니가 오는 논에 꽂아 놓는 것인데 그것을 지키려면 밤새 보초를 세워놓던가 CCTV를 설치해야 할 판이라 그냥 왔다.

4년째 되던 해에는 한참 자라는 벼의 밑동을 멍석 한 닢 내기만큼 잘라 놓기까지 하니 그냥 둘 수가 없었다. 농약 판매점에 가서 고라니 쫓는 농약을 달라고 하였더니 새로 나온 고라니 퇴치기를 권하였다. 가격을 물었더니 5만원이라고 하여서 사다가 고라니가 논둑으로 들어오는 첫머리에 설치하고 허수아비도 두 군데나 세워놓았다.

추청이라고 다 같은 것이 아니다

해마다 장마철이 되면 TV에서 지역별 강우량과 홍수 피해 상황을 보도한다. 그런 방송 중에 물이 가득한 논을 배경으로 논이 저수지 역할을 하여 하천과 강의 물이 급격히 불어나는 것을 예방한다는 방송을 여러 번 본 적이 있다. 그런데 그 보도는 반은 맞고 반은 틀리는 것이다. 아니 뭘 잘 모르고 하는 말이다. 장마철 전에 홍수가 났을 경우에는 맞는 말이나 장마철에 홍수가 났다면 틀리는 말이다. 그런데 우리나라에서 장마철 전에 홍수가 난 적이 있었던가?

중부지방에서는 해마다 6월 하순이 되면 물꼬를 파내서 논물을 모두 뺀다. 남부지방도 며칠간의 차이는 있으나 마찬가지다. 이때부터 약 한 달 동안은 물을 대지 않고 논을 말린다. 그러니까 저수지 물도 내려 보내지 않고 비가 와도 오는 대로 도랑으로 빠지게 된다. 그래야 벼가 필요한 물을 흡수하기 위해 뿌리를 땅속으로 깊게 뻗는다. 또 위로 많이 크지 않는 대신 줄기가 튼튼하게 자라게 된다. 그래야 벼이삭이 나와 여물었을 때 쓰러지지 않고 버틸 수 있다. 그러다가 7월 하순이 되면 이삭거름(추비)을 주고 물을 댄다. 기계로 주거나 손으로 주거나 비료 한 포(20㎏)를 지고 다니며 주어야 하는데 논바닥이 푹푹 빠지면 힘들어서 줄 수가 없다. 비료 주는 것은 경험과 기술이 있어야 한다. 내 실력으로 의욕만 가지고 덤비다가는 농사를 망칠 수도 있다. 그래서 처음에는 농업학교 선배에게 부탁하다가, 그 선배가 다른 일로 바빠진 후로는 외사촌 형에게 부탁을 했다. 외사촌 형이 일도 잘하지만 그럴 때라도 만나볼 수 있어서 좋았다.

최근 몇 년 동안 가을 태풍이 중부지방으로 올라온 적이 없다. 그러니까 대부분 농가에서 이삭거름(추비)을 점점 많이 주어 생산량이 늘어나고 있다. 그런데 비료를 많이 주어 생산량이 늘어나면 쌀의 단백질 함량이 높아져서 밥맛이 떨어지게 된다. 또 하나 밥맛을 결정하는 것은 논의 토질이다. 같은 품종이라도 비옥한 논에서 생산된 쌀이 지방 함량이 알맞아서 밥맛이 좋다. 그래서 오래전에 외할머니가 어쩌다 우리 집에 오셔서 식사를 하시면 "같은 쌀밥이라도 너희 집 밥이 맛이 있다."고 하셨다. 그런데 사실은 같은 품종이라도 같은 쌀이 아닌 것이다. 우리 논이 비옥해서 쌀의 성분이 우수했던 것이다. 아버지 때부터 비료를 과하게 주어서 무리하게 생산량을 올리려고 하지 않아서 그런지 동네사람들도 우리 집에 와서 밥을 먹으면 맛있다고 하였다. 농사짓는 집이니 밥이라도 맛있는 쌀로 해먹자는 것이 아버지의 주장이었다.

벌써 꽤 오래전에 처음으로 있었던 전국 쌀 품평회에서 진천 쌀이 최우수상을 받았다. 제일 밥맛 있는 쌀로 선정된 것이다. 그런데 진천쌀 중에서도 가장 맛있는 쌀이 생산되는 지역이 우리 동네 앞에서 시작되는 잔다리들이다. 그중에서도 우리 논이 비옥해서 농사짓는 사람이면 누구나 탐내는 논이니 우수한 쌀이 생산되는 것은 당연한 일이다. 그런데 쌀의 성분이 다른데도 품종만 같으면 같은 가격으로 수매를 하는 뒤

떨어진 농정을 펼치고 있다. 성분이 우수한 쌀을 선별 수매하여 판매나 수출할 수도 있을 터인데 그런 제안을 하는 기관이나 공무원이 없으니 그것이 더 문제인 것이다. 위기가 기회가 된다는 말도 있지 않은가? 벼농사를 경쟁력 없는 산업으로만 볼 것이 아니라 돌파구를 찾아야 될 것이 아닌가?

내가 젊은 사람들하고 이야기할 기회가 있을 때마다 다시 인생을 시작한다면 공무원을 하고 싶지는 않다. 하더라도 교원이 되고 싶지는 않다고 하였다. 진천쌀이 최우수상을 받았을 때 브랜드화 했어야 했다. 그냥 〈생거진천쌀〉이 아니라 〈생거진천 ○○쌀〉로 이름을 붙이는 것이 옳다는 말이다. 〈임금님표 이천쌀〉이라고 브랜드를 선점한 이천쌀의 브랜드 가치는 500억이고, 그다음에 붙인 〈대왕표 여주쌀〉의 브랜드 가치는 250억이라고 한다. 사실은 여주가 임금님표라는 브랜드가 더 어울리는 지역이다. 브랜드도 선점해야 한다. 그래서 공무원들이 창의성이 있어야 한다는 것이 내 주장이다. 그런 것을 보았을 때 내가 일반직 공무원이 되었으면 고향이나 어떤 지역의 발전을 위해 열정적으로 일했을 수도 있을 터인데 하는 아쉬움이 남기도 한다. 또한 퇴임 후에도 고향의 발전을 위해 일할 기회를 잡기가 쉽지 않겠는가?

백문 불여일견, 백견 불여일행(百聞 不如一見, 百見 不如一行)

벼농사 짓는 농부가 가장 기분이 좋을 때는 언제인가? 사람마다 다르겠지만, 나는 누렇게 잘 익은 벼가 가을바람에 출렁거리며 황금물결을 이루는 것을 볼 때 마음이 제일 흐뭇하다. 건달농사꾼 첫해에는 농사가 잘되어 벼가 다 익고 나니 이리저리 반쯤은 쓰러져 있었다. 벼를 베러 온 막내 동생 친구가 이 들판에서 이보다 더 잘된 논은 없다고 하였다. 둘째 해, 셋째 해에는 병충해가 발생하여 첫해만 못하였다. 오랫동안 같은 품종(추청)만 재배하여 병균과 해충들이 내성이 생겨 병충해에 약한 것이 아닌가 싶어 품종을 바꿔야겠다는 생각이 들었다. 벼를 베는 날 농업학교 선배가 짓는 논에 가보니 키는 작은데 벼 이삭이 추청보다 1/3정도가 더 길었다. 벼 베러 온 후배에게 무슨 품종이냐고 물으니 대보라고 하였다. 쌀로 밥을 지었을 때 밥맛은 어떠냐고 하니까 벼 알이 작으니 밥맛은 비슷할 것이라고 하였다. 수확량을 물었더니 추청보다 30% 정도 더 많이 난다고 하였다.

추수가 끝난 후 대보에 대하여 알아보려고 농업기술센터 수도작 담당자한테 전화를 하였더니, 충청북도농업기술원 홈페이지에 들어가면 자료가 있다고 하였다. 그 자료를 읽어보니 수확량은 추청보다 20% 이상 많으며 키가 작아 도복(倒伏-자라고 있는 작물이 비바람으로 쓰러짐)에 강하고 병충해에 견디는 힘은 보통이라고 쓰여 있었다. 모를 기를 때 키다리모병을 예방하기 위하여 볍씨 소독을 철저히 해야 한다는 것이 유의사항이었다. 대보 쌀밥 시식회를 몇 차례 실시해본 결과 추청보다 더 맛이 있다고 판정되었으며, 재배 적합 지역은 중부지방이라고 하였다. 자주 반복되는 태풍의 피해를 줄이고 양질의 쌀 생산량을 늘리기 위하여 권장하는 품종이라고 되어 있었다.

해가 바뀌어 모판에 볍씨 뿌릴 시기가 다가왔다. 모를 길러 심어주는 후배에게 대보로 심어달라고 전화를 하였다. 모내기 하는 날 모판을 보니 삐쭉삐쭉 올라온 것이 보여 모 나르는 사람에게 물어보니 잡벼와 피라고 하였다. 올해는 피사리를 제대로 하지 못한 것 같았다. 전년도에 살충제(후라단)를 적게 뿌렸더니 이화명충이 일부 발생한 일이 있어서 이번에는 모판 하나에 한주먹씩 충분히 뿌렸다. 모도 빠진 데 없이 잘

심은 것 같아서 네 귀퉁이만 모를 짓고 알맞게 물을 대었는데, 밤새 물이 새어 들어가 물속에 잠기는 바람에 중기제초제 살포 이후 죽어 없어진 곳이 많았다.

사람이 탈모증에 걸린 것처럼 군데군데 비어 있는 논을 보면 갈 때마다 속이 언짢았다. 7월 초순경이 되니 벼가 우거져서 보기 좋게 되었는데 군데군데 포기가 줄기 시작하였다. 해충이 침입하여 밑줄기를 갉아 먹는 것 같아서 살충제를 논 가장자리에 뿌렸다. 일주일 후에 가보니 다른 곳은 멈추었는데 용수구 옆 멍석 한입 내기는 초토화되어 있었다. 어이가 없어서 바라보고 있다가 비료를 주고 올라오는 농업학교 선배에게 보라고 하였더니 근잠(이화명충)이 발생하였다고 하였다. 그 선배는 작년에도 대보를 재배한 경험이 있어서 물어보았더니 충해(蟲害)에 약하다고 하였다. 그래서 자기는 모내기 직후 논 가장자리와 논둑에 살충제(후라단)를 뿌려 놓는다고 하였다.

7월 하순 논둑을 깎고 벼를 살펴보니 벼 잎이 갉아 먹힌 자국이 있었다. 자세히 보니 자벌레가 보여서 잡아 비닐봉지에 넣고 논둑을 한 바퀴 돌아보니 여기저기 갉아 먹힌 자국이 보였다. 농약 판매점에 가서 비닐봉지에 가지고 간 벌레를 보여주고 살충제를 사왔다. 한낮에는 너무 뜨거워서 해가 설핏하기를 기다렸다가 살충제를 탄 분무기를 등에 진 채 자전거를 타고 논으로 갔다. 처음에는 논둑으로 다니며 약을 주었는데, 약을 안쪽으로 멀리 뿌려보니까 고물거리는 벌레가 보였다. 한통을 다 주고 집으로 가서 물장화로 갈아 신고 약을 다시 한통 타서 짊어지고 논으로 갔다. 논으로 들어가서 농약을 뿌리는데 발이 푹푹 빠져서 힘들었다. 비가 와서 용수로에 물이 내려가지 않으니 집에서 다시 약을 한통 타가지고 가서 뿌렸다. 더 뿌려야 하는데 날이 어두워져서 중지하고 들어와 광역방제 담당구역 조장에게 전화를 했다. 해충의 피해가 심하여 먼저 방제해달라고 하였더니, 비가 안 오면 월요일부터 할 것인데 계획을 짜보아야 된다고 하였다. 동네에 농가 숫자가 적으니 후순위로 밀리는 것 같았다. 다음날 아침 고라니 퇴치용 허수아비 두 개를 더 세우고 벼 잎을 만져보니 잎이 부들부들 하였다. 붙어 있는 아래 논은 추청인데 벼 잎을 만져보니 훨씬 억세었다. 그래서 그런지 아래 논에는 벌레가 보이지 않았다.

농업학교 시절 벼 품종을 배우는 시간에 모든 품종이 병충해에 강하고 줄기가 튼튼하여 쓰러짐에 강하며 다수확 품종이라고 되어 있어 비교하기가 어렵다고 했더니 담당 선생이 그렇다고 하며 웃은 적이 있다. 신품종을 보급할 때는 정확한 정보를 농민에게 제공해야 하는데 아직도 미흡한 점이 많은 것 같다. 또 신품종을 개발하면 농업기술원에서 시험 재배한 결과를 공개하며 보급하는데, 그에 앞서 조건 통제가 되지 않은 자연 상태에서 일반 농민이 시범 재배하는 과정을 거쳐야 시행착오를 최소화할 수 있을 것이다. 벼농사는 1년에 한번 짓는 농사다. 연중 수입원이 벼농사뿐인 농민이 한해 농사를 망쳤다면 그 후유증은 몇 년이 걸려야 회복될 수 있는 것이다.

건달농사꾼 5년째에는 벼 품종을 다시 추청으로 바꿨다. 전년도에 재배했던 대보는 다비성(多肥性) 품종이라 비료를 많이 주어야 하는데 승용차로 여러 번 나르기는 번거로운 일이었다. 해충이 월동하기 좋은 도로 쪽 둑을 봄철에 태워야 하는데 전주(電柱)가 있어서 불가능하므로 충해에 강한 품종을 재배하는 것이 좋을 것 같았다. 추청은 중부지방의 기후풍토에 완전히 적응한 품종이라 도복(倒伏)에만 주의하면 재배하기 무난한 품종이다. 소출을 올리기 위하여 비료만 많이 주지 않는다면 도복에 대한 걱정도 덜 수는 있다. 전년도에 근잠 피해를 보아서 봄부터 해충 방제에 관심을 가졌다. 이른 봄에 논둑과 길둑에 살충제를 뿌리고 모내기 직후에는 후라단을 뿌렸다. 논둑에 제초제를 뿌릴 때 살충제를 섞어서 뿌리기도 하였다.

오늘날 우리들은 정보의 홍수 속에서 살고 있다고 한다. 그런 만큼 잘못된 정보를 믿고 일을 추진하다가 낭패를 하면 되돌리기가 쉽지 않을 것이다. 많은 정보 중에서 가장 정확한 정보를 가려낼 줄 아는 능력 또한 실력이라고 할 수 있다. 남에게 전해들은 것보다는 내 눈으로 직접 본 것이, 그것보다는 내가 경험해보고 나서 판단한 정보가 가장 정확한 것이 아닌가? 장학관 시절에 깨달은 것 중 첫 번째가 장학사들을 믿되 반드시 내가 직접 확인하는 과정을 거쳐야 한다는 것이다. 누구나 세상을 살아가면서 ○○할 걸 하는 후회를 여러 번 하게 된다. 그런 후회는 안 하는 것이 가장 좋다.

과유불급(過猶不及)

어떤 행동이나 현상이 지나치면 모자람만 못하다는 뜻으로 쓰는 말이다. 벼농사를 지을 때 노동력이 절약되는 요인 중 하나는 제초제의 사용이다. 논에 뿌리는 제초제는 잡초에만 선택적으로 작용하여 벼의 생육에는 지장을 주지 않고 잡초의 발아와 생육을 억제하는 효과가 있으나, 과다 사용하면 벼의 생육에도 치명적인 피해를 입힌다는 것을 경험한 적이 있다.

건달농사꾼 5년차에 접어들자 슬슬 꾀가 나기 시작하였다. 모내기하기 전에 뿌리는 초기제초제를 전년도까지는 이듬(논이나 밭을 두 번째 갈거나 매는 일)로터리(흙을 잘게 부수는 작업)가 끝나고 나서 분무기에 희석하여 등에 지고 돌아다니며 골고루 뿌렸다. 20l를 등에 지고 무릎까지 빠지는 논을 돌아다니며 약을 뿌리는 것은 체력이 많이 소모되는 작업이라서 이듬로터리 할 때 트랙터에서 뿌려 달라고 하였다. 등에 지고 다니며 사람이 뿌리는 것만은 못하나 편한 재미로 대부분 그렇게 하고 있다.

모내기하고 12일이 되면 중기제초제를 뿌려야 한다. 날짜가 이틀만 지나도 잡초가 발아하여 효과가 반감된다. 몇 년 전 중기제초제 뿌릴 날에 연이틀 비가 와서 사흘 후에 뿌렸더니 잡초가 군데군데 나서 일일이 뽑느라고 애를 먹은 적이 있다. 농협에서 공급하는 제초제는 효과가 적은 것 같아서 퇴직 후에는 농약상회에서 추천하는 것을 쓰고 있는데 효과가 좋은 것 같기도 하였다. 1단보(300평)당 한 병을 뿌리라고 되어 있어서 8병이면 되는데 10병을 뿌리라고 하여 그대로 사다 놓았다.

아침 일찍 제초제와 분무기를 가지고 논으로 갔다. 전년도에는 제초제 5병을 분무기 물 한 통에 희석하여 논의 반 정도를 뿌리고 다시 5병을 한 통에 희석하여 나머지 반에 뿌렸다. 그렇게 하니까 약이 남아서 몇 번씩 중복하여 주어야만 하는데 논을 두 번씩 돌아다니는 것도 힘이 꽤 들었다. 그래서 이번에는 10병을 한 통에 다 희석하여 부지런히 다니며 뿌린다고 했는데도 약이 모자라서 다 뿌리지 못하였다. 약을 뿌리지 못한 곳이 잡초가 많이 나는 곳이라 그냥 둘 수도 없었다. 다시 3병을 더 사다가 분무기에 쏟아 넣고 물과 섞어서 안 뿌린 곳을 뿌리고 남는 것을 논둑으로 다니며 뿌렸다. 올해는 잡초 때문에 힘들지는 않을 것 같아서 기분 좋게 일을 마쳤다.

제초제를 뿌린 지 사흘째 되는 날 어머니가 전화를 하였다. 논에 가보니 벼 끝이 노랗게 마르는 것 같으니 와서 보라는 것이었다. 정신이 번쩍 들어서 차를 타고 가보았더니 전체적으로 그런 현상이 나타났다. 급한 마음에 농약상회에 전화를 하였더니 제초제가 과해서 그런 것 같다며, 논에 있는 물을 빼면서 새물을 공급하면 피해는 막을 수 있는데 그렇게 하면 약효가 없어지니까 논물을 빼지 말고 새물을 충분히 대어보라고 하였다. 다른 방도가 없어서 물을 가득 대고 집으로 돌아왔다. 일주일 후에 가보니 건강한 모는 잎이 마르는 것이 멈추었고, 약한 모는 죽어가고 있었다. 물을 더 대고 다시 일주일 후에 가보니 군데군데 죽은 모가 많았고 살아 있는 것은 생기를 되찾은 것 같이 보였다. 일주일 후에 가보아도 벼가 잘 크지를 않고 포기도 잘 벌지 않는 것 같았다. 제초제 약해(藥害)를 계속 입는 것 같았다. 그런데다가 거름도 부족하여 생육이 왕성하지 못한 것 같기도 하였다.

모내기 전 비료를 뿌리고 충분한 시간을 둬서 비료물이 땅에 가라앉은 뒤에 물을 빼야 하는데 시일이 촉박하여 서둘러 물을 빼는 바람에 비료가 유실된 것이 원인이다. 일이 그렇게 된 것은 원래 논일을 맡은 사람이 건강이 좋지 않아 자기가 맡은 일을 뒤늦게 다른 사람에게 맡기게 되어서 그렇다. 새로 일을 맡은 사람은 자기가 맡은 일만 해도 일정이 꽉 찼는데 추가로 더하게 되었으니 짬을 내서 해주는 꼴이 되었다. 그래서 단기간에 갈고 두 번 써리고 모내기를 하다 보니 엉터리가 되었다. 중요한 작업을 남에게 맡겨서 하다 보니 주변이 도와주지 않으면 엉뚱한 일도 생기게 되는 것이다.

이번 일이 지난 4년을 되돌아보는 계기가 되었다. 해마다 모내기 직후에는 빠진 데가 없이 잘 심어졌는데 1주일 후 쯤 가보면 군데군데 빠진 곳이 보였다. 왜 그럴까? 의아해 하기는 하였지만, 약한 모가 저절로 삭으러든 것이겠지! 하고 넘기고 말았다. 그런데 지금 와서 곰곰이 생각해보니 초기제초제 과다 사용으로 인한 피해라는 생각이 든다. 이듬 써레질이 끝날 때 초기제초제를 뿌리는데 300평당 1병이 적정량인데 농약상회에서 권하는 대로 200평당 1병을 뿌렸으니 약해를 입어서 약한 모가 죽은 것 같다. 내년에 적정량을 뿌려서 모에 이상이 없으면 제초제 과다 사용으로 인한 피해가 맞는 것이다. 올 농사는 망쳤지만 깨달은 바가 있으니 다행이라는 생각이 든다.

해마다 7월 20일쯤 되면 논 말리기를 끝내고 이삭거름을 살포한 후 물을 댄다. 비료를 주기 전에 논 가운데를 들어가 보니 제초제 피해를 입어서 벼가 포기도 벌지 않았고 키도 크지 못하였다. 이삭거름을 예년보다 더 주어야겠다는 생각에 비료를 넉넉하게 사왔다. 비료 주는 날 외사촌 형이 얼마나 줄 것이냐고 하여서 예년보다 더 주어야겠다고 하였더니 넉넉히 싣고 가서 논에 들어가 보고 판단하자고 하였다. 논둑에서 볼 때는 농사 잘 지었다고 하더니 가운데를 들어갔다 와서는 비료를 더 뿌리자고 하였다. 그래서 가운데를 중심으로 예년보다 3포를 더 뿌렸다.

겨울에 추운 해는 여름에도 덥다고 하더니 유례없는 폭염이 계속되었다. 비도 오지 않고 40도에 육박하는 이상고온이 20일 이상 지속되어 밭작물이 말라 죽어 농사를 망쳤다는 뉴스가 연일 방송되었다. 그래도 백곡저수지 물은 넉넉하여 논에는 물을 충분히 댈 수 있어서 벼이삭이 나오는 데 지장은 없었다. 벼이삭이 겨우 다 나오고 벼 껍질 속에 알이 생길 때인데 논 가운데 군데군데 누렇게 익은 벼이삭이 많았다. 이상해서 자세히 살펴보니 누렇게 죽은 이삭이었다. 비료를 많이 주었는데 고온이 지속되니 목도열병이 발생하여 벼이삭이 나오자마자 말라 죽은 것이었다. 포기도 벌지 못하고 키도 못 컸기에 이삭이라도 크게 나오라고 비료를 나워(조금 많이) 주었더니 역효과가 발생한 것이다.

다음날 날이 훤하기를 기다렸다가 논에 가서 자세히 둘러보니 멀쩡한 이삭에도 죽은 톨이 많았다. 올해는 출수(出穗-벼나 보리 따위의 이삭이 나옴) 때 비가 오거나 강풍(強風)도 불지 않았는데 왜 그럴까? 생각해보니 광역방제가 문제인 것 같았다. 벼가 수정되기 전까지는 벼꽃이 떨어지게 해서는 안 되는데 출수되자마자 바로 고압식 분무기로 농약을 주었으니 수정이 잘 되지 않은 것 같았다. 전에는 항공방제를 해서 농약 살포 시기에 따른 피해가 없었으나 광역방제는 시기를 조절하지 않으면 피해가 발생한다는 것을 고려하지 않은 것이다. 이래저래 풍년을 기대하기는 어렵게 되었다.

내가 어릴 때 보면 생김새와 몸은 멀쩡한데 하는 행동이 조금 어줍어 보이는 사람이 가끔 있었다. 아는 사람들의 말로는 어려서 보약을 너무 과하게 먹여서 그렇다고 하였다. 보약도 한의원에서 진맥을 하고 몸에 맞게 조제해서 먹여야 하는데 한의원에 가면 비싸니까 녹용을 판매하러 다니는 사람에게 사서 먹이다 보니 그런 일이 종종 있었다고 한다. 그런데 보약도 아닌 제초제를 과다하게 주었으니 독약이 된 셈이다. 아이들 키울 때에도 무엇이든지 지나치면 역효과가 발생할 수 있다고 봐야 한다. 공부도 지나치게 시키면 일찍부터 싫증을 느낄 수 있고, 운동도 지나치게 시키면 오히려 몸을 다칠 수 있고, 용돈도 지나치게 주면 엉뚱한데 쓸 수가 있고, 기대도 지나치면 과도한 부담이 되어 위축될 수가 있다. 미래를 위한 능력의 개발도 성장 시기에 맞추어 그때그때 필요한 능력을 길러 놓아야지, 미루었다가 모아서 하려고 해서는 뜻하는 대로 되지도 않고 오히려 부작용이 발생할 위험만 높아지게 된다.

텃밭 백화점

집 앞에 있는 텃밭은 어머니 농장이었다. 삼월에 경운기로 로터리를 쳐서 두둑에 비닐을 씌워 놓으면, 여기에 올콩을 심어서 오월 중순에 수확을 하고 팔월에 무와 배추를 심어 가을에 수확을 하는 이모작 농사를 지었다. 수확한 콩으로는 메주를 쒀 된장과 간장을 담가놓고 연중 청국장을 띄워서 자식들에게 나누어주었다. 또 무와 배추는 수확하여 김치와 깍두기를 담아 자식들에게 나누어주었다.

그런데 콩 네다섯 말을 수확하기 위하여 노인네가 몇 날 며칠을 쪼그리고 앉아 콩을 두드리고 콩깍지를 까고 하는 모습이 내 눈에는 영 안 좋게 보였다. 또 가을이면 아침마다 쪼그리고 앉아 무 배추 잎에 붙은 벌레를 잡는 모습도 안 좋아보였다. 그래서 청국장을 쒀 주는 것도 그만하고 김장도 각자 해결하라고 선언을 했다. 그 선언을 지키기 위해 내가 텃밭농사를 짓기로 했다. 별 기술이 없어도 할 수 있는 토마토, 고추, 고구마 등을 심기로 하고 모종을 사왔다. 고추 세골, 토마토 한 골, 가지 몇 포기, 고구마 다섯 골을 심고도 빈곳이 있어서 서리태 콩을 세 골 늦게 심었다. 담 밑에 한 골에는 호박을 다섯 무더기 심었다. 심기는 심었어도 봄 가뭄이 워낙 심해서 살까 걱정을 했는데, 봄에 일찍 두둑에 비닐을 씌웠고 고구마는 호스로 물을 주었더니 거의 다 살아났다. 사람이 할 일은 다했으니 하늘을 보고 기다릴 수밖에 없다. 아직도 농사는 그런 것이다. 모종 값이나 건질 수 있으려나?

장마가 왔는데도 마른장마만 계속되고 비는 오지 않았다. 밭에 심은 작물이 죽지는 않았지만 크지도 못하고 그대로 있었다. 보기가 안타까울 정도였다. 기상청 예보에도 올해는 장마 기간 동안에도 비가 많이 오지 않는다고 했다. 백곡저수지 물도 30% 정도밖에 남지 않아서 올해 농사는 어떻게 짓겠지만 내년 농사가 걱정이 되었다. 안성에 있는 저수지는 바짝 말라서 바닥이 거북등처럼 갈라졌고 물문 근처에만 약간의 물이 있을 뿐이었다. KBS 1TV 〈여섯시 내고향〉을 안성 금광저수지 바닥에서 생방송으로 진행하기도 하였다. 중부지방에 있는 대부분의 저수지가 바닥을 드러내자 전국적으로 가뭄을 걱정하고 대비하는 움직임이 보이기 시작하였다.

하늘이 감동해서일까? 비가 와도 땅거죽만 적실 정도로 가끔 오더니 7월초가 되어서 진천지방에 이틀에 160㎜가 왔다. 단번에 백곡저수지가 만수가 되었다. 안성에는 조금밖에 오지 않아서 저수지로 도랑물이 흘러가는 정도로 유입되니 저수량이 조금 늘었을 뿐이다. 일주일 후쯤 중부지방에 강력한 비구름이 유입되어 곳곳에 많은 비가 왔다. 안성에도 하루에 100㎜쯤 와서 저수지에 어느 정도 물이 고였다. 진천에도 많이 와서 백곡저수지는 수문을 열고 백사천으로 물을 방류했다. 청주에는 하루에 290㎜가 와서 무심천 중류가 범람 위기까지 갔고 저지대가 물에 잠기기까지 하였다. 괴산에도 비가 많이 와서 괴산댐의 방류량이 과다하여 댐 밑의 주택과 농경지가 침수되었다. 한강수계의 댐들도 저수량이 늘어난다는 보도가 나왔다. 가뭄은 하늘이 단번에 해결해 주었으나 너무 과하여 수해가 발생하였다. 아마 하늘도 딱 맞게 해결해줄 수는 없는 모양이다. 아니면 인간의 욕심이 너무 과한 것일까? 여하튼 올해도 기상청 예보는 신빙성이 별로 없었다. 얼마 전까지는 장비 타령만 하더니 요즈음은 이상기후 타령을 시작했다. 우리 민족이 타령을 좋아해서 그런 것일까? 바짝 말랐던 텃밭의 작물들이 하루가 다르게 우거지기 시작했다. 크지 못하고 있던 고추도 크는 것이 보였고 고구마는 덩굴이 두둑을 뒤덮었으며 호박덩굴이 담 위에 퍼져 호박 천지가 되었다.

농사를 잘 지으려면 비료 주기와 농약 주기가 기본인 것 같다. 고추는 많이 달렸는데 탄저병이 와서 한번 따고는 그만이었다. 고추가 달리고 첫 번째 비가 오고 나서 약을 준다고 하니까 어머니가 멀쩡한데 무슨 약을 주느냐고 해서 그냥 두었더니, 그 말을 들었는지 하나도 남김없이 새까맣게 썩었다. 외사촌에게 물어보니 매번 비 그치고 나면 탄저병 예방

약을 주어야 한다고 했다. 그 다음해에는 1주일에 한번 정도 약을 주었더니 몇 번 따도록 병이 오지 않았다. 폭염이 계속되어 몇 번 딴 고추를 태양열로 모두 말렸다. 아내가 좋아하는 태양초로 김장을 해도 될 것 같았다.

호박은 덩굴만 무성하지 열매는 맺지를 않았다. 원인을 생각해보니 너무 달게 심어서 덩굴이 뻗어나갈 공간이 부족했던 것이다. 다음에는 한 구덩이만 심었는데 열매는 더 많이 달렸다. 식물이나 사람이나 활동할 수 있는 적당한 공간이 있어야 제대로 성장하는 것 같았다.

고구마를 심을 때 밑거름을 충분히 펴고 호스로 물을 주며 심었더니 한포기도 죽지 않고 다 살았다. 고구마 덩굴도 실하여 기대가 되었다. 초가을에 다른 사람들이 캐기에 나도 따라서 캐기로 하였다. 그런데 호미 가지고 달려들었다가 도저히 안 되어서 삽으로 파서 캐냈다. 고구마도 크게 안았지만(땅속에서 크게 자라다) 깊이 박혀서 힘이 무척 들었다. 밑거름을 주었더니 뿌리가 땅속 깊이 들어가고 거기에 고구마가 달린 것이다. 인터넷을 보고 그대로 했다가 망친 셈이다. 다음해에는 밑거름도 뿌리지 않고, 고구마 싹을 옆으로 비스듬히 얕게 심었다. 물도 주지 않고 심어서 말라 죽는 것 같더니 사흘 후에 비가 와서 겨우 살아났다. 고구마는 덩굴이 뻗기 시작하면 잡초도 못날 만큼 생육이 왕성하다. 병해충도 없어서 약을 줄 필요도 없으니 그야말로 유기농 농산물이다. 심어놓기만 하고 기다렸다가 가을에 캐면 되니까 게으른 농사꾼에게 딱 맞는 농작물이다. 고구마를 캐어봐야 알겠지만 올해는 크기도 알맞고 호미로 캐어도 힘들지 않을 것이다.

4년째 되던 해 서리태를 심어서 한 톨도 못 거두고 콩대 뽑느라 애만 먹어서 다음해에는 강낭콩을 몇 골 심었다. 봄 가뭄이 심하여 씨알은 잘았지만 밥에 놓아 먹었더니 맛이 있었다. 봄에 일찍 심으면 이모작을 할 수 있다고 하니 해볼 만한 것 같았다. 강낭콩이 중일성(中日性-일조 시간에 관계없이 꽃눈을 형성하는 식물의 성질) 작물인 것을 미처 몰랐다. 백화점식 농업이 소득은 따질 것도 없이 미미하지만 잔재미는 있는 것 같다.

벗 쫓아

간

강남

재산을 늘리는 방법도 시대에 따라 변한다. 옛날부터 경제개발이 시작되기 전까지는 논밭이 재산 축적의 대상이 되었었다. 경제개발이 본격화하면서부터는 공장이나 주택을 지을 임야나 밭이 매수의 대상이 되었고, 기존의 도시가 비대해지고 신도시가 생겨나면서 주택이나 아파트도 주요 투자 대상이 되었다. 요즈음은 기성세대는 부동산 투자를 선호하고 젊은 세대는 주식투자를 선호하는 편이다.

과거 부동산 투자가 활발할 때, 어느 지역이 유명세를 타면 돈을 싸들고 많은 사람이 몰려오는데 맨 마지막에 오는 부류가 교원과 경찰관이라는 말이 있었다. 세상 물정을 잘 모르고 정보가 어두워서 뒤늦게 투자에 뛰어든다는 뜻이다. 늦은 버스라도 올라타서 잘 가면 다행인데 완전 막차를 타서 통행금지에 걸리든지 고장이 나면 기약 없이 세월만 보내는 꼴이 된다. 내가 탄 버스가 아마 막차였던 것 같다.

씨오쟁이
떼어지고
장에 가나?

'남이 장에 가니까 씨오쟁이 떼어지고 장에 가나?'라는 속담이 있다. 장날 동네 사람들이 장에 가니까 나도 가고 싶은데, 찾아봐도 가지고 나갈 곡식이 없자 씨앗을 보관하는 망태기를 떼어지고 장에 간다는 말이다.

처음 만났는데도 마음이 잘 맞고 친해질 것 같은 느낌이 드는 사람이 있다. 공적인 업무로 몇 번 만나서 이야기해보니 마음이 통하여 같이 근무하게 되었다. 버스를 타고 통근하며 정이 들었고 박봉의 공무원이 재산을 모으는 이야기도 들었다. 또 그가 알려 준대로 하여 목돈도 마련하고 그가 산 땅 부근에 그의 소개로 나도 땅을 사게 되었다.

선생의 특권(特權)

국가공무원 중에서도 근무처를 개인의 희망에 따라 옮길 수 있는 기회가 정기적으로 주어지는 공무원은 교원뿐일 것이다. 이것이 국·공립학교 교원이 가진 특권이라는 생각이 든다. 또 가장 엄격하면서도 합리적인 승진규정을 적용받고 있는 공무원이 교원일 것이다. 물론 최근 들어 다양한 경력의 선출직 교육감들이 들어오면서부터 오랜 기간 동안의 교육 공헌도보다는 단기간의 노력으로 승진할 수 있도록 승진 규정이 대폭 개정되긴 했지만 말이다.

우연한 기회에 C선생을 만나 이야기를 나누어보니 솔직하고 담백한 성격이 나와 잘 맞을 것 같았다. C선생의 권유로 3월 정기전보에 전보내신서를 제출했더니 발령이 났다. 그래서 3년간 외가가 있는 지역의 학교에서 C선생과 같이 근무를 하였다. 3년간 같은 학년을 해서 학교에서는 늘 같이 있는 셈이었고, 1년간은 청주에서 버스를 타고 증평까지 와서 진천행 시내버스로 갈아타고 학교 근처까지 오는 통근을 같이 했으니 휴일만 빼고는 붙어 다닌 셈이었다. 그러다가 체육주임을 하는 바람에 학교 근처로 이사를 와서 같이 하는 통근은 끝이 났다. 2년 후에는 내가 경기도로 도간 전출을 와서 헤어지게 되었는데, 그 후에도 몇 번 만나기도 하였고 가끔 전화도 했다.

1년간 버스 통근을 같이 할 때는 옆자리에 앉아서 가니까 이런저런 이야기를 다하였다. 하루는 이야기 끝에 물려받은 재산이 있나, 어떻게 빨리 청주에 집을 샀느냐고 물었다. 그랬더니 물려받은 재산은 없고 자기가 벌어서 산 것이라고 했다. 얼른 이해가 되지 않아서 따져보니, 교직에는 나보다 1년 먼저 들어왔지만 군복무 기간이 빠지지 않았으니까 4년 더 급여를 받은 셈이다. 그래도 당시 청주에 2층 단독주택을 가지려면 돈이 꽤 있어야 하는데 어떻게 불렸느냐고 물었더니, 목돈을 만들어서 땅을 샀다고 하였다. 미리 사놓았던 땅에 집을 지은 것이 현재 살고 있는 집이라고 하였다. 목돈을 어떻게 마련했느냐고 물었더니, 급여를 받아서 적금을 들고 적금을 찾아서 계를 들고 하는 방법으로 모았다고 하면서 어느 정도 불어나면 눈덩이 붙듯 한다고 하였다.

버스에서 내려 집으로 걸어오면서 마음이 허전함을 느꼈다. C선생이 나보다 세 살 위이긴 하지만 시내에 단독주택을 가지고 있을 만큼 경제적으로 기반을 닦았는데, 나는 벌어놓은 것이 없었다. 군대 가기 전에 3년간 급여를 받은 것으로 아버지가 내 명의로 농지(논)를 샀으나, 농지의 일부를 처분해야 할 형편이 되었을 때 내 명의로 된 논을 팔게 하였다. 제대한 후 3년여 동안 받은 급여는 아버지에게 갖다 드리고 살림을 나와서 지금까지 공부하는 동생들을 데리고 있었으니 손에 쥔 것은 맨주먹뿐이었다.

재수하던 막내 동생이 창주에 있는 대학에 입학하게 되어 진천 집에서 통학해도 되고, 나는 체육주임을 맡게 되어 일찍 출근하고 늦게 퇴근해야 했다. 그래서 학교와 가까운 곳으로 이사 가는 것이 좋겠다고 아내에게 말했더니 그렇게 하자고 하였다. 이른 봄에 집을 구하여 초평으로 이사를 하였다. 집에서 학교까지 자전거타고 10분도 채 안 걸리니 시간에 쫓기지 않아서 좋았다. 시간 여유가 있으니 이것저것 궁리할 수 있었다. 어떻게 목돈을 마련할까 며칠을 생각한 끝에 쌀계를 생각해냈다. 그 당시 농촌에서 목돈을 마련하기 위해 동네마다 유행하던 방법이었다. 대여섯 명으로 구성하여 한해에 한 명씩 쌀을 모아 태워주는 것인데 기간이 오래 걸린다는 단점이 있다. 그래서 한동네에 뿌리박고 사는 사람들 중에 서로 믿을 만한 사람들끼리 조직하였다. 아내에게 내 계획을 말하니까 처음에는 반신반의 하더니 해보라고 하였다. 일단 결심을 하면 즉시 실행하는 것이 나의 장점이지 않은가? 휴일에 집에 가서 아버지한테 내 계획을 이야기했더니 가을에 가서 알아보자고 하셨다.

쌀 200가마

가을 추수 후에 쌀계 100가마짜리를 조직했다고 아버지가 전화를 하셨다. 1월중에 날을 잡아서 쌀값을 모아 계를 타는 사람에게 주는데 점심은 그 사람이 내는 것이다. 계가 중간에 펑크가 나면 계주가 책임을 지는 것이니까 믿을 만한 사람을 고를 수밖에 없다. 계주는 아버지이지만 불입금은 내가 마련해야 하니까 미리 준비했다가 그날 가지고 가야 했다. 쌀 20가마 정도의 돈을 해마다 마련해야 하니 1년 만기 적금을 들어서 1월에 찾도록 했다.

첫해 불입금을 넣고 생각해보니 쌀 100가마를 타가지고는 무엇하나 장만할 수가 없을 것 같았다. 200가마를 한 번에 타면 그래도 나을 것 같아서 아버지한테 연말에 100가마짜리를 하나 더 조직해 달라고 하였다. 그랬더니 아무나하고 할 수도 없는 것이고 가을에 가서 알아본다고 하셨다.

근방에서는 부촌이라고 하였던 동네인데 쌀계 100가마짜리를 조직하기가 여의치 않다는 것은 이미 농촌경제의 붕괴가 시작되었다고 볼 수 있는 것이다. 머슴을 두고 벼농사를 짓는 시대는 저물고 농기계를 보유한 젊은 농부에게 위탁하는 방법으로 농사를 짓고 있는 것이다. 머슴 두고 농사지을 때 상머슴은 쌀 열 가마이고 그보다 못하면 아홉 가마나 여덟 가마를 주었다. 그런데 쌀 열 가마 받고 머슴살이 할 사람이 갑자기 없어진 것이다. 늙은 머슴들은 은퇴를 했고, 젊은 머슴은 도시로 떠나고, 중간 세대는 공장에 다니며 휴일에 타인의 논을 임대하여 농사를 짓는 시대가 온 것이다. 과거에 머슴을 두고 농사짓던 농부들은 대부분 작고하거나 노인이 되었고 토지는 자식들에게 분배되어 그나마 농촌을 떠나지 않은 사람들에게 임대를 주었다. 그러니 한해 농사지어서 계금으로 쌀 20가마 정도를 낼 만큼의 여유가 있는 사람이 과거와 같이 많지 않았던 것이다.

가을추수가 끝나고 겨울로 들어설 무렵 아버지한테서 전화가 왔다. 온 동네를 다 뒤져서 50가마짜리 두 개를 묶었다고 하였다. 아버지가 계주이니까 믿고 따라오는 것이었다. 아버지는 젊은 시절부터 신용이 확실한 분이라 누구나 다 믿고 따라왔다. 작년에 조직한 100가마짜리는 내가 끝번이고, 올해 조직한 50가마짜리 두 개는 끝에서 두 번째이니까 5년 후 한 번에 쌀 200가마를 타는 것이다. 적금을 들어서 다음해 1월에 찾아 쌀계 불입금을 넣었다. 그렇게 6년을 보내고서야 쌀 200가마를 타고 1년 후에 쌀계는 모두 끝났다. 그 후 고향동네에 쌀계는 없어졌으니 실제로는 내가 마지막으로 쌀계를 조직한 사람이 된 셈이다. 쌀계를 조직하여 그나마 목돈을 마련할 수 있었던 것은 아버지가 계셨기에 가능한 일이었으며, 6년 동안 집안이 무고했기 때문에 무사히 마칠 수 있었던 것이다. 지나고 나니 그런 것을 가지고 운이 좋았다고 하는 것인가? 하는 생각이 들었다.

내 땅이 생겼다

쌀계를 탈 때 나는 이미 도간 전출을 해서 안성에 와 있었다. 이를테면 교원의 특권을 제대로 활용한 셈이다. 내가 경기도로 오게 된 것은 초임지에서 형님같이 따르던 L선생이 경기도로 도간 전출을 간 후, 친하게 지내던 몇 사람이 초임학교에서 만났을 때 권유를 받아서 이루어지게 된 것이다. 안성에 와서 처음부터 낯설지 않게 생활하고 또 정착하게 된 것도 L선생 덕분이다. 우리 아이들도 귀여워해주었고 휴일이면 오토바이를 같이 타고 자주 놀러 다니기도 하였다. 그래서 늘 고맙게 생각하고 있었는데, 내가 연천교육장으로 가 있을 때 갑자기 작고했다는 소식을 나중에 그분 친구한테 들었다. 그 소식을 듣는 순간 가슴이 먹먹하고 안타까웠다. 지금도 아쉬운 마음이 들기는 마찬가지이다.

쌀계 탄 돈으로 무엇을 할까? 이리저리 생각해보았으나 마땅치 않았다. 우선 필요한 건 살 집인데 그 당시 안성에는 아파트는 없었고 단독주택과 연립만 있었다. 단독주택을 사자니 돈이 모자라 보태야 되기도 했지만, 계속 안성에 살 거라고 생각하지 않았기 때문에 망설여졌다. 농지를 사려고 보니까 면적이 넓은 것만 있어서 돈이 모자랐다. 그러다가 C선생하고 통화하게 되었는데 청주에다 땅을 사고 싶으면 자기가 알아봐준다고 하였다. 얼마 후에 청주 가경동에 돈에 맞는 땅이 있으니 와서 보라는 전화가 C선생한테서 왔다. 일요일 날 청주에 가서 C선생과 부동산 소개업자와 같이 매물을 보았다. 지목은 밭인데 논으로 경작하고 있었고 전체가 700평인데 셋으로 분할해서 250평짜리와 200평짜리가 남아있다고 하였다. 현재는 허허벌판인데 사직동에 있는 시외버스 터미널과 서문동에 있는 고속버스 터미널이 가경동으로 이전하기로 결정이 되었다고 했다. C선생도 그곳에서 시내 쪽으로 200m쯤 떨어진 곳에 작년에 300평을 샀다고 하면서 개발이 되면 거기나 여기나 한꺼번에 될 거라고 하였다. 다른 매물을 하나 더 보기는 했으나 이것보다 시내 쪽에서 더 떨어진 곳이라 마음에 들지 않았다. 부동산업자가 일주일 내로 답을 달라고 하여서 그렇게 하겠다고 하고 집으로 돌아왔다.

아내에게 오늘 보고 온 토지에 대하여 말하면서 시내 쪽에서 가까운 땅을 사고 싶다고 했다. 돈은 되느냐고 하여서 쌀계 탄 것과 5년 만기 재형저축 탄 것을 합치면 된다고 하였다. 땅을 사더라도 큰처남 명의로 사야 되니까 같이 가서 보고 결정하는 것이 어떠냐고 하여 그렇게 하겠다고 하였다. 일주일 후에 큰처남과 같이 가서 땅을 보았다. 시내에서 멀리 떨어진 여기에 땅을 사서 언제까지 기다릴 셈이냐고 하였다. 버스터미널이 언제 옮겨 오느냐에 따라 개발 시기는 달라질 거라고 하였더니, 가격이 너무 비싸지 않느냐고 하였다. 큰처남은 장인으로부터 물려받은 수천 평의 땅이 시내 바로 옆에 있으니까 여기는 너무 외진 곳으로 생각되는 모양이었다. 시내 쪽으로는 이미 다 매매가 이루어져서 매물이 없다는 소문을 듣긴 하였는데, 자기 생각에는 비싼 것 같으니 알아서 하라고 하였다. 가는 길에 부동산 소개소에 들려서 계약을 하였다.

농지를 구입하려면 농민이라는 것이 증명되어야 하는데, 그 증명이 농지원부이다. 내 명의로 된 농지가 없으니까 당연히 농지원부도 없었다. 열흘쯤 후 법무사 사무실에 가서 잔금을 치르고 큰처남 명의로 등기를 신청했다. 땅값이 평당 8만 원씩 250평이니까 2,000만 원인데, 쌀 한 가마에 8만 원씩 200가마니까 1,600만 원에 적금 탄돈 400만 원을 보태서 지불하였다. 그렇게 해서 가경동 641-9번지에 사실상 내 땅 250평을 갖게 되었다. 버스를 타고 집으로 돌아오면서도 가슴이 뿌듯하였다. 언젠가 개발이 되면 집 한 채 값은 되려나? 하는 기대도 해보았다.

부지하세월
(不知何歲月)

세상일은 예상대로 되지 않는 게 정상이다. 여러 가지 변수가 작용하기 때문이다. 땅을 사놓고 값이 오르기를 기다리는 것은 기약 없는 기다림이다. 땅값은 매년 일정한 비율로 오르는 것도 아니고 때로는 내려가기도 하다가 갑자기 껑충 뛰기도 한다. 대내외 경제상황, 국가의 부동산 정책, 지방의 도시계획, 산업 발달, 인구 유입 요인 등이 단편적으로 때로는 복합적으로 영향을 미친다고 할 수 있다. 그래서 값이 싼 땅을 사놓고 때가 오기를 기다리는 것에 딱 맞는 말이 부지하세월(不知何歲月)이 아닐까 한다.

과수원 주인

우리 아이들이 어릴 때는 방학이면 처가에 다녀오곤 했다. 그러다가 아이들이 크면서는 장모님 생신이 있는 겨울에 한 번씩 다녀왔다. 그러다가 장모님이 작고하고 나서는 어쩌다 한 번씩 들르곤 했다. '사위 사랑은 장모'라는 말이 맞는 것 같다. 장모님이 살아계실 때 처가에 가면 집에서 담근 동동주를 몇 잔씩 권하면서 좋아하시던 모습이 생각난다. 돌아가시기 전날에는 희미하게 웃으시며 내 손을 꼭 잡고 뭐라고 말씀을 하는데, 입속에서만 우물거리고 들리지는 않았지만 고개는 끄덕였다. 옆에 있던 처남댁이 딸 잘 부탁한다는 말씀 같다고 하였다. 그러고는 몇 시간 후에 돌아가셨다. 그 후에는 처가의 동동주 맛도 보지 못하였다.

그때 겨울에 가면 처남이 논 도지로 받아두었던 쌀 한가마 값을 주어서 받아오곤 했다. 오륙년쯤 지났을 때 처남이 하는 말이, 계속 임대를 주었다가 토지가 수용되면 임차인이 보상을 요구하지는 않을까? 하고 염려를 하였다. 그러면서 옆에 밭에는 배나무를 심었다고 하였다. 그 말을 들으니 혹시 개발이 임박한 게 아닌가? 하는 생각에 나도 나무를 심어 보겠다고 하였다. 집에 와서 몇 사람에게 물어보니까 보상을 받으려고 심는 거라면 과일나무를 심으라고 하였다. 과일나무 중에도 어떤 것을 심느냐고 하였더니 배나무가 보상가가 높으니 토질에 맞나 알아보라고 하였다. 지목은 밭이지만 논으로 해먹던 자리니까 수분이 많아서 배나무가 괜찮을 것 같았다. 이듬해 봄에 처남에게 묘목 값과 인건비를 주고 배나무를 사서 심어달라고 부탁을 하였다. 무슨 품종으로 심느냐고 하여서 잘살고 병충해에 강한 품종으로 심어달라고 하였다. 처남과 고종사촌 처남이 수고하여 배나무를 200주 이상 심었다. 그래서 생각지도 않은 과수원 주인이 되었지만 배는 하나도 따먹지 못했다.

그해 겨울에 처가에 갔더니 처남 명의로 산 땅을 이전해 가라는 것이었다. 이유인즉 처남 명의로 된 토지가 많아서 부동산 보유세가 많이 나오니 누진율을 낮춰보겠다는 말이었다. 피해를 줄 필요가 없을 것 같아서 그렇게 하겠다고 하였다. 그런데 내가 지금 농지원부가 없으니 그걸 먼저 만들고 나서 이전해 가겠다고 하였다. 농지원부를 만들려면 현재로서는 아버지 명의로 되어 있는 농지를 내 앞으로 돌리는 길밖에 없었다. 여러 날을 생각한 끝에 봄에 집에 가서 아버지한테 말을 꺼내었다. 청주에 처남 명의로 산 땅을 이전해가라고 하는데 어떻게 하면 좋겠느냐고 하였다. 아버지는 선뜻 대답을 않고 생각 중인데 옆에 있던 어머니가 말씀을 하였다. 큰애가 군대 가기 전에 번 돈으로 샀던 땅을 필요해서 팔았고, 제대 후에도 몇 년 벌어서 집에 보탰으니 이번 기회에 밭논을 큰애 명의로 해주라고 하였다. 나는 더 있기도 뭐해서 일어나 집으로 왔다.

가을에 아버지한테서 전화가 왔다. 농지를 명의이전해 줄 테니 집으로 오라는 것이었다. 아버지와 같이 진천에 있는 법무사 사무실에 가서 서류를 작성하여 등기를 신청하였다. 집에 모셔다 드리고 돌아서는데 아버지 어깨에 힘이 빠진 것 같아서 마음이 무거웠다. 보름쯤 있다가 등기권리증을 찾고 읍사무소에 가서 농지원부를 신청하였다. 그 다음주에는 처남과 같이 청주에 있는 법무사 사무실에 가서 내 명의로 등기를 신청하였다. 서류상으로라도 매매가 이루어진 것이라 양도세와 지방세를 납부해야 했다. 그렇게 서둘러서 이전을 한 것은 연말에 부과하는 종합부동산세에 내 땅이 포함되지 않도록 한 조처였다. 처남도 부담이 없어졌을 테고 나도 마음이 홀가분해져서 좋았다.

돈이 줄줄 새는 나라

불과 십여 년 전만 해도 도시 변두리 지역에 똑같은 모양의 작은 규모 주택을 다닥다닥 여러 채 지어 새로운 동네를 이루고 사는 것을 쉽게 볼 수 있었다. 전세 사는 것보다도 싼 값에 우선 내 집에 살 수 있고, 언젠가 도시가 확장되어 개발되면 쓸 만한 집을 한 채 얻을 수 있으니까 그런대로 인기가 있었다고 한다. 그러니 그런 집을 전문으로 지어 돈을 버는 건축업자도 생겨나고 자치단체에서는 주택난 해결에 도움이 된다고 허가를 해주고 '누이 좋고 매부 좋은' 식인가? 그런데 이런 임시주택이 생겨나면 그 주변에 환경오염이 발생한다.

배나무

어느 해 여름에 배나무 밭에 풀을 베러 가보니 밭 위에 십여 가구의 주택이 들어섰고 거기에 사람이 살고 있었다. 그 동네에서 내려오는 생활하수는 밭 뒤 작은 도랑으로 흘러가고 있었다. 풀보다 도랑치는 것이 급해서 한나절 도랑을 치는데 붙어 있는 배나무 밭 아주머니가 왔다. 생활하수 내려가는 관을 저 아래까지 따로 묻어서 배수를 하라고 반장한테 야단을 쳤다고 하면서 나에게도 쫓아가서 야단을 치라고 하였다. 그런데 진짜 문제는 장마철이었다. 동네가 생기기 전까지는 밭이 있었으니까 밭도랑을 따라서 다른 쪽으로 흐르던 빗물이, 집을 짓느라고 평평하게 터를 닦아 놓으니까 밑에 있는 우리 밭으로 쏟아져 내려오는 것이다. 장마 진 다음날 가보았더니 배나무 밭의 반 이상이 물에 잠겨 있었다. 이것이 일주일 정도 지나야 자연배수가 되니 배나무가 정상적인 생육을 할 수가 없었다.

겨울에 처가에 갔을 때 처남에게 그 이야기를 하였다. 주택을 짓기 전에 밭주인의 동의를 얻어야 하는 건데 어떻게 된 거냐고 하였더니 자기가 동의서를 써주었다고 하였다. 주택을 지은 건축업자가 처남을 찾아와 아들 친구인데 동의서를 써달라고 하더라는 것이다. 마음 착한 처남이 아들 동기의 청을 뿌리칠 수가 없어 동의해준 것이다. 동의를 해주려면 앞으로 피해에 대비한 조처를 하는 조건을 붙여야 하는데 그런 생각을 하지 않은 것이다. 실제로는 자기 땅이 아니니까 별 관심이 없었을지도 모른다. 그래서 두고두고 큰 피해를 입었다.

자연환경을 파괴하고 오염시키는 주범은 두말할 것도 없이 사람이다. 장학사 때 겨울에 희망과 관계없이 금강산 관광을 간적이 있었다. 그 때가 김대중 정부 시절이었는데 겨울철 비수기라 금강산 관광이 침체되자 이를 활성화하기 위해 연말에 남아 있는 각 기관 예산으로 공무원들에게 금강산 관광을 시키도록 지시하였던 것이다. 경기도교육청에서도 소속 전문직과 일반직 100여 명을 대상으로 2박3일 일정의 금강산 관광을 추진하였다.

묵호항에서 배를 타고 들어간 첫날은 시간이 늦어서 식사 후 숙소(컨테이너)에서 잤다. 다음날 아침에 금강산 입구까지 갔으나 눈이 1m가 넘게 쌓여서 설경만 감상하고(사진도 못 찍고) 숙소로 왔다. 숙소에서 하루 종일 과학실 S선생이 배낭에 싸준 팩소주와 육포로 시간을 보냈다. 다른 사람들은 술이 떨어져 북한 매점에 가서 사오기도 했으나 안주가 마땅치 않아 나에게 육포를 원조해 달라고 요청하기도 했다. '광에서 인심난다'고 했던가? 술이고 안주고 남겨서 가지고 갈 필요도 없으니 이사람 저사람에게 인심을 썼다. 밤에는 안양교육청 L장학사가 여기까지 왔으니 북한 술이라도 한잔 먹고 가자고 해서 매점에 가서 들쭉술을 한 병 사서 몇 명이 나누어 마셨다. 다음날도 아침에 설경을 감상하고 금강산

계곡에서 내려오는 물에 손을 담가 본 게 전부이다. 북한 측 안내원이 꽃피는 봄에 다시 와서 태고의 신비로움을 간직한 천하명산 금강산에 올라 보라고 하였다. 금강산이 잘 보존된 것은 사람의 무분별한 출입을 통제했기 때문일 것이다. 금강산에 가서 고기구어 술 먹을 사람도 많지 않겠지만 있다 해도 당국의 지시를 어길 꿈도 꾸지 못할 것이다. 동포의 잃어버린 국토에 대한 그리움을 이용하여 벌어들인 금강산 관광 수입도 막대한 액수의 남북경협기금과 함께 우리의 명줄을 노리는 핵개발의 자금줄이 되었다고 생각하니 뒷맛이 씁쓸하였다.

급할수록 돌아가라!

장마 뒤에 아버지를 모시고 배나무 밭에 간 적이 있는데, 그날도 반 정도는 물에 잠겨 있었다. 아버지 말씀이 흙을 몇 차 받아서 돋우고 나무를 심었으면 아무 탈이 없는 것인데 너무 서둘렀다고 하셨다. 지금이라도 뒤쪽으로 흙을 몇 차 받고 싶은데 사방에 나무를 심어놓아 차가 들어올 길이 막혀서 어찌할 방도가 없었다.

배나무가 제법 커서 봄이면 꽃도 환하게 피고 배도 주렁주렁 많이 달리는데 관리를 못하니까 중간에 하나하나 떨어져서 배를 따 먹을 때쯤 되면 모두 썩거나 떨어져서 하나도 건지지 못하였다. 몇 년은 의욕을 가지고 약도 주고 하였지만 수확될 때까지 관리하지는 못하였다. 장학사, 장학관을 하면서 겨우 짬을 내어 하는 것이라 힘에 부치었다. 그래서 언제부터인가 형편에 맞게 관리하기로 마음먹었다. 늦겨울 설 무렵 눈이 녹기 전에 입제로 된 제초제를 뿌리는 것으로 한해 일을 시작하였다. 3월초에는 가지치기와 도랑치기를 하고, 4월에는 두 번 정도 소독을 하고, 장마가 끝나고 난 7월말경에는 풀베기를 하였다. 눈 위에 뿌린 제초제 효과로 장마 전까지는 풀이 거의 나지 않는데, 장마 기간에 싹이 터 자란 풀이 사람 키만큼 커서 벼 베듯 해야 했다. 삼복더위에 낫을 갈아가며 하루 종일 하고 나면 운전하고 집에 갈 기력조차 남아 있지 않을 때도 있었다.

한번은 아들들이 집에 있을 때 같이 가서 하겠다고 하여 데려갔더니, 작은아들은 제법 하는데 큰아들은 낫질 두어 번하고 서 있고 두어 번하고 물먹고 쉬는 시간이 더 많았다. 점심때가 되어 밥 사 먹이고 음료수 사 먹이고 하다 보니 나 혼자 하는 것만큼도 능률이 오르지 않았다. 그 다음부터는 같이 갈 시간도 별로 없었지만 와서 돕는다고 하여도 못 오게 하였다. 아내는 혼자 힘들게 하지 말고 애들 오라고 해서 같이 하라고 하였으나 그렇게 하고 싶지가 않았다. 나는 어려서부터 휴일이면 아버지 농사일을 도우면서 살았지만 내 자식들한테는 그렇게 시키지 않겠다고 마음먹었다. 내 할일은 어떻게든지 내가 하고 자식들은 제 일을 하든지 놀든지 내버려두자는 게 내 주장이었다.

장마 때 물이 고이는 뒤쪽과 앞쪽에 있는 나무의 크기는 어른과 아이 정도의 차이가 났다. 물에 잠겨 있는 기간이 길어지니까 뿌리가 땅속으로 뻗지를 못하고 땅위로 겨우 박고 생명만 유지하는 형국이었다. 게다가 매년 제초제를 뿌리니까 나무의 성장이 억제되는 것 같았다. 그래서 장마 때 물이 배나무 밭으로 안 들어오게 하려고 봄에 도랑을 깊이 파고 밭쪽으로 비닐을 묻어 보기도 했으나 결과는 별 차이가 없었다. 해가 가면서 못 크고 약한 나무부터 하나하나 죽어갔다. 겨울이 지나고 죽은 나무를 잘라낼 때마다 나무에게 미안한 마음까지 들었다. 몇 달 가꾸어서 수확하는 곡식하고는 다르게 많은 정성을 쏟았기 때문일 것이다. 밭에 가서 물속에 서있고 잘 자라지 못하는 나무를 볼 때마다 어릴 때 흔히

듣던 말이 생각났다. "사람이나 짐승이나 주인을 잘 만나야 해." 나무도 주인을 잘 만나야 하는 건가?

도토리 키 재기

내가 가경동에 땅을 산 때는 고속버스터미널과 시외버스터미널의 가경동 이전이 결정된 후였다. 땅값이 청주 외곽지역 다른 곳보다 많이 오른 상태에서도 산 것은 버스터미널이 들어서면 개발이 가속화될 것이라고 믿었기 때문이다. 그런데 얼마 후 우리나라 경제를 뒤흔든 IMF 사태가 발생하였다. 그 충격에서 벗어나기까지 몇 년이 걸렸고, 전 버스터미널 부지를 매각하는 데 또 몇 년이 걸렸다. 결국 이전 결정이 나고 10년도 더 지나서야 버스터미널이 가경동으로 왔다.

버스터미널이 가경동으로 옮겨오자 청주 상권의 중심축이 바뀌었다. 가경동 옆의 복대동에 신시가지가 조성되고 아파트가 들어섰다. 복대동에 농지를 많이 보유하고 있던 지주들은 졸부가 되었다. 집집마다 보상금을 나누느라 시끄러웠다고 한다. 처가의 농지도 이때 수용되고 상당한 액수의 보상금을 받았다. 기다려도 기별이 없자 아내가 처제를 데리고 몇 차례 쫓아간 끝에 누룽지에 붙은 밥풀만큼 받아왔다. 그도 그럴 것이 큰처남이 결혼하여 나이 30도 되기 전에 농지를 대토하는 과정에서 큰처남 명의로 등기를 내주었던 것이다. 장인어른이 큰처남을 철석같이 믿었기 때문에 그리 했다고 한다. 그러니 법적으로 완벽하게 큰처남 소유인데 출가한 동생을 생각이나 했겠는가? 그런데 처제나 작은처남은 어려서 아무것도 모르지만 아내는 농토를 장만한 과정과 상속해준 사우를 훤히 알고 있으니 조목조목 따졌던 것이다. 양심을 완전히 버리지는 못했는지 쫓아갈 때마다 조금씩 거지 동냥 주듯이 주었다. 보상금이 얼마 나왔는지는 근방에 사는 고종사촌 처남들한테 들어서 다 알고 있는데, 세금내고 없어서 이것밖에 못준다고 하니 이야기가 길어질 수밖에 없었을 것이다. 처가에 갔다 올 때마다 목이 쉬어서 왔다. 쫓아가서 야단을 치고 싶었지만 아내가 당신은 끼지 말라고 해서 참았다. 그렇게 받아온 돈은 아파트를 새로 장만하는 데 보태었다. 그래서 아파트는 아내 명의로 등기를 내주었다.

가경동도 버스터미널을 중심으로 시가지가 조성되고 아파트 단지와 학교도 들어섰다. 배나무 밭에서 100m쯤 떨어진 곳에 새로운 4차선 도로가 나고 그 안쪽으로는 모두 개발 되었다. C선생이 산 땅은 그때 수용되었다. 곧이어 2차로 택지를 조성한다고 소문은 무성하였으나 소문뿐이었다. 터미널이 옮겨와서 땅값이 오른 까닭에 다른 쪽에 아파트 단지가 들어섰다. 아파트를 건축하는 회사는 싼 땅에 지어야 남는 것이 많을 것 아닌가? 경부고속도로와 중부고속도로 진입로가 가까워도 번번이 아파트 단지 조성에서 제외되었다. 거기에다 연기군에 새로운 도시(후에 세종시로 명명)가 건설되고 정부청사가 옮겨 온다는 발표가 있은 후 청주에는 도움이 안 된다? 관계없을 것이다? 등 부동산과 관련된 의견이 분분하였다. 실제로 세종시가 본격적으로 건설되자 청주시의 인구가 유출되었다. 또 하이닉스 반도체의 규모 축소로 집값이 하락하다가, 다시 증설하는 바람에 원상회복되기도 하였다. 이제 유능한 자치단체장이 해야 할 첫 번째 일은 지역에 대기업을 유치하는 일일 것이다. 그러면 여러 가지가 한 번에 해결될 수 있다.

지나고 나서 생각하니 1차 개발이 시작되었을 때 땅을 팔았어야 했다. 그때는 2차 개발에 대한 기대 심리로 땅값도 오른 상태이고 땅을 사겠다는 사람도 꽤 있을 때다. 그럴 때 팔아서 경기도에 투자를 했으면 돈이 몇 번 돌았을 것 같다. 오래 기다렸다 많이 남길 생각을 하지 말고 머지않아 개발될 지역에 투자를 해야 되는 것을 늦게 깨달았다. C선생이 산 땅이나 내가 산 땅이나 거리로 따지면 도토리 키 재기다. 그런데 그 도토리 키 재기가 오랜 세월의 차이가 되었다. 그러고 보면 어차피 세상일은 도토리 키 재기다. 입학시험이나 공무원 임용시험, 취직시험, 아파트 청약 등에서 맨 끝으로 붙은 사람과 맨 위에서 떨어진 사람과 무슨 큰 차이가 있는가? 나눌 수밖에 없으니까 운명이 갈리는 것이다. 세상일은 도토리 키 재기를 할 수밖에 없는 구조이니까 그것에 대하여 불평을 할 필요는 없지 않을까?

기다림의 끝

세상일은 시작이 있으면 끝도 있는가보다. 전혀 가망이 없던 일이 어느 날 우연히 해결되는 수도 있다. 고대하고 기다릴 때는 해결될 기미가 보이지 않다가도, 마음을 고쳐먹고 다른 계획을 하면 갑자기 엉켰던 실타래가 풀리듯 술술 풀려나가기도 한다. 그런데 그러한 때는 기다릴 만큼 기다리고 참을 만큼 참은 후에야 오는 것 같다. 그것도 도깨비 방망이로 내려치면 금은보화가 쏟아지듯이 횡재하는 일도 없는 것 같다. 투자하고 공들인 만큼의 보상이 있을 뿐이다. 그렇게 보면 세상일은 모두 예측 가능한 것이 아닐까?

보고 싶었는데…

교원의 또 하나의 특권은 바로 방학이다. 물론 방학이라고 그냥 노는 것은 아니지만 주 업무인 교수-학습의 부담이 가벼워지니 개점휴업 상태라고 할 수 있다. 자격연수나 일반연수를 받는 해를 빼고는 방학의 반 이상을 '근무지외 연수원'을 내고 자율연수를 하고 있다. 내가 교장 교감을 할 때까지만 해도 방학이 끝나면 '근무지외 연수' 실적을 서면으로 제출했다. 그러나 요즈음은 그마저도 안한다고 한다. 번거롭지 않아 좋을지는 몰라도 자승자박이 되지는 않을까 하는 걱정이 들기도 한다. 이러한 교원의 방학 중 근무 행태를 국민들은 어떻게 이해할 것인가?

내가 방학의 특권을 누려본 것은 초임학교에서 뿐인 것 같다. 그 후부터는 방학을 반납한 선생으로 살았고, 교감이 되어서는 계절제 교육대학원을 다니느라 방학의 혜택을 누리지 못했다. 장학사 때는 일요일도 제대로 못 쉴 정도이니 말할 것도 없고 1년 반 했던 교장 때도 거의 출근을 했다. 그 후에는 장학관과 기관장을 했으니 방학에 대한 기억은 그야말로 가물가물하다. 교장 때 아버지가 돌아가셨는데 그 후부터는 휴일에 진천에 있는 논과 청주에 있는 밭을 번갈아 둘러보아야 했으니 제대로 쉰 적이 없었다. 외지에서 장학관과 기관장을 할 때는 일요일 오후에 근무지로 가야 하니 휴일 날에는 그야말로 시간을 쪼개서 썼다.

경기도교육연수원장을 하는 1년 반 동안은 집에서 출퇴근을 했으니까 그래도 마음의 여유가 생겼다. 퇴임을 두어 달 쯤 남겨놓은 때 갑자기 C선생이 생각났다. 그동안 정신없이 돌아다니느라 안부전화를 해본지가 언제인지 까마득했다. 교감이 되어서는 전화도 자주 했었는데 시간이 지날수록 나만 승진을 한 것 같아 전화하기가 꺼려졌다. 그래서 어쩌다 안부를 묻는 정도가 되었다. 이제 퇴임을 하면 청주 밭에 갈 때에라도 만나서 옛정을 나누리라 생각하였다. 비서에게 충북교육청에 전화를 걸어 C선생 전화번호를 알아보라고 했다. 한참 후 충북교육청 담당 직원에게서 전화가 왔는데, 몇 년 전 청주시내에 있는 J초등학교 근무 중 병사했다고 했다. 병명이 뭐냐고 물으니까 폐암이라고 했다. 전화를 끊고 나니 가슴이 조여옴을 느꼈다. 정말 괜찮은 사람이었는데! 퇴임하면 꼭 자주 만나고 싶은 사람이었는데! 그날 오후 내내 가슴이 먹먹하여 다른 생각을 할 수 없었다. 다음날부터 담배 피우는 직원들을 보면 담배 언제 끊을 거냐고 다그쳤다. C선생이 담배를 참 맛있게 피우던 모습이 떠올랐다.

서두르지 않기를!

퇴직한 후에는 자주 배나무 밭에 갔다. 처음에 250주 이상 심었던 배나무가 겨우 100주 정도만 남아 있었다. 장마 때나 비가 많이 왔을 때 물속에 있던 나무는 거의 다 죽었다. 배나무가 죽은 뒤쪽을 어떻게 할까 궁리하다 연(蓮)을 심기로 했다. 연은 사철 물속에 잠겨 있어도 되는 것이고 잎이 나고 줄기가 퍼지기 시작하면 잡초와의 경쟁에서도 이기기 때문에 게으른 사람에게 알맞은 농사 같았다. 전라도 연 재배농가에서 10만 원어치를 사다가 사철 물이 괴어 있는 곳에다 심었다. 이듬해가 되자 연이 제법 자라서 멍석 두어 입내기는 연 밭이 되었다. 거름도 주고 제대로 관리하면 금방 퍼지고 잘 자랄 것 같았다. 가을에 추수가 끝나면 우리 밭 아래쪽 논으로 중장비를 들여와 뒤쪽은 파내어 연을 가꾸는 깊은 논으로 만들고, 파낸 흙으로 앞쪽을 돋우어 물이 괴지 않는 밭으로 만들기로 마음먹었다. 밭에는 무엇을 심을까 궁리하던 차에 농업학교 동기 모임에서 농업기술센터 소장을 하다 퇴임한 친구를 만났다. 과수 중에서 손이 적게 가고 잘사는 것이 무어냐고 물으니 대추나무가 좋다고 하였다. 봄에 전정을 하고 소독 몇 번만 하면 잘 살며 3년 후부터는 대추를 수확할 수 있다고 하였다.

아내에게 내 생각을 말하였더니 왜 또 돈을 들이느냐고 하였다. 배나무가 죽은 곳에 고추라도 심어서 농사를 지으면 되지 공사를 벌일 필요가 있느냐는 것이다. 배수가 잘되어야 무슨 작물을 심더라도 잘 자라지 물구덩이 속에서 어떻게 자라겠느냐고 하니까, 그러면 뒤쪽은 파내서 연을 심되 앞쪽의 배나무는 베어내지 말고 우선 그냥 둬보라고 하였다. 그래서 밭을 삼등분하여 앞쪽의 잘 큰 배나무는 그대로 두고, 가운데 잘 자라지 못한 배나무는 베어내고 파낸 흙을 돋우어 우선 밭을 만들어 놓고, 뒤쪽에는 연을 재배하기로 하였다.

추수가 끝난 후 비가 자주 내려 공사를 미루고 있던 차에 강서동 소재 부동산에서 우편물이 왔다. 내용물을 보니 가경동에 아파트 건립을 추진한다는 안내문과 조감도였다. 얼마 후에는 가경동 소재 부동산에서 우편물이 왔다. 뜯어보니 먼저 온 우편물과 비슷한 내용이었다. 믿을 수는 없지만 무엇인가 움직임은 있다는 생각이 들었다. 아파트를 건립하기에 최적지니까 먼저 토지 소유주와 접촉하려는 것 같았다. 밭을 보고 싶은 생각이 나서 갔다가 우리 밭 가는 입구에 몇 년 전부터 집을 짓고 사는 사람을 만났다. 우편물 받은 이야기를 했더니 자기도 받았다고 하면서 먼저 우편물을 보낸 사람은 잘 모르고 나중에 우편물을 보낸 사람은 안다고 하면서 며칠 있으면 전화가 갈 거라고 하였다. 그러면서 금방 뭐가 되는 것도 아니고, 토지만 먼저 맡아 놓고 시간을 질질 끌 수도 있으니 잘 따져보고 결정하라고 하였다.

기러기 한 백년

두 번째 우편물을 받고 열흘쯤 지나서 가경동에 있는 부동산에서 전화가 왔다. 아파트를 건립하고자 하는데 토지를 매도할 의향이 있느냐고 묻는 것이었다. 가격이 맞으면 팔겠다고 하였더니 며칠 있다가 다시 전화를 한다고 하였다. 얼마 후에 다시 전화가 왔는데 토지 소유주의 대부분이 매도 의향이 있어서 사업을 본격적으로 추진한다는 것이었다. 언제 시간이 나느냐면서 계약서를 쓰러 오라는 것이다. 사업을 추진하는 것이 맞는지 확인해야 될 것 같아서 가보기로 했다. 약속한 장소에 가보니 부동산업자와 아파트 건립 시행회사 직원 두 명이 같이 있었다. 시행회사 직원 중에 한 명은 전무라고 하는데 나중에 알고 보니 계약직 전무였다. 토지 대금으로 얼마를 줄 거냐고 하였더니 공시지가의 두 배를 준다고 하였다. 배나무는 어떻게 할 거냐고 하였더니 한 주당 20만원씩 준다고 하였다. 계약서를 쓰자고 하는 것을 배나무가 몇 주인가 정확히 세어보고 다시 오겠다고 하고 나왔다.

배나무 밭에 가서 살아 있는 것을 세어보니 모두 130주였다. 차를 타고 오려는데 길옆에 집짓고 사는 사람을 만났다. 계약서를 썼느냐고 하여서 당신한테 물어보고 쓰려고 그냥 나왔다고 하였다. 공시지가의 두 배를 준다고 하는데 어떠냐고 하니까 길옆에 있는 밭을 가리키며 봄에 공시지가의 1.5배를 받고 팔린 것이라고 하였다. 두 배를 받으면 괜찮은 것인데 오래 끌지 않을까가 문제라고 하였다. 당신은 어떻게 할 거냐고 하니까 생각중이라고 하였다. 집에 와서 이천에 사는 W위원장에게 전후 사정을 이야기하였더니 가지고 있는 토지가 아파트 부지의 중앙부인지 가장자리인지 물었다. 가장자리라고 하였더니 값을 올려달라고 하면 사업부지에서 제외시킬 수 있다고 하였다. 며칠 후 부동산업자가 언제 계약서 쓰러 올 거냐고 전화를 하였다. 생각중이라고 하였더니, 이번 기회를 놓치면 몇 년이 걸릴지도 모르니 팔라고 하였다. 조금 더 생각해보고 전화하겠다고 하면서 이름을 물으니 끝자가 '순'이었다. 혹시

순천박씨냐고 물으니 그렇다고 하면서 왜 묻느냐고 하였다. 원집이 어디냐고 물었더니 복대동이라고 하였다. 그러면 하복대 사는 박○○을 아느냐고 하였더니, 안다고 하면서 대부뻘 된다고 하였다. 그 사람이 내 큰처남이라고 하였더니 나보고 할아버지뻘이라고 하였다. 다시 또 전화가 와서 못이기는 체 날짜와 시간을 약속하였다.

약속시간에 맞춰 그리로 갔더니 지난번 그 사람들이 기다리고 있었다. 차를 들면서 이 땅을 사게 된 경위부터 퇴임 후 본격적으로 농사를 짓기 위해 연근을 심은 것까지 대충 이야기를 했다. 지난번에 와본 것은 실제로 추진하는 것인가 확인하기 위해서 온 것이고 땅을 팔기 위해서 왔던 것은 아니라고 했다. 그런데 저 박사장이 자꾸 권해서 오늘은 온 것이라고 했다. 계약서 서식을 내놓기에 토지 매매가는 똑같이 줄 수밖에 없다고 하니 그렇고 나무 값은 더 달라고 하였다. 시행회사 직원이 얼마를 생각하고 있느냐고 하기에 30만원씩 달라고 하였더니, 옆에 밭 배나무도 훨씬 좋은데 20만원씩 계약했고 커다란 메타세콰이어도 20만원씩 계약했다고 하면서 난색을 표하였다. 그러자 부동산업자가 사모님이 집안 할머니뻘인데 잘 좀 해드리라고 하니까 전무와 귓속말로 한참 대화를 나누더니 그렇게 하자고 하였다. 그래서 배나무를 세어보니 130주가 살아 있다고 하니까, 자기들이 헤아려보니 100주정도 된다고 하였다. 내가 정확히 세어보았으니 미심쩍으면 확인하고 다음에 계약하자고 하였다. 그랬더니 부동산업자가 믿을만한 분이니까 그렇게 계약하라고 권하였다.

작성한 계약서를 읽어보니 공동주택 건립이 성사되지 않을 때는 계약금을 반환하는 것으로 되어 있었다. 그래서 이것은 토지주에게 일방적으로 불리한 조항이 아니냐고 하였더니 사업이 진척되면 다시 계약서를 작성한다고 하였다. 내 예상대로 토지를 먼저 확보하여 경쟁업체를 따돌리기 위한 작전이었다. 그렇더라도 다른 업체에서 개발하기를 기다리는 것보다는 빠를 것 같아서 계약서에 서명을 하였다. 아래층에 있는 신한은행 지점에 가서 토지대금 입금용 통장을 만들고 돌아왔다. 일주일 후에 전화가 와서 확인하였더니 계약금이 입금되었다. 해가 바뀌어 봄이 와도 아무 소식이 없기에 부동산에 전화를 하였더니, 여러 사람 명의로 되어 있는 종중 토지가 있는데 그중 한 사람이 일본에 살고 있어서 지연되었는데 바로 해결 될 거라고 하였다. 토지 매입이 완결되면 연말 쯤 공사를 시작하게 될 거라고 하였다. 가을이 무르익어갈 때쯤 전화가 와서 반갑게 받아보니 시행회사 명칭이 바뀌어서 다시 계약서를 쓴다는 것이었다. 약속한 날에 가서 계약서를 쓰고 언제 건립허가가 나느냐고 했더니 서두르면 내년 봄에는 공사가 시작될 것 같다고 하였다. 그러면서 금년 중으로 모델하우스를 짓는다고 하였다.

해가 바뀐 봄에 배나무 전정을 하러 밭에 가서 보니 아파트 모델하우스가 완공되어 가는 듯이 보였다. 모델하우스 임시 주차장 끝이 우리 밭과 경계를 이루었다. 모델하우스와 주차장에 들어간 토지는 매입하였을 것이고 모델하우스 건축비도 들어갔으니까 계획이 철회될 것 같지는 않았다. 전정을 끝내고 부동산 사무실에 들러서 추진 상황을 물어보니까 바로 모델하우스를 오픈하고 입주자를 모집한다는 것이다. 그런데 분양가를 낮추기 위하여 주택조합 아파트로 추진한다고 했다. 그 이야기를 듣는 순간 생각이 났다. 지금까지 추진한 시행회사는 토지 계약금을 지불할 능력밖에 되지 못하는 것이다. 잔금을 감당할 능력이 없으니까 얼마간의 돈을 챙기고 주택조합으로 권한을 넘기는 것이다.

여름에 가경주택조합 팀장이라는 사람에게서 전화가 왔다. 주택조합이 결성되어서 계약서를 다시 써야 한다는 것이다. 그런데 토지 대금의 기준이 3년 전 공시지가인데 그대로 대금이 결정되는 것이냐고 물었더니 그렇다고 했다. 그것은 불합리하지 않느냐고 하면서 금년도 공시지가를 기준으로 해야 된다고 했더니 자기가 결정할 문제가 아니니 주택조합장에게 물어보고 알려준다고 하였다. 몇 시간 후에 팀장에게서 전화가 왔는데 다른 사람들과 계약서 작성이 다 끝나고 나서 조합장하고 만날 날짜와 시간을 알려줄 테니 아무하고도 만나지 말고 기다리라고 하였다.

보름쯤 지난 후 팀장에게서 주택조합장과 만날 날짜와 장소를 알려주는 전화가 왔다. 조합장이 주민 대표냐고 물으니 외부에서 영입된 사람이라고 했다. 그 말을 듣자 얼른 머릿속에 떠오르는 것이 있었다. 팔월 하순이라 더웠지만 정장을 하고 약속 시간에 맞춰 사무실에 들어갔다. 팀장의 안내를 받아 조합장실에 들어가 보니 내가 머릿속에 그렸던 모습의 조합장이 반갑게 인사를 하였다. 덩치가 크고 멋있게 생긴 사람이 점잖은 목소리로 추진 현황을 설명하였다. 다 듣고 나서 내 소개와 함께 재임시절 명함을 주며 말을 했다. 퇴임하고 본격적으로 농사를 지으려고 계획하고 있는데 부동산 박사장이 쫓아다녀서 팔기로 한 것이다. 그런데 나는 다른 사람과 다른 점이 있다. 그동안 농사를 직접 지은 것은 사실이지만 직업이 있었기 때문에 자경이 인정이 되지를 않아서 양도소득세를 내야 한다. 그래서 얼마 되지는 않지만 양도소득세 내는데 보태려고 하니, 금년도 공시지가로 계산해주면 안되겠느냐고 했다. 내 말을 다 듣고 나더니 무슨 말씀인지 알겠다면서 긍정적으로 검토해 보겠다고 하였다. 그러면서 이 이야기는 나와 둘만 아는 것으로 하자고 하였다. 며칠 후 팀장에게서 연락이 와서 금년도 공시지가로 계산하여 계약서를 다시 썼다.

계절이 바뀌어 겨울로 들어설 무렵 서울에 있다는 법무사사무실 사무장이라는 사람으로부터 전화를 받았다. 잔금을 주려고 하니 인감증명서와 등기권리증을 가지고 청주 분양 사무실로 오라는 것이다. 왜 당신들이 잔금을 주느냐고 하니까 주택조합으로부터 이 업무를 맡았다고 했다. 주택조합에서 안내를 받은 일도 없고 뭐가 어떻게 돌아가는 것인지 도대체 알 수가 없었다. 우리 밭 옆에 나무를 심어 놓은 E교장도 개발이 추진되는 초기에는 독촉 좀 해달라고 자주 전화를 하더니, 요즈음은 무슨 비밀이 있는지 통 전화도 없어서 알아보기도 그랬다. 시행회사 담당자나 부동산업자가 토지주를 만날 때는 정해진 시간에 1대1로 대면하기 때문에 개개인의 계약 사항은 알지 못하며 평소에 알던 사람이 아니면 서로 모르는 체하기 마련이다. 답답하여 W위원장에게 전화를 하였더니 알아본다고 하였다. 한참 후에 전화가 왔는데 그 법무사가 법원에 등록되어 있으며 사무실 주소나 전화번호도 맞는다고 하였다. 인감증명서와 등기권리증을 가지고 가서 확인하게 하되 인감증명서는 꼭 다시 가져오라고 했다. 등기권리증은 괜찮은데 인감증명서는 잔금 입금을 확인하고 넘겨주는 것이라고 하였다. 그렇게 하겠다고 하고 내 나름대로 계획을 세웠다.

약속한 날 사무실로 갔더니 법무사 사무실에서 온 사무장이 있었다. 인감증명서와 등기권리증을 확인하더니 등기권리증의 이름 가운데 '낙'의 자음이 'ㄹ'로 되어 있으니 등기소에 가서 등기명의인을 정정해야 한다고 하였다. 주민등록을 전산화하면서 일괄적으로 'ㄴ'을 'ㄹ'로 바꾸어 놓았는데 퇴직 전 근정훈장을 신청할 때 본명을 찾아야겠다는 생각이 들어 읍사무소에 가서 말했더니 그 자리에서 바꿔주었다. 그 후속조치로 국가기관에 통보되어 이름이 바뀌었는데 재산과 관련된 사항에는 해당이 안 되는 모양이었다. 법무사 사무실 직원이 바쁘면 업무를 대행해줄 테니 10만 원을 달라고 해서 그렇게 할까 하다가 다른 토지의 명의도 고쳐야 해서 직접 해보기로 했다. 청주지방법원 내 등기소로 갔더니 차가 하도 많아서 주차할 장소도 없었다. 한참을 빙빙 돌다가 다행히 용무를 보고 나가는 차가 있어서 겨우 그 자리에 주차하였다. 등기소 직원에게 용무를 말했더니 자동발급기에 가서 호적초본을 발급받아 신청서와 같이 내라고 하였다. 자동발급기에 가서 신청하는데 잘 되지 않아 도우미가 해주었다. 서류를 제출하고 한참을 기다리다 이름을 불러서 갔더니 호적초본에 개명 사실이 없다고 하였다. 그래서 내가 개명 신청을 해서 이름이 바뀐 것이 아니고, 주민등록을 전산화하면서 그렇게 된 것이라고 했더니 그런 기록이 어디에 있느냐고 하였다. 주민등록에 보면 있다고 하니까 주민등록초본을 발급받아 오라고 하였다. 주민등록초본을 주니까 이런 일은 처음인데 어떻게 해야 되느냐고 직원들끼리 의견을 나누더니 팀장이 그렇게 하라고 하였다. 바뀐 이름으로 확인서를 발급받아 가지고 분양사무실에 갔더니 실시간으로 이미 확인했다고 하면서 우리를 믿고 서류를 두고 가라고 하였다. 그래서 시행회사도 몇 번이나 바뀌고, 주택조합장도 바뀌고 아는 사람은 아무도 없는데 어떻게 처음 본 당신들에게 서류를 맡길 수 있느냐고 했더니, 그러면 전화가 가거든 정해진 시간에 이 서류를 그대로 가지고 오라고 하였다.

우연적 인연의 한계

이제 남은 일은 서류를 내주고 잔금을 받으면 되는 것이었다. 다음날 은행에 가서 입출금 내역을 핸드폰으로 수신할 수 있는 문자 서비스를 신청하였다. 이틀 후에 법무사사무소 직원에게서 전화가 왔다. 인감증명서, 등기권리증, 계약서, 인감도장을 가지고 내일 오전 10시까지 사무실로 오라는 것이다. 다음날 시간에 맞춰 사무실에 갔더니 벌써 십여 명이 와서 기다리고 있었다. 주택조합 팀장이 차를 갖다 주면서 의자에 앉으라고 해서 한쪽에 앉아 있었는데 하나둘씩 사람이 늘어나서 이십여 명이 되었다. 토지가 이웃에 있거나 한동네 사람끼리는 알아서 서로 이런 저런 이야기를 하는데 나는 아는 사람이 아무도 없어서 그 사람들이 하는 이야기만 듣고 있었다. 법무사 사무소에서 나온 사람들은 그 안에 있는 것 같은데 모습은 보이지 않았다. 두어 시간이 지나도록 멍하니 앉아서 기다리자니 지루하기까지 했다. 돈이 시간에 맞춰 오지 않는 모양이었다. 아침식사를 일찍 마치고 가서 시장도 한데 점심을 먹으러 갈 수도 없고 해서 물만 한 컵 따라 마시었다. 한참을 더 기다린 후에 처음으로 어떤 사람 이름을 불렀다. 그 사람이 들어간 지 몇 분 후에 나와서 아는 사람에게 인사를 하고 아래층에 있는 은행으로 간다고 하며 나갔다. 몇 사람이 지나고 E교장 이름을 부르는 소리가 났다. 안에 들어가서 용무를 보고 밖으로 나가면서 출입문 옆에 앉은 나와 눈이 마주치자 겸연쩍은 표정을 지으며 인사를 해서 나도 고개를 끄덕여주었다. 밭에 오고가다 만나서 통성명을 하고 지내던 사람인데, 매매가 추진되는 과정에서는 자기는 돈이 쓸데가 있어서 꼭 팔아야 한다며 전화도 자주하며 협조도 요청했으나, 바라던 일이 해결되었고 다시 볼일도 없을 터인데 하고 외면하는 것 같아서 조금은 입맛이 씁쓸하였다. 두어 사람이 더 지나간 후에 내 이름을 불렀다. 서류를 달래서 주었더니 확인하고 인수한 후 잔금 수령을 확인하는 인감도장을 찍으라고 하였다. 잠시 기다리니 입금이 되었으니 은행에 가서 확인하라고 하는데, 핸드폰으로 문자 메시지가 와서 보니 액수가 맞았다. 법무사 사무소 직원들에게 수고했다고 악수를 하고 나와서 주택조합 팀장에게 그동안 수고 많았다고 악수를 하였다. 아래층에 있는 은행에 가서 통장 정리를 하고 차에 오르기 전에 배나무 밭을 바라보는데 마지막이라 생각하니 서운하였다. 가는 길에 점심 먹을 곳을 보며 가는데, 마땅치 않아 계속 가다보니 백곡에 가서야 늦은 점심을 먹게 되었다. 때가 지나서 그런지 돈을 받아서 그런지 배고픈 줄도 못 느껴서 짜장면 한 그릇을 시켜서 반쯤 먹고 남겼다.

저녁에 아내에게 통장을 보여주며 이제야 땅을 팔았다고 했더니 그동안 수고 많았다고 했다. 그 땅을 사면서 나중에 팔 때 집 한 채 값이나 되었으면 했는데, 청주 아파트 한 채 값은 되니 그만하면 되지 않느냐고 했다. 물론 몇 년 후에 팔아서 재투자를 하는 방법으로 늘렸으면 더 큰 돈이 되었겠지만 그나마 그동안 집안에 별일이 없어서 기다린 끝에 이나마도 벌었으니 다행이라고 생각하니 마음이 편안하였다. 땅은 사놓고 기다리면 언젠가 오르긴 하는데 기다리는 시간이 문제인 것이다. 급하게 쓸 일이 안 생기면 제값을 받을 때까지 기다릴 수 있지만 그렇지 않으면 별 소득이 없을 수도 있다. 땅에 투자를 하려면 한동안 내버려둘 자신이 있어야 되는 것 같다.

어릴 때 그대로인 제자

땅을 판 돈은 계약금과 잔금이 모두 한 통장에 있어서 몇 개의 통장에 나누어 놓았다. 그런데 이 돈이 모두 내 것은 아니다. 양도소득세와 지방세를 내야 하기 때문이다. 요즈음 젊은 사람들은 대부분 국세청 홈페이지에 접속해서 세금 계산을 한다고 들었다. 그래서 10년 이내에 없어질 직업에 세무사도 들어 있다고 하는데, 그나마 현재 명맥을 유지하고 있는 것은 나 같은 사람들 때문일 것이다. 나이 든 사람들은 모든 일을 확실하게 처리하기 위해서 잘 모르면 아는 사람에게 물어서 하는 것이 좋다고 생각하기 때문이다.

전에 살던 아파트를 처분하고 세금을 계산하기 위해 안성에 있는 세무사 사무실을 찾은 적이 있었다. 그때 다른 곳에 있는 토지를 처분하면 세금을 얼마나 내야 되겠느냐고 물었더니, 대강 계산해서 말해주며 그 때는 그 지역에 있는 세무사 사무실을 찾으라고 하였다. 그래서 청주에 있는 세무사 사무실을 찾아보는데, 현재 개업한 세무사 중에는 딱히 아는 세무사가 없었다. 한참 생각하다보니 떠오르는 이름이 있었다. 2년 전 신덕학교를 졸업한 제자들이 송년모임을 하는데 오라고 해서 참석한 적이 있었다. 40대 중반이 된 제자들과 식사를 하며 하나하나 손을 붙잡고 어떻게 살고 있는가를 물었었다. 다양한 직종에서 열심히 살아가는 이야기를 들었을 때 대견하기도 하여 앞으로도 잘 살아가기를 마음으로 빌어 주었다. 그 중에는 세무공무원도 있어서 지금부터 잘해서 세무서장도 해보라고 격려해준 제자가 있었다. 마침 핸드폰에 번호가 저장되어 있어서 전화를 하였다. 청주에 있는 작은 평수의 토지를 팔았는데 세금 계산을 하려고 하니 청주에 있는 세무사 아는 사람 있으면 소개해달라고 하였다. 그랬더니 제가 계산해드릴 테니까 기초자료를 문자로 보내달라고 하였다. 업무도 바쁜데 그러지 말고 세무사나 소개해달라고 했더니, 원래 공무원이 하는 일이 국민에게 봉사하는 것이니 괜찮다고 하였다. 핸드폰으로 문자를 보내고 일주일쯤 후에 우편물이 왔다. 은행에 가서 양도소득세와 지방세를 납부하고 세금계산서를 청주세무서로 우송하라는 메모도 들어 있었다. 처음에 처남 명의로 샀다가 내 명의로 돌릴 때 세금을 냈기 때문에 이번에는 예상한 것보다는 적은 액수였다. 제자에게 고맙다고 전화를 하고 알려준 대로 처리하였다.

세금을 납부하고 두 달쯤 되어갈 때 E교장한테서 전화가 왔다. 세금계산을 공인회계사에게 위임했는데 공제 대상 항목도 빼놓고 한 것 같아서 이의를 제기했더니 다르게 계산한 세무사가 있으면 알아보라고 한다는 것이다. 나한테 어디에 위탁했느냐고 묻기에 사실대로 말할 가치가 없는 것 같아서 수원에 있는 세무사에게 맡겼다고 했더니 전화번호를 알려달라고 했다. 그러지 말고 청주에 있는 세무사에게 맡기라고 했더니, 아는 세무사가 있느냐고 해서 청주세무서 앞에 가면 많이 있으니 물어보고 정하라고 하였다. 기한이 사흘뿐이 안 남았는데 가능하냐고 묻기에 30분이면 되는데 뭘 걱정하느냐고 했다. 학교 일이 바쁘다고 해서, 아무리 바빠도 반일 연가도 못 내느냐고 했다. 주택조합 팀장이 공인회계사를 소개하기에 잘할 줄 알고 맡겼더니 이렇게 되었다고 해서, 나한테도 그런 전화가 왔는데 세무사가 나을 것 같아서 세무사에게 맡겼다고 했다. 원래 급할 때만 전화하는 사람인데, 그 후로는 통 소식이 없는 것으로 보아 기한 내 납부한 것 같았다.

해가 바뀌고 몇 달이 지났을 때 세무서에서 전화가 왔다. 농사를 지었다는 증명을 어떻게 할 것이냐고 해서 어떻게 하면 되느냐고 물었다. 농지원부가 있느냐고 해서 그렇다고 했더니 농지원부를 보내라고 하였다. 그리고 추후 통보가 없는 것으로 보아 세금 납부는 끝난 것 같기도 하고 더 지나봐야 알 것 같기도 하다.

밑거름이 되기를…

땅을 팔기로 하고 계약금을 받은 후 여러 가지 궁리를 했다. 안성에 땅을 살까? 진천에 땅을 살까? 생각을 하는데 연수원에서 같이 근무했던 J과장이 안성아양 택지개발지구에 상가겸용 택지를 분양받는 것도 괜찮을 것 같다고 권하였다. LH공사 홈페이지에 들어가서 보니 위치는 우리 아파트 앞이고 분양 시기는 잔금을 받는 시기와 맞을 것 같았다. 대금은 땅값을 받으면 거의 해결될 것 같았다. 그래서 가끔 홈페이지에 들어가 입찰에 응하는 방법도 알아보고 분양시기도 물어보기도 하였다. 상가겸용 주택단지니까 1층 상가는 세를 놓고 2~3층은 주거용으로 지어서 맨 위층에 우리가 살면 매달 현금 수입도 생기고 공동주택에서도 벗어나고 좋을 것 같았다.

그런저런 궁리를 하고 있는데 방콕에 있는 큰아들한테서 전화가 왔다. 얼마 전에 아가씨를 만났는데 마음에 들어서 사귀고 있다고 하였다. 그 말을 들으니 결혼하게 되면 집을 장만해서 살게 하는 것이 더 먼저라는 생각이 들었다. 퇴직할 때 받은 퇴직수당을 아내에게 조금 주고 나머지는 둘로 나누어 큰아이와 작은아이에게 주기는 했지만, 집을 장만하려면 대출을 많이 받아야 할 것 같았다. 가정을 꾸려 나가려면 대출을 많이 받아서는 어려우니 돈을 더 나누어주는 것이 좋겠다고 생각이 정리되었다. 아내에게 내 생각을 말하니 동의하였다.

얼마 후에 큰아들이 휴가를 받아 집에 와서 모처럼만에 식구가 한자리에 모이게 되었을 때 저녁식사를 하면서 말하였다. 땅을 팔아서 받은 돈이 얼마인데 그 중에서 지난번에 나누어주었던 퇴직수당만큼은 정기예금으로 넣어놓고, 일이 있을 때 쓸 돈 좀 남기고, 엄마 용돈 좀 주고 나머지는 둘로 나누어 너희들에게 주겠다고 하였다. 다 나누어줄 수도 있지만 다음에 무엇을 장만하려면 남겨두는 것이 좋겠다고 하였다. 그런데 이 돈을 주는 목적은 결혼을 하라는 것이고, 용도는 집을 장만하는데 쓰는 것이라고 못을 박았다. 결혼을 하라고 하면 뭐가 급하냐는 식으로 미루기만 해서 핑계거리를 없애기 위해서 그렇게 했다. 아내는 돈 다 나누어주고 허전하지 않겠느냐고 하는데 나는 전혀 그런 생각이 들지 않았다. 매달 들어오는 돈에 맞추어 살면 되지 걱정할 것 없다는 것이 내 지론이다. 그러고 보면 나는 돈에 대해서 헛된 욕심을 가져본 적은 별로 없는 것 같았다. 장학관이나 기관장 할 때 가져온 돈 봉투를 한 번도 받은 적이 없었던 것은 급여로 지급되는 돈 외에는 손대지 않겠다는 신념이 있었기 때문에 가능했던 것이다. 대청도에 있을 때 역학을 섭렵했다고 하는 선생이 사주를 보아준 적이 있었다. 관운이 좋다고 하면서 교장까지 무난히 할 것 같다고 하여서, 교장만 할 것 같으면 보따리 싸들고 섬에 오지도 않았다고 속으로 중얼거렸다. 돈은 많이 모으겠느냐고 했더니 먹고 사는 데는 지장이 없겠으나 큰돈을 쌓아놓고 사는 것으로는 안 나와 있다고 했는데 그 말이 맞는 것 같았다. 평생을 돈과 거리가 먼 교육공무원으로 살았으니 명예를 더 소중하게 생각하는 것이 당연하지 않은가?

자녀교육 십훈 十訓

옛날에 연거푸 몇 해 흉년이 들면 집과 농토를 처분하고 정든 고향을 떠났던 일은 꾸며낸 이야기가 아니다. 한해 농사를 잘못 지어도 그 영향은 몇 년을 가게 마련인데 하물며 사람농사야 이야기해 무엇 하랴! 자식 농사를 잘못 지으면 부모의 가슴에 맺힌 한이 평생을 가게 마련이다. 그래서 부모들은, 특히 한국의 부모들은 자식농사를 잘 짓기 위해 온갖 정성을 다 기울인다. 많은 노력을 기울였는데도 기대에 미치지 못했을 때의 그 실망감은 이루 말할 수 없을 만큼 크다는 것은 누구나 짐작할 수 있는 것이다.

그런데 따지고 보면 모든 일의 결과에는 반드시 원인이 있게 마련이다. 농사에서 어린 싹부터 잘 키워야 하듯이 사람도 아이 때 바르게 키우는 것이 중요함은 말할 것도 없다. 어릴 때 비뚤어진 싹을 바로 잡아주면 똑바로 크듯이 사람도 어릴 때일수록 바로 잡아 주기가 쉽다. 헌데 잘 크던 싹이 기후나 병충해로 인해 제대로 크지 못하고 마는 경우가 있듯이, 사람도 잘 크다가 여러 가지

원인에 의해서 제대로 결실을 맺지 못하는 경우도 있다. 이럴 때 부모가 제대로 된 처방을 내려 치료하면 본래의 모습으로 돌아갈 수도 있을 것이다. 또 화초를 키울 때 너무 귀여운 나머지 자꾸 만지고 쓰다듬다 보면 오히려 손때가 묻어서 잘 크지 않는 경우도 있다. 자식도 너무 귀여워서 과잉보호하고 모든 것을 예쁘게만 보다 보면 오히려 바람직하지 않은 결과가 올 수도 있다.

젊은 시절 학교에서 직접 아이들을 가르치면서, 집에서 내 자식들을 키우면서 다양한 사례에 직면했었다. 그때마다 올바르게 인도하고자 시도해보기도 했으나 별 효과가 없을 때도 있었다. 농사뿐만 아니라 자식농사에서도 사후 치료보다는 사전 예방이, 바람직한 환경을 조성하는 것이 훨씬 효과적임을 뒤늦게 깨달았다. 내가 직접 본 실패한 사례를 몇 가지로 나누어 소개하고 실패를 예방할 방안도 제시해보니 자녀교육(子女教育)에 참고가 되었으면 하는 마음이다.

처음부터 크게 기대하지 마라

우리나라 사람은 욕심이 많다. 외세의 핍박 속에 고생하며 살았고 오랜 세월을 너무 가난하게 살아서일까? 나는 이렇게 살더라도 내 자식은 남보다 잘살기를 바라며 있는 힘을 다 기울여 뒷받침해주는 것이 한국의 부모들이었다. 얼마 전까지만 해도 여러 능력 중에 지적능력만으로 인간을 평가하는 추세였다. 그렇기 때문에 좋은 학교를 나와야 출세할 수 있고, 그렇게 되면 부와 명예를 한 번에 잡을 수 있다는 생각에 사로잡혀 있었다. 그래서 좋은 학교를 보내기 위해서 도시로 서울로 유학을 보내곤 했다. 그렇게 도시로 유학을 간 아이들 중 대부분은 부모와 떨어져 생활하였고, 그 아이들 중 대부분은 부모 곁에 있으면서 시골 학교에 다닌 아이들보다도 못하게 된 것을 많이 보았다. 한참 예민한 청소년 시기에 곁에서 돌봐주고 가르쳐줄 사람이 없어서 그렇게 되었을 것이다.

아버지의 꿈 검사(檢事)

삼십여 년 전 충청도의 시골학교에 있을 때였다. 그때는 매월 월말고사를 전교가 일제히 실시해서 성적이 우수한 학생에게 상장도 주고 학급 간에 비교도 했었다. 학년 초에 진단평가를 실시하고, 새로 맡은 아이들의 선수학습능력을 분석해서 학력 향상계획을 세우는 것은 매년 꼭 해야 되는 일이었다. 진단평가의 범위는 전 학년도 1, 2학기 전체이므로 대체로 성적이 높지는 않았다. 그런데 채점을 하다 보니 P라는 아이의 성적이 월등히 좋았다. 1년 전에 배운 것까지도 거의 틀린 것이 없었다. 진단평가 결과 정리를 마무리한 후 생활기록부를 훑어보았다. 그때는 4학년 때 인지능력 검사를 하고 생활기록부에 기록하는 난이 있어서 보니 다른 아이들 보다 월등히 높았다.

수업시간에는 딴 짓을 잘하였다. P는 이미 다 알고 있는데 중간 정도의 수준에 맞추어 수업을 진행하니 흥미가 없었던 것이다. 그러다가 수업시간 끝 무렵이 되어 수준 높은 질문을 하면 눈빛이 달라지며 적극적으로 수업에 참여하였다. 그래서 수학이나 과학 시간에는 능력별 분단을 편성하여 수업을 진행하기도 하였는데, 그래도 같은 분단의 아이들보다 생각이 앞서가서 다른 아이들은 쫓아가는 정도였다.

그 당시에는 정규수업이 끝난 후 부진한 아이들을 남겨서 교사가 특별지도를 하였고, 나머지 아이들은 각자 집에 가서 문제집과 전과를 보며 복습과 예습을 하던 시대였다. 보습학원이 생겨난 것은 한참 후의 일이다. 그런데 P는 서점에서 판매하는 문제집의 문제는 너무 쉬워서 흥미를 느끼지 못하는 것 같았다. 그래서 교사들이 보는 월간 교육지의 부록으로 나오는 문제지를 주면 좋아하며 받아가곤 하였다. 물론 매월 실시하는 월말고사는 거의 100점을 받았다. 지금 생각해보면 부진아 지도뿐 아니라 우수아 지도도 해야 되는데, 그때는 교육청에서도 전반적인 학력 향상과 학습부진아 줄이기에만 관심을 가졌다.

겨울방학이 끝난 2월초에 P의 어머니가 학교에 와서 면담을 요청하였다. 아이를 서울에 있는 학교로 전학을 시키고 싶다는 것이었다. 서울로 이사를 가느냐고 물었더니, 아버지 직장 때문에 아이만 서울에 있는 고모네 집으로 보낸다고 하였다. 같은 또래의 고종사촌이 있는데 방학 때면 만나서 친하게 지냈기 때문에 같이 학교에 잘 다닐 것 같다고 하였다. 부모가 결정하고 이야기하는 것이라 특별히 할 말도 없어서 그렇게 하라고 하였다. 다음날 아이들에게 인사를 하고 떠나는 P에게 네 꿈을 꼭 이루라고 하며 머리를 쓰다듬어 주었다. 학년 초에 특별활동부서를 정하기 위해 장래 희망을 이야기해 보라고 한 적이 있었는데, 그때 P는 검사가 되겠다고 하였다. 왜 그런 꿈을 가졌느냐고 하니까 아버지가 검사가 되라고 한다는 것이었다. 그러니까 서울로 가서 공부 잘하는 아이들과 경쟁을 해서 좋은 학교에 보내겠다는 아버지의 생각이 반영된 것이다. 며칠 후 서울에 있는 학교에서 학적서류 송부요청 공문이 와서 보내주었다. 그 후에 다른 학교에서도 매년 2월말이 되면 도시나 서울로 전학을 가는 아이들이 한 반에 몇 명씩 있었다.

퇴임을 하고 삼년 되던 해 12월, 그때 그 학교에서 졸업시킨 애들(지금은 중년의 성인)한테서 전화가 왔다. 얼마 있다가 처음으로 하는 졸업동기 송년 모임이 있는데 참석해 달라는 것이었다. 개별적으로는 가끔 전화도 받고 했었지만, 많은 제자들을 한 번에 만나는 것은 쉽지 않을 것 같아서 다른 약속을 미루고 참석하겠다고 하였다. 동 학년을 했던 선생은 이미 고인이 되어서 나 혼자 약속한 장소에 갔다. 삼십여 명이 모였는데 몇 명 빼고는 내가 담임했던 애들이었다. 대부분 옛날 얼굴이 많이 남아 있어서 얼굴을 보자마자 저절로 이름이 튀어나왔다. 돌아가며 악수를 하다가 끝에 쯤에서 P와 마주했는데 서너 살쯤 되는 아이를 안고 있었다. 그때 그 애들이 40대 중반이었는데 다른 애들보다 결혼을 늦게 한 것 같았다. 졸업을 하지는 않았지만 고향 국민학교 동기들이 보고 싶어서 참석했다고 하였다. 어디 사느냐고만 물어보고, 뭐 하느냐고는 물어보지 않았다.

대리운전을 불러준다고 술을 권하는 걸 만류하고 식사를 하면서 이런저런 이야기만 나누었다. 적당한 때 빠져주는 것이 좋을 것 같아서 잘 살아가라고 몇 마디 해주고 돌아가며 악수를 하며 등을 두드려주었다. 밖에까지 나와서 배웅을 하는 몇 애들한테 잘 끝내고 돌아가게 하라고 부탁하였다. 중년이 된 제자들이지만 아이들같이 생각되었다. 돌아오며 P에 대한 생각이 머리를 떠나지 않았다. 그때 서울로 가지 말고 부모 밑에서 학교 다니고, 공부하는 것 보아가며 진로를 결정했으면 더 좋았지 않았을까? 한편으로는 크게 비뚤어지지 않고 늦게나마 가정을 꾸리고 살아가니 다행이지 않은가? 하는 두 가지 생각이 교차하였다.

실망이 큰 엄마

경기도에 와서 첫해는 5학년 담임을 했다. 다음해에는 6학년 담임을 했는데 아이들은 대부분 다른 아이들이었다. 그때는 대부분의 학교에서 한해가 지나면 다시 반 편성을 하는데, 학업성적 순으로 생활기록부를 고르게 섞어서 학급 수대로 나누어 둘둘 말아놓고는 하나씩 집어가면 그 아이들을 1년간 담임하게 되는 것이었다. 그때 6학년이 여섯 개 반이었으니까 학급 재적수의 1/6 정도만 전년도에 담임한 아이들이고 나머지는 다른 반 아이들인 셈이다.

새 학년 첫날, 아이들을 앉혀놓고 출석을 부르면 전년도에 담임했던 아이들은 정이 들었다고 웃으며 대답하는데 새로 만난 아이들은 다소 긴장된 표정으로 대답하곤 했다. 일주일 후쯤 반장을 뽑는데 전년도에 담임했던 아이가 뽑혔다. 친화력이 있고 공부도 잘해서 아이들에게 인기가 있었던 모양이었다. 그때는 반장 선거에 담임이 개입해서 문제가 되는 일이 종종 발생하곤 했다. 나는 아이들에게 공평해야 한다는 생각을 늘 가지고 있었다. 부모가 학교 교육에 관심이 많은 아이나 관심을 가질 형편이 못되는 아이나 똑같이 잘한 일이 있으면 칭찬해주고 잘못한 일이 있으면 벌을 주었다. 그래서 부모가 학교 교육에 관심이 있는 아이들에게 잘 대해주어서 촌지를 챙기는 선생들이 보면 요령이 없는 사람이라고 할지는 몰라도, 다른 반 아이들까지도 저 선생의 제일 좋은 점은 누구에게나 공평하게 대해주는 것이라고 이야기하였다. 그런 나의 소신은 환경이 바뀌어도 변하지 않았다.

그 당시에는 일기쓰기를 적극 권장하였고 일기 검사를 하고 조언해주는 것도 시간이 많이 소비되는 담임교사 업무 중 하나였다. 일기 검사를 하는 중에 반장이 된 L의 일기를 읽게 되었다. 반장 선거를 한 날 대문을 열고 집에 들어가자마자 "엄마 나 반장 되었어." 하고 큰소리로 말했더니, 엄마가 축하해주면서 담임도 잘 만났으니 공부 열심히 하라고 하더라는 것이다. 1년 전 일기 검사 때 L의 일기를 읽었던 기억이 났다. '3월 2일 아침에 운동장에서 담임 발표를 했다. 충북에서 온 분인데 육상 지도를 한다고 했다. 집에 가서 엄마에게 담임 이야기를 했더니 너는 참 담임복도 없다. 작년에는 축구부 담당 선생이더니 올해는 육상부 담당 선생이냐고 했다.'라는 내용이었다. 체육지도를 하면 아이들 학습지도에 소홀해질 수 있으니까 학부모들이 싫어하는 것이었다. 그것 때문이 아니라 나는 학습지도를 소홀히 한 적이 없다. 그 당시에는 앉아서 수업하지 말라는 것이 첫 번째 강조사항이었다. 교무회의 때마다 교장 교감이 당부하는 단골 메뉴였다. 학생 수는 많은데 앉아서 수업을 하면 학습지도 효과가 떨어지기 때문일 것이다. 나는 정과수업 시간에 앉아서 수업을 진행해본 적이 없다. 여유 시간이 있으면 순회하며 지도를 하고 교과와 영역에 따라 아이들 좌석 배열을 다르게 했다. 소집단 구성도 능력별 동질집단과 이질집단을 그때그때 상황에 맞게 바꾸었다. 늘 똑같이 동질집단으로 구성하여 수업을 진행하는 것은 학습지도 효과에서 능률적이지 못하다는 것을 알지도 못하는 선생도 꽤 있을 것이다.

L은 한 해 동안 공부도 잘하고 행동도 모범적이어서 졸업할 때 우등상도 받았다. 그 후, 두 살 적은 L의 동생을 가끔 만나면 중학교에 가서도 공부 잘하느냐고 안부를 묻곤 하였는데, 섬마을 선생으로 삼년 살고 교감 승진 하느라고 주변을 돌아볼 시간도 별로 없었다. 그리고 몇 년 후 비봉산에 갔다 안성교육청 앞으로 내려오다가 L의 어머니를 만났다. 오랜만이라고 반갑게 인사를 하고 L의 소식을 물었더니 지방에 있는 국립대학에 다닌다고 하였다. 중학교 때까지는 곧잘 했는데 고등학교에 가서는 공부를 하지 않더라고 하면서 그렇게 될 줄은 몰랐다고 하였다. 지금부터라도 갈 길을 정해놓고 열심히 하면 되니까 너무 실망하지 말고 기다려보라고 하였다. 집으로 걸어오면서 이런 저런 생각을 해보았다. 어려서부터 엄마가 너무 공부 공부해서 정작 본격적으로 공부할 나이에 싫증이 났나? 아니면 이성 교제를 해서 그렇게 되었나? L이 귀공자처럼 생겨서 여자아이들이 따르는 편이었다. 그도 아니면 학교에서 너무 붙들어놓고 공부만 시켜서 지겨워졌는가?

그리고 또 세월이 꽤 흘러 장학관이었을 때 길에서 우연히 L의 아버지를 만났다. L의 안부를 물었더니, 대학 졸업 후 학사장교를 가서 군복무를 하다가 대위로 제대를 했는데 며칠 전에 회계사 시험 준비를 위해

서울로 갔다고 하였다. 결혼해서 처자식이 있는데 보따리 싸가지고 간 것으로 보아 대단한 각오를 한 것으로 보이니 기다려 보라고 위로해주었다. L의 동생은 뭐하느냐고 물었더니 시청 산하 기관의 공무원이라고 하면서 그 녀석한테는 큰 기대를 하지 않아서 실망도 하지 않았는데, L에게는 기대를 많이 했다가 잘 풀리지 않는 것 같아서 답답하다고 하였다. 그 후에는 그쪽으로 갈 일이 없어서 그런지 아직 만나지를 못했다.

너무
믿지 마라

한국 부모들은 자기 자식은 믿는다. 어릴 때일수록, 말과 행동이 부모 마음에 들수록 꽉 믿는다. 선생 때 학부모와 면담할 기회가 있으면 학교에서 내가 관찰한 행동을 숨김없이 이야기하곤 했다. 그러면 대부분의 학부모들은 의아해하며 작년에는 그렇지 않았는데 왜 그렇게 되었지? 하고 별로 좋아하지 않는 눈치다. 그렇게 생각하는 데에는 두 가지 원인이 있을 수 있다. 하나는 전년도 담임이 좋은 면만 이야기 했을 수 있다. 그렇게 하는 데에는 그 학부모와 좋은 관계를 유지하기 위해서 그랬을 수 있다. 두 번째는 담임이 보는 데에서 하는 행동과 아이들끼리 놀 때 하는 행동이 다를 수 있다. 담임이 보지 않는 데에서의 행동은 관심을 가지고 관찰하지 않으면 알 수 없다. 선생은 학생들이 학교에 있으면 보이지 않는 곳에 있어도 볼 수 있어야 한다. 초등학교에서보다 중등학교에서 학교폭력과 생활지도상의 문제가 많이 발생하는 데에는 성장단계별 차이도 있겠지만 담임의 관심과 관찰이 미치는 정도의 차이이기도 할 것이다. 중등학교에서는 수업시간 이외에는 학생들끼리 생활하지 담임이 옆에서 보살피거나 관찰하지 않는다.

어릴 때 내 자식을 너무 믿어서 혼자 내보내도 잘하려니 하고 외지로 보내서 실패를 한 사례는 어렵지 않게 볼 수 있다. 길 가다가 청소년들의 일탈행동을 보았을 때 대부분의 부모들은 내 자식은 저렇지 않으리라고 믿지만, 사실은 내 자식도 저럴 수 있다고 생각해야 한다. 성장과정에서의 생각과 행동은 거의 비슷하기 때문이다. 그래서 가능하면 대학에 다닐 때까지도 가까이에서 관찰하며 가르치는 것이 자식을 바르게 키우는 길이다. 남자 아이들은 군대에 갔다 와야 철이 든다고 보고 군대 가기 전까지는 데리고 있는 것이 좋다. 고등학교 3년은 인생에서 제일 중요한 시기라고 생각하고 반드시 옆에 두고 보살피는 것이 후회를 예방하는 길이라고 보면 될 것이다.

금쪽같은 아들

충청도에서 선생을 할 때는 내가 학교에 다니고 몇 대에 걸쳐 산 지역이기 때문에 이렇게 저렇게 따져보면 알 것 같은 사람이 많았다. 새 학년을 시작하고 일주일쯤 되었을 때 자모 한 분이 학교로 찾아와서 면담을 요청하였다. 그때는 교무실에서 학부모와 상담할 여건도 되지 않아서 교실로 데리고 갔다. 3월초라 좀 춥기는 하였지만 난방기구도 없어서 따뜻한 물을 한 잔 따라주고 이야기를 시작하였다. 무슨 일 때문에 그러느냐고 했더니, 자기 아들 좀 일 년 동안 잘 가르쳐달라는 것이었다. 늦게 난 외아들이라 기대도 크고 걱정도 많이 되는 모양이었다. 얼굴을 보니 내 어머니 나이쯤 되는 것 같은데 성격이 차분하고 착한 사람같이 보였다. 행동도 바르고 공부도 열심히 하도록 가르칠 터이니 너무 걱정하지 말라고 안심을 시켜 보냈다.

다음날 생활기록부를 보니 지능지수도 높고 학업성취도도 높았다. 가족사항을 보니 부모와 누나가 하나 있는데 누나는 내 또래 정도 되는 것 같았다. 자세한 내막은 모르나 보물같이 여기는 자식임에는 틀림이 없었다. 귀공자처럼 생기고 옷도 잘 입고 다녀서 시골아이 같지가 않았다. 점심시간에 S를 불러 이야기를 해보았다. "생활기록부를 보니 너의 누나 이름이 S○○이던데 너의 동네에 사는 ○○○와 학교를 같이 다녔니?" 하고 물었더니 그렇다고 하면서 "우리 누나가 국민학교 때 선생님하고 한 반인 적도 있었대요."라고 하는 것 이었다. 읍내에서 가는 방향은 다른 동네였지만 한학구여서 국민학교 동기가 맞았다. 지금 어디에서 사느냐고 물었더니 결혼해서 서울에 살고 있다고 하였다. 머리를 쓰다듬어주면서 몸도 튼튼하게 하고 부모님 말씀도 잘 들으라고 하였다.

다음날 S와 이웃 동네에 사는 동 학년 선생에게 물으니 자세히 이야기해 주었다. 나하고 국민학교 동기인 딸 아래로 아이들이 둘인가 있었는데 크다가 잘못되었고 늦게 어렵게 난 나이가 S라고 했다. S의 아버지가 형제인데 큰집에도 딸과 아들이 몇 있었는데 아들은 크다가 잘못되어서 딸만 있다고 하였다. 그야말로 대를 이을 자식이니 양쪽 집에서 금이야 옥이야 키우고 있다는 것이다. 사람들은 어떠냐고 했더니 법이 없어도 살만큼 착한 사람들인데 S의 어머니가 더 똑똑하다고 하였다. 그 말을 듣고 보니 한편으로 염려되는 부분도 있었다. 그렇게 너무 귀엽게만 크다 보면 삐뚜로 나갈 수도 있고 안하무인의 인간이 될 수도 있기 때문이다.

2학기를 막 시작한 어느 날 오후에 내 아버지 나이쯤 되는 사람이 교실로 찾아왔다. 인사를 나누고 이야기를 하는데 다소 흥분된 얼굴이 되었다. 어제 오후에 하교를 하던 중 S가 자기 딸을 밀어서 넘어뜨렸는데 눈에 모래가 들어가 울면서 집으로 왔더라는 것이다. 곧바로 아이를 데리고 병원에 갔더니 눈에 상처가 좀 났는데 다행히 시력에는 지장이 없겠다고 하며 큰일 날 뻔했다고 말하더라는 것이다. 그러면서 한동네에 사는 처지에 어떻게 할 수도 없으니 담임선생이 잘 지도해달라고 했다. 나한테 알려주어서 고맙다고 하며 돌려보냈다. 다음날 방과 후에 S에게 남으라고 하였더니 본인이 한 짓이 있어서인지 얼굴색이 변했다. 청소가 끝난 후 아이들을 모두 돌려보내고 둘이 마주앉았다. 그저께 왜 그랬느냐고 물었더니 같이 가다가 장난으로 밀었다고 했다. 평소에도 집에 갈 때 같이 가느냐고 했더니 가다가 만나면 한 동네이니까 같이 간다고 하였다. 서로 장난을 하다가 밀어도 여자가 힘이 약해서 넘어질 텐데 갑자기 미는 건 일부러 넘어트리려고 한 짓이 아니냐고 하였더니 변명을 못하였다. 네가 한 짓이 잘못인 것을 인정하느냐고 했더니 고개를 끄덕였다. "잘못했으면 벌을 받아야지." 하고 힘주어 말했다. 반성하며 가방을 멘 채 운동장 열 바퀴를 뛰고 오라고 하였다. 초가을의 따가운 햇볕 아래 뛰었으니 힘들고 더웠던지 땀이 범벅이 된 채 헉헉거리며 들어왔다. 수건으로 닦으라고 하고 앉게 했다. 어떻게 반성했느냐고 물었더니 다시는 여자애들이나 힘이 약한 아이들을 괴롭히지 않겠다는 다짐을 했다고 했다. 남자는 한번 결심한 것은 꼭 지켜야 한다고 말하고, 집에 가다가 H네 집에 가서 무릎 꿇고 용서를 구하라고 했다. S가 나가고 창문으로 보니 기다리던 한동네 아이들과 같이 가는데 고개를 푹 숙이고 가는 모습이 보였다. 다음날 H에게 확인해보니 그렇게 했고 자기 부모님이 용서해주었다고 해서 그 일은 마무리되었다.

그 후 그 애들이 고등학교 2학년 여름방학 때 동창회를 하니 참석해달라는 기별을 받았다. 어떻게 컸나? 보고 싶기도 하고 동 학년을 하던 선생이 작고해서 나라도 참석해야만 했다. S를 만나서 어느 고등학교에 다니느냐고 물었더니 청주 시내에 있는 고등학교에 다니다가 내신 성적을 잘 받기 위해 청원군에 있는 학교로 전학을 갔다고 했다. 더는 묻지 않았으나 공부를 열심히 하지 않는다는 것은 알 수 있었다. 그럴 바에야 집에서 고등학교를 다니면 부모가 자식 공부하는 모습도 볼 수 있고, 돈도 절약되고, 잘못될까봐 걱정도 덜 될 텐데, 잘할 것으로 믿고 본인이 원하는 대로 청주로 내보낸 것이 문제가 된 것이다. 길게 말할 시간도 없어서, 너에게 큰 기대를 하고 있는 너의 집안 어른과 부모님을 실망시켜서는 안 되지 않느냐? 그러니 지금부터라도 마음을 다잡아서 공부하라고 당부를 했었다.

세월이 흘러 40대 중년이 된 제자들의 송년회 자리에서 S를 만났다. 여전히 밝고 명랑한 표정으로 인사를 하며, 결혼하여 자식도 낳고 수도권에 산다는 말을 듣고 안심이 되었다. 더 잘 되었으면 좋겠지만 그만큼 된 것도 다행이라고 생각하였다.

잘못한 선택

민주주의가 정착되어 가면서 각급학교의 학생 대표도 임명제에서 선출제로 바뀌어갔다. 처음에는 각반 대의원들이 선출하는 방식으로 하다가 그 후에는 학생 전체가 선거에 참여하는 방식으로 바뀌어갔다. 내가 담임하던 H가 전교 회장으로 당선된 해는 4학년 이상 각반의 대의원들이 모여서 뽑는 방식으로 하던 때였다. 며칠간의 선거운동 기간을 주고 출마자의 소견을 발표하는 시간도 주어져서 반 아이들끼리 대책을 마련하느라 머리를 맞대고 궁리하는 것을 보면 절로 웃음이 나오기도 했다. 선거에서 당선이 되고 학교장으로부터 임명장을 받고 나면 매주

두 번씩 있는 운동장 조회를 준비해야 하고, 한 달에 한 번씩 하는 회의도 주관해야 하니 학교생활이 꽤 바빠지게 마련이다. 자연스레 친구들하고 노는 시간도 줄어들게 되고, 더 부담되는 것은 어른스럽게 행동해야 된다는 것일 것 같다. 그래서 학생 대표를 해본 애들은 상급 학교에 가서는 하지 않으려 하고, 부모도 부담이 되어 하지 말라고 한다는 말이 있다.

H는 여러 사람을 이끄는 리더십은 부족했으나 마음이 착해서 싫어하는 애들은 별로 없었다. 공부도 잘하고 행동도 모범적이어서 학교에서나 집에서나 믿음이 가는 아이였다. 부모도 자녀 교육에 관심이 많아서 가끔 학교를 방문하여 학교에서의 생활을 묻기도 하였다. 중학교에서도 딴 짓하지 않고 공부도 잘하고 있다는 말을 길에서 만난 부모에게 듣기도 하였다. 몇 년 만에 길에서 우연히 H의 어머니를 만났다. 선생은 옛날 학부모를 만나도 으레 아이들 이야기부터 하게 마련이다. 어느 고등학교에 다니느냐고 했더니 평택에 있는 P고등학교를 다닌다고 했다. 그러면서 같이 졸업한 애들 중에서 공부 잘하는 아이들 몇 명이 같이 갔다고 하였다.

그때는 안성에 고등학교가 둘이 있었는데 하나는 공립이고 하나는 사립이었다. 공립 고등학교는 이미 신뢰도가 떨어져서 상위권의 아이들이 기피하는 현상이 벌어져서 점점 대학 진학률이 떨어지는 형편이었다. 또 사립학교는 열심히 가르치고 아이들 관리도 잘해주는데 교원의 질이 떨어져서 좋은 아이들을 뽑아다가 성과를 올리지 못한다는 말이 공공연히 떠돌았다. 그래서 상위권 학생들이 평택에 있는 공립학교와 사립학교로 꽤 빠졌다. 일부는 천안에 있는 사립학교로 가기도 하였다. H도 그때 평택에 있는 학교로 간 것이었다.

전에 살던 아파트가 안성 최초의 아파트인데 처음에는 연탄보일러로 난방을 했다. 그러다가 석유보일러로 바꾸고 평택항에 LNG기지가 생기면서 안성에도 도시가스가 들어오게 되어 가스보일러로 난방을 하였다. 석유보일러로 난방을 하던 때는 겨울이면 몇 번씩 탱크에 석유를 넣어야 했다. 석유차는 밑에 있고 호스를 끌어올려 탱크에 기름을 넣어야 하니 두 사람이 다녀야 했다. 집에 들어와서 베란다 창문을 열고 호스를 끌어 올리던 청년이 나를 보더니 선생님하고 인사를 하여 고개를 들어보니 H였다. 어쩐 일이냐고 했더니 방학이라 아르바이트를 한다고 했다. 기름을 다 넣고 잠시 앉으라고 해서 이야기를 나누었다. 먼저 어느 대학에 다니느냐고 물었더니, 머리를 긁적이며 지방에 있는 어느 대학을 다닌다고 했다. 왜 그렇게 되었느냐고 했더니 고등학교 때 공부를 열심히 하지 않았다고 했다. 공립학교이다 보니 아이들이 자율적으로 공부하도록 하고 세심하게 관리하지는 않더라는 것이다. 그러니까 집에서 가까운 중학교에 다닐 때보다 자율성은 많아졌는데 그만큼 공부에 집중하는 시간이 줄어든 것이다. 또 아침저녁 버스타고 통학하는 데 시간과 체력이 소모되게 마련이니 단단한 각오가 없으면 집에 와서는 잠자고 가기가 바빴을 것이다. 안성에서 간 다른 애들은 어떤가 하고 물어보았더니 모두 비슷비슷하였다. 지금부터라도 목표를 정하고 거기에 도달하도록 힘써보라고 하고 돌려보냈다. 나가는 뒷모습을 보며 안타까운 마음을 감출 수 없었다.

그때 안성에서 평택으로 간 아이들이 안성에 있는 고등학교를 갔으면 더 좋은 대학에 갔을 거라는 생각이 들었다. 학생들의 장래가 결정되는 중요한 시기에 가장 필요한 것은 교사의 열정이다. 국·공립학교가 사립학교보다 다른 것은 몰라도 열정은 떨어지는 것이 사실이다. 내가 율곡교육연수원장으로 있을 때 사립학교에서 공립학교로 온 후 전문직으로 전직한 연구사가 있었다. 어느 날 결재를 받으러 왔기에 서류 결재를 해주고 물어보았다. 당신 자녀가 고등학교를 가게 되었을 때 선택의 여지가 있다면 사립과 공립 중 어디에 보내겠느냐고 했더니, 망설이지 않고 괜찮은 사립 고등학교에 보내고 싶다고 하였다. 그런데 당신은 왜 공립으로 왔느냐고 했더니 말은 안하고 빙긋이 웃기에 나도 같이 웃으며 그만 나가보라고 하였다.

공부에 집중해야 할 시기에 꼭 안배해야 되는 것이 시간과 체력이다. 통학을 하는 데 시간과 체력을 소모하게 되면 그만큼 공부에 집중할 시간과 체력이 줄어든다고 할 수 있다. 가능하다면 밥 먹은 것 소화시킬 정도의 거리를 천천히 걸어서 통학하는 것이 좋을 것 같다. 상쾌한 공기를 마시며 걸으면 머리가 맑아져서 생각이 잘 떠오르기 때문이다. 아무리 바빠도 그날의 계획과 반성은 필요한 것이다.

조급해
하지 마라

한국 사람은 성질이 아주 급하다. 무슨 일이 벌어지면 난리가 난 것처럼 덤비다가도 시간이 좀 지나면 언제 그랬느냐는 듯이 사르르 사그라든다. 다혈질이고 냉정하지 못하며 오래가지도 못한다. 쉬 달구어졌다가 쉬 식는 양은냄비 같다. 천천히 가열되지만 한번 뜨거워지면 오래도록 보글보글 끓는 뚝배기 같은 듬직한 멋이 없다. 우리 민족의 멋이라는 은근과 끈기는 사라진 지 오래다. 자녀교육에서도 마찬가지다. 국민학교에 입학시켜 놓고는 남에게 뒤질세라 쫓아다니며 난리를 치다가 세월이 지나고 학년이 올라가면서 시들해지고 결국에는 학교에만 맡기고 쳐다보기만 하는 경우도 많이 있다.

치맛바람이 불던 시절에 학부모회의를 소집하면 대부분 저학년 학부모이고 고학년 학부모는 학급당 두어 명 올 정도다. 저학년 때는 다 공부를 잘하는 것 같아서 기대를 크게 갖다가 학년이 올라가면서 우열이 구별되면 우수아의 부모들만 관심을 갖게 된다. 원래는 학년이 올라갈수록 더 관심을 가져야 되고 뒤떨어질수록 더 많은 상담이 필요할 터인데 말이다. 더 중요한 것은 학교생활 전반에 대한 관찰과 상담이 필요한데 그런 것에는 관심이 적거나 아예 없으니 학력 지상주의의 병폐가 얼마나 뿌리깊이 박혔는지 알 수 있다. 공부를 잘해야 손에 먼지 묻히지 않는 좋은 직장 취직해서 잘살 수 있다는 것이 한국 학부모들의 머리에 박힌 고정관념이기 때문이다. 그래봐야 남 밑에서 서사(書士) 노릇하기가 십상인데. 물론 무엇을 하던 처음부터 리더가 될 수는 없다. 그러나 어느 분야에서건 리더가 되기 위해서는 전공분야의 업무능력뿐만 아니라 조직을 이끄는 데 필요한 여러 가지 능력이 뒷받침되어야 한다. 이러한 능력도 하루아침에 생겨나는 것은 아닐 것이다. 그때그때 상황에 필요한 스킬은 리더가 된 후에도 키울 수 있지만 리더십의 기본이 되는 인성은 어려서부터 갖추어져야 될 것이다.

대기만성(大器晩成)이란 말이 있다. 큰 인물은 혜성처럼 나타나는 것이 아니라 서서히 만들어진다는 말일 것이다. 도자기를 만들 때 두드리고 누르고 펴고·다듬으면서 그릇의 모양이 완성되어 가듯이, 온갖 풍파를 이겨내며 큰 인물로 성장한다는 뜻일 것이다. 대기만성(大器晩成)형의 대표적인 인물 중의 하나인 한고조(漢高祖) 유방(劉邦)의 이야기는 나이든 사람들은 많이 알고 있다.

초한지(楚漢志) 이야기

독자의 흥미를 돋우기 위한 구체적인 인물 묘사나 작은 스토리의 구성은 작가마다 조금씩 다를 수 있으나, 전체적인 줄거리나 주요인물의 행태는 역사적인 사실에 바탕을 둔 것이기에 대동소이하다.

항우(項羽)와 유방(劉邦)은 모든 것이 대조적이다. 항우는 좋은 가문에서 태어나 귀족의 품격을 갖추며 성장하는 데 비해, 유방은 평범한 가정에서 태어나 시정잡배들과 술 먹고 사귀며 젊은 날을 보낸다. 항우는 한눈에도 감히 넘보지 못할 기품을 지닌 범상치 않은 청년인데 비하여, 유방은 술 잘 먹고 남의 사정을 잘 들어주며 폭넓게 사람을 사귀는 편이다.

난세에는 문(文)보다 무(武)가 우선이다. 그래서 난세의 영웅이 되기 위해서는 용력(勇力)과 무술(武術)이 뛰어나야 한다. 용력(勇力)과 무술(武術)에 있어서 유방은 항우에 비교가 되지 않는다. 야사(野史)에 엄청나게 큰 구렁이가 산에 있는 굴로 들어가는데, 항우가 꼬리를 쥐고 잡아당겨서 밖으로 빼내니까 산이 무너지더라는 이야기가 나온다. 그래서 지금도 힘센 사람을 말할 때 저 사람은 "힘이 항우장사다."라고 할 정도이다. 무술에 있어서도 항우를 대적할 사람이 없다. 초한지에 보면 '항우가 한번 칼을 휘두르면 적의 머리가 추풍낙엽(秋風落葉)과 같이 날아간다.'고 표현하였다. 용맹함에 있어서도 항우를 따라갈 사람이 없다. 단기필마(單旗匹馬)로 적진을 물 휘젓듯이 헤치고 나아갈 만큼 두려움을 모르는 사람이다. 언제나 자신만만하고 당당하며 어떠한 악조건 하에서도 싸우면 이기고야 마는 불세출(不世出)의 명장(名將)이다.

나는 어려서부터 《삼국지》와 《초한지》 이야기를 비롯한 역사 이야기를 많이 들었다. 아버지는 한국 역사와 중국 역사 이야기를 그때그때 상황에 맞게 단편적으로 많이 들려주셨다. 한번은 사람의 성격이 너무 강하기만 하면 못쓰고 때로는 굽힐 줄도 알아야 한다며 항우 이야기를 들려주셨다. 항우가 백전백승의 명장이지만 자기 고집대로만 하다가 결국에는 유방에게 패하지 않았느냐? 사람은 남의 말을 들을 줄도 알아야 된다는 것이다. 또 한신이 큰 뜻을 품고 고향을 떠나려 할 때 성질 고약한 백정 하나가 부아를 지르는 욕을 하며 "네가 내 앞을 지나가려면 내가랑이 밑으로 기어가라."고 하였는데, 한신이 단칼에 목을 베고 갈까? 하다가 입술을 지그시 깨물며 부아를 삭이고 백정 가랑이 밑으로 기어나가 고향을 떠난 후 마침내 한나라를 세운 천하의 명장이 되었다는 이야기를 하시며, "동물 중에 사람만이 참을 수 있으며 참지 못하면 사람이 아니다."라고 하셨다.

무술이나 인품이나 뚜렷한 것이 없는 유방은 시정잡배들이지만 따르는 무리가 꽤 있었던 것으로 보면 사람을 끄는 무엇이 있었던 것은 사실이다. 유방의 세력이 커지면서 천하를 두고 항우와 다툴 때 최선을 다해 맡은 역할을 수행함으로써 전쟁을 지속할 수 있게 도운 신하들은 다름 아닌 시정잡배들과 어울리던 시절의 벗들이었다.

특별날 게 없는 유방이었지만 젊은 시절 가슴에 품은 야망이 있었다. 진나라 말기 황궁 건축 공사에 지역의 장정들을 이끌고 동원되었던 유방이 진시황의 행차를 보고 자기도 모르게 "왕후장상(王侯將相)에 씨가 따로 있나? 아무나 하면 되는 것이지."라고 말하여 옆에서 듣고 있던 벗이 깜짝 놀라 입을 틀어막았다는 이야기에서 알 수 있다.

싸우면 패하는 유방이었지만 오래 버틸 수 있었던 것은 전투를 지원하는 후방 부대가 튼튼하였고, 대장군(大將軍) 한신을 비롯한 장수들이 많아 전선을 확장할 수 있었기 때문이다. 패하기만 하던 유방이 마지막 전투에서 승리하여 천하를 통일할 수 있었던 것은 본인의 잡초 근성 때문이라고 할 수 있다. 잡초는 어려서부터 밟히고 쓰러지며 살았기 때문에 역경이 닥쳐와도 털고 일어서는 복원력이 강하다.

반면 훌륭한 가문에서 태어나 구김살 없이 자란 항우는 문무를 겸비한 천하의 명장이었으니, 항우의 결정을 따르는 장수들만 있었고 독자적으로 큰 전투를 수행할 대장군(大將軍)이 없었다. 그러기에 전선을 다변화할 수 없었고 고군분투할 수밖에 없었다. 백전백승의 항우가 마지막 전투에서 한번 패하면서 생을 마감한 것은, 하늘을 찌를 듯이 높고 곧게 자라 독야청청하던 대나무가 주변 토양이 유실되면서 한 번에 쓰러지고 만 것과 같다.

시정잡배들과 어울리며 한량(閑良)으로 살아온 유방은 전쟁을 하는 중에도 가는 데마다 장가를 들어 부인과 자식을 여럿 두고 있었다. 반면 큰 뜻을 품고 고고하게 살아온 항우는 혼인을 하지 않았다. 이상적인 배우자를 찾지 못해서일까? 아니면 천하를 통일한 후 왕관을 쓰고 혼인을 하려 한 것일까? 애첩만 하나 얻어 전선으로 데리고 다녔다. 항우가 전쟁에서 졌을 때 부하들은 일단 피한 후 재기를 꾀하자고 하였으나 이를 수용하지 않고 오강(五江)에 투신하여 생을 마감한 것은 자식을 두지 않아 후일을 기약할 수 없어서였을까? 아니면 오랜 세월 동안의 고군분투에 지쳐서 그랬을까? 만일 유방이 그러한 처지에 놓였더라면 온갖 비굴한 수단을 써서라도 탈출하여 훗날을 기약하였을 것이다.

유방은 왕재(王才)로 태어난 것이 아니라 성장하고 세월이 지나면서 경륜이 쌓이고 역경을 이겨내며 그릇이 커진 것이다. 그러니 대기만성(大器晩成)의 1호는 한고조(漢高祖) 유방(劉邦)이 아닐까?

공기를 수입할 수는 없겠지?

어머니로부터 외가의 작은 당숙모가 별세했다는 전화를 받고 진천에 있는 장례식장으로 조문을 갔다. 분향실에서 나와 큰 외당숙의 막내아들 IH를 만났다. 기업을 경영해서 돈을 많이 벌었다는 이야기를 듣고 자세히 알아보려 했으나 별로 아는 사람이 없었다. 몇 년 전 큰 외당숙이 작고했을 때 문상을 갔었으나 조문객이 많아 이야기할 시간이 없었다. 그 후 외사촌 형을 만났을 때 IH 회사에 대해서 물어도 돈을 많이 벌었다는 이야기만 하지 무엇 하는 회사인지는 잘 몰랐다. 마침 한낮이라 문상객도 별로 없어서 IH와 마주앉아 궁금했던 것을 물어볼 수 있었는데, 대답한 내용을 정리하면 다음과 같았다.

고등학교를 졸업하고 지방에 있는 대학을 다니던 중 운동권 학생이 되었다고 한다. 당시에도 노사분규에 운동권 학생들이 개입하는 일이 종종 있었는데 과대표를 맡았던 IH는 본인의 의도와는 관계없이 자연스레 개입하게 되었다는 것이다. 고향에서도 먼 지역이라 아는 사람의 일도 아니고 어떤 관련이 있는 것도 아닌데 군중심리에 이끌려 자기도 모르게 적극적인 행동을 하게 되더라고 했다. 그래서 카메라에 얼굴이 찍히고 경찰의 수배를 받게 되었다고 했다. 학교도 가지 못해서 집으로 왔으나 집에까지 경찰이 들이닥쳐서 피신을 하게 되었는데, 군대에 입대하면 위기를 모면할 수 있다는 말을 듣고 지원 입대를 하게 되었다고 했다.

군복무를 하면서 내가 왜 관련도 없는 일에 앞장서서 그렇게 했는가라고 자문해보면 할 말이 별로 없었다. 언젠가는 할 군복무를 먼저 하고 있으니 손해 보는 것은 아니라고 생각하니 나름대로 위안이 되기는 하였다. 제대 후에는 복학하여 1년을 더 다니고 서울에 있는 대학의 기계공학과에 편입하였다.

졸업이 가까워지자 진로를 정하는데 많은 시간 동안 고민을 하였다. 대기업으로 가면 한동안 안정된 직장생활을 할 수 있고, 보수도 생활에 필요한 만큼은 받을 수 있으니 무난한 길이라 생각되었다. 그러나 승진이 지연되면 조기에 퇴직을 할 수도 있고, 승진가도를 달려가도 오십대 초반에는 퇴직해야 할 터인데 그때는 어떻게 할 것인가? 궁리를 해보아도 시원한 답이 떠오르지 않았다. 오랫동안 일을 하려면 내 사업을 해야 하는데, 그러려면 먼저 관련 업체에서의 경험이 필요할 것으로 생각되었다.

어떤 일을 할 것인가? 궁리하다가 창밖으로 고개를 돌리니 멀리 희뿌옇게 보이는 북한산이 시야에 들어왔다. 순간 머리가 맑아졌다. 앞으로 환경오염에 대한 규제가 강화될 것이고, 그러면 환경오염 방지시설 설치 업체가 호황을 맞게 될 것 같았다. 그때 이미 우리나라는 수차례에 걸친 경제개발 5개년계획의 성공으로 농업중심의 1차산업 국가에서 제조업 중심의 2차산업 국가가 되어 있었다. 단기간에 실현하기는 어렵다고 했던 100억 불 수출 1,000불 소득이 무난히 달성되고 나서도 우리 경제는 순항을 거듭했다. 자타가 공인하는 중진국을 넘어서서 선진국으로 진입하고자 역량을 집중하고 있었다. 국민의 생활수준도 향상되고 나라 전체의 모습도 바뀌었다. 그러나 그동안 경제 성장에 치중한 나머지 환경이 오염되는 것에 대한 대처는 제때 이루어지지 못했다.

환경오염 중에 비중이 큰 것은 대기오염이라는 생각이 들었다. 수질이 오염되면 식수를 사다가라도 먹으면 되지만 공기를 사다가 숨 쉴 수는 없지 않은가? 게다가 세계보건기구에서 대기오염 기준치를 제시하는데 선진국으로 갈수록 더 낮은 기준치가 적용되기 때문에 계속해서 시설을 보완해야 되므로, 설치 업체 입장에서 보면 일거리가 계속 생긴다는 것이 매력적이라고 볼 수 있다. 대기오염 방지 시설을 제작·설치하는 업체를 찾아보기로 했다. 며칠을 수소문한 끝에 경기도 광명에 있는 소규모 업체를 찾아내었다. 사장을 만나 일을 배워보고 싶다고 하며 이력서를 내밀었더니 어이없다는 표정을 지으며 당신 같은 사람이 일을 할 만한 곳이 아니니 다른 데를 찾아보라고 하였다. 나는 돈을 벌기 위해서 왔다기보다는 이 일을 배우고 싶어서 왔다고 하니까 왜 그러냐고 물었다. 앞으로 환경오염에 대한 규제가 심해질 것이고 그렇게 되면 일거리가 많아질 것이 아니냐고 했더니 씩 웃으며 정 그러면 같이 일해 보자고 하였다. 그러면서 보수는 내 마음대로 줄 것이니까 크게 기대하지 말라고 하였다.

직원 열 명이 일하는 업체에 한명이 늘었으니까 일거리를 늘려야겠다는 생각에서인지 사장은 시간 나는 대로 영업을 하라고 했다. 바라던 바라 신바람 나게 출장을 다녀서 안면을 넓혔다. 기존에 설치된 업체를 방문하여 기기를 점검하여 주면 새로운 업체를 소개해주기도 하여서 빈손으로 오는 때는 없었다. 일거리가 점점 늘어나서 직원을 늘려도 제때 공기를 맞추기가 어려울 정도였다. 그럴수록 신용을 지키고 더 공격적으로 영업을 해서 일거리는 점점 밀려들었다. 2년쯤 되었을 때 기존 설치 업체에 기기 점검을 하러 갔다가 일이 끝난 후 식사를 하게 되었는데, 그 회사 사장이 하는 말이 이제 독립을 해서 일해도 되지 않겠느냐고 하였다. 그 자리에서는 아직 그럴 능력이 없다고 하였지만, 돌아오면서 생각해보니 계획을 세워야겠다는 결심이 서는 것이었다. 그 이후로 1년 정도 더 열심히 영업을 하여 회사 직원이 20명으로 늘었는데도 5년간 해야 할 일거리를 확보해놓고 사장에게 독립을 해야겠다는 말을 했다. 사장도 기분 좋게 승낙을 하며 필요하면 도와주겠다고 하였다.

막상 창업을 하려니까 어려운 점이 한두 가지가 아니었다. 그 중에서도 제일 어려운 것은 자금이었는데, 있는 돈만 가지고 시작을 했다. 3년 동안 일해서 모아놓은 돈 600만 원이 있었는데 400만 원으로 공장을 임대하고 200만 원으로 공구를 구입하고 임대했다. 직원은 함께 고생할 사람을 모집한다는 광고를 통해서 5명을 구했다. 미리 맡아 놓은 일거리가 있어서 공장은 바로 가동이 되었고, 계속해서 주문이 들어와서 휴일에도 일을 해야 할 정도였다.

예상외로 공장이 잘 돌아가자 욕심이 생겼다. 기존의 업체와의 차별

화를 시도해야 한 단계 도약이 가능하다는 판단 하에 대기오염 방지시설의 핵심부품인 집진기의 소재를 바꾸기로 했다. 대학 때 지도교수에게 부품을 들고 찾아가서 조언을 구했더니 강화플라스틱의 내구성을 높이는 방법을 연구해 보자고 했다. 3개월 후쯤 교수에게서 통보가 와 그동안의 실험 결과를 받을 수 있었고, 그것을 참고로 해서 기존의 것보다 더 견고한 소재를 개발할 수 있었다. 신소재로 만든 부품을 가지고 업체를 찾아다니며 영업을 하였다. 성능이 좋고 사용 연한이 길다는 것을 집중적으로 비교 설명하자 반응이 좋았고, 그에 따라 주문량도 점점 늘어났다.

기업이 한 단계 도약하기 위해서는 규모가 큰 일거리를 맡아서 성공적으로 끝내야 한다는 생각에 삼성반도체 기흥공장의 대기오염 방지시설 설치에 도전하기로 했다. 제안서를 제출하고 후회하지 않겠다는 각오로 준비를 하여 제안서 설명회에 참가를 하였다. 결과를 초조하게 기다리던 중 시공업체로 최종 선정되었다는 통보가 와서 전 직원이 얼싸안고 펄쩍펄쩍 뛰었다. 공사에 필요한 부품을 제작하는 것에서부터 철저한 준비를 하여 기한 내에 완벽하게 시공을 하였다. 시험가동을 마친 공장 관계자들이 만족해하며 향후 정기점검과 서비스도 요청하였다. 큰 전투에서 승리한 군대가 전투력과 사기가 폭발적으로 상승하듯 직원들의 기술력과 자신감이 획기적으로 높아졌다. 자연스럽게 이 분야에서는 누구나 알아보는 업체가 되었고 직원들의 자긍심도 높아졌으며, 그에 따라 일거리도 꾸준히 늘어났다. 그러던 중 또 한 번의 큰 공사를 하게 되었다. 하이닉스 청주공장의 대기오염 방지시설 설치 업체로 선정된 것이다. 이제 사장이 노심초사하지 않아도 어떻게 준비해야 하고 시공해야 하는지 담당부서별로 인지하고 있어서 철저한 검토와 확인만 필요한 정도가 되었다. 하이닉스 청주공장 공사도 완벽하게 마친 것은 물론 이런 과정을 통해 부품생산에서 시공까지 완벽하게 진행할 수 있는 시스템을 갖추게 되었다.

처음 사업을 시작하면서 스스로 내걸었던 목표가 이 분야에서는 한국 최고의 기업으로 키우는 것이었는데, 그렇게 되었는지는 모르지만 대신FRP산업(주)이라고 하면 이 분야에선 꽤 알려진 기업이 되었다고 자부하고 있다. 사업 초기 한 달 벌어 그달 급여와 임대료를 줄 때부터 지금까지 한 번도 급여 지급 날짜를 어긴 적이 없으며, 노동행위에 대한 정당한 급여를 지불하여 스스로와 직원들의 생계를 책임졌다는 것도 자랑스럽게 생각하는 점이다. 30년 동안 외길을 걸어 이 정도를 이루었으면 잘살았다고 할 수 있는 것인가?

내가 국민학교 다닐 때부터 어머니와 외가에 가면 다음날은 개울 건너 작은할머니 댁에 가서 인사를 하곤 했다. 외할머니와 작은할머니는 자매 같았고 외삼촌과 외당숙은 형제같이 보였다. 나중에 안 일이지만 외할아버지와 작은할아버지는 형제간인데 젊어서 비슷한 시기에 돌아가셔서 외할머니와 작은할머니는 서로 의지하고 살아가며 자식들을 키웠다고 한다. 그러다 보니 외삼촌과 외당숙도 형제처럼 지냈던 것이다. IH는 나이차이가 있어서 내가 어머니와 외가에 다닐 때는 꼬마라 잘 몰랐는데, 나중에 중·고등학교 다닐 때 보니 의젓하고 도량이 넓어보였다. 주춧돌이 튼튼해야 집이 안전하게 오랫동안 유지되듯이, 바른 인성은 성공한 인생이 되는 데 밑거름 역할을 하는 것 같다.

준비가 되었을 때 시켜라

세상 모든 일은 때가 있는 법이다. 농사짓는 농부가 빨리 농사일을 시작하고 싶어서 서리가 끝나기도 전에 모종을 내고 크기를 기다려봐야 소용없듯이, 자식 교육도 공부할 준비가 될 때까지 기다려야지 무조건 일찍 시작한다고 앞서가는 것은 아니다. 아기들이 걷는 과정을 생각해보자. 누워서만 있던 아기가 팔다리와 온몸에 힘이 생기면 스스로 엎치게 된다. 그러다가 팔과 다리를 움직여 엎드린 채로 앞으로 나아간다(군대 훈련 중 각개전투에서 배우는 낮은 포복은 어릴 때 배를 땅에 대고 기던 자세를 조금 변형한 것이다). 한동안 배를 방바닥에 대고 움직이다가 어느 날 보면 팔을 펴서 손바닥으로 방바닥을 짚고 무릎을 바닥에 대고 기어 다니기 시작한다(각개전투에서의 높은 포복은 이미 이때 배운 것이다). 그렇게 기어 다니다가 사람이고 물건이고 붙들 것이 있으면 붙들고 일어서려고 애를 쓴다. 넘어지기도 하고 붙들고 흔들기도 하면서 한발을 떼기 위해 애쓴다. 이때 할머니나 어른들은 아기 어깨를 붙들고 부러 딱딱하며 한발씩 번갈아 바닥에 닿게 하는 운동을 시킨다. 다리 힘을 길러주는 것이다. 다리 힘이 길러지면 스스로 일어나서 한발 한발 걷다가 차차 걸어 다닌다. 그러다가 뛰어다니기까지 한다. 아기를 걷게 하는 것도 때가 되었을 때 시도해야 효과가 있는 것이다.

아프리카 초원에서 태어나는 가젤 새끼는 세상에 나오자마자 일어서기 위해 온힘을 다한다. 여러 번 넘어지다가 결국은 일어서게 된다. 왜 그렇게 일어서려고 애쓰는 것인가? 일어서지 않으면 젖을 먹을 수 없다. 젖을 먹지 못하면 걷거나 뛸 힘을 내지 못한다. 본능적이긴 하지만 어미가 도와주지 못해도 스스로 일어서려고 애쓴다. 이때 어미는 얼굴 부위를 혀로 핥아주는 것이 전부다. 그렇게 일어서면 어미의 젖을 먹고 틈만 나면 달리기 시작한다. 달리지 못하면 살아남지 못한다는 것을 본능적으로 알기 때문에 먹고 나면 뛰는 연습을 하는 것이다. 새끼가 달릴 수 있으면 어미는 새끼를 데리고 무리의 대열에 합류한다. 아이들의 학습도 본인이 필요성을 느끼고 하고자 할 때 도와주어야 효과가 있다.

똑똑한 내 자식

내가 교감을 할 때 조기입학 제도가 시행되었다. 나는 교감을 한 학교에서만 6년을 했는데, 4년쯤 되었을 때였고 시골이라 꽤 많은 사람을 알고 있었다. 조기입학 시행 첫해에 꽤 여러 명의 학부모가 신청을 했다. 그냥 입학을 시켜도 되지만 시행착오를 방지하고자 신청한 학부모들을 한데모아 이야기를 하였다. 입학 적령이 되기 전이라도 수학능력을 갖춘 영재아라고 판정이 되면 조기에 입학하여 능력을 개발하도록 하자는 것이 본 제도의 취지라는 것을 먼저 설명하였다. 그런데 보통 아이들보다 조금 영리하다고 조기입학을 시킬 경우 정신적으로나 신체적으로 어려울 수 있으니 신중하게 생각해야 한다고 말하였다. 다음에는 개별적으로 불러서 이야기했더니 자기 자식이 다른 아이들보다 말도 잘하고 글자도 알고 계산도 잘한다는 것이었다. 물론 그런 아이들이 대상이긴 한데 더 심층적인 검사를 해보고 판정하는 것이 좋다고 하였다. 그랬더니 한 학부모가 영재 판별검사를 하지 않으면 조기입학을 하지 못하느냐고 하였다. 그런 것은 아니고 학부모가 원하면 조기입학을 시킬 수 있으니 생각해보고 결정하라고 하였다. 일주일 후 있은 입학식에는 두 명만 조기입학 대상자로 참석하였다. 한 달 동안 적응 기간이 지난 후에는 이 두 명도 스스로 포기하여 조기입학자는 없었다. 이듬해에는 몇 명의 학부모가 문의를 해와 전년도 사례를 이야기해 주었더니 조기입학 신청을 하지 않았다.

어릴 때 한두 살 차이는 엄청난 것이다. 입학 적령을 넘겨서 학교에 들어간 아이가 저학년 때 학업성취도가 높은 사례는 종종 보아왔다. 그 중에서 일부는 학년이 올라가면서 성취도가 떨어지기도 하지만 끝까지 높은 학업 성취도를 유지하는 경우도 있다. 지적능력이 우수한 아이를, 적령이 되어서 입학하여 수학한 경우와 조기에 입학하여 수학한 경우의 최종 성취 결과를 비교 분석한 사례는 아직 보지 못했다. 설사 조기에 입학하여 인지 능력을 개발하는 것이 최종 성취도가 높다고 하더라도, 영재를 조기에 선발·육성하여 우수한 인적자원을 국가가 확보한다는 면에서는 바람직한 일인지 몰라도 개인이나 부모의 입장에서는 선뜻 동의할 수 없는 문제인 것이다.

학교교육이 추구하는 목적 중 '심신의 조화로운 발달'은 매우 중요한 사항이다. 성인이 된 후 행복한 삶을 영위하기 위해서는 무엇보다 중요하다고 할 수 있다. 또 성인이 되었을 때 우수한 인지능력이 요구되는 일을 하며 살아갈 것인지 종합적인 능력이 요구되는 일을 하며 살아갈 것이지는 아무도 알 수 없기 때문에도 그러하다. 학교생활 중의 많은 시간을 교우들과 보내게 되는데, 이는 인간관계를 익히는 초보적인 단계로서 성격 형성과도 관련된다. 교우관계는 학교생활 적응도에도 직접적인 영향을 미치므로 원만하게 지내는가? 파악할 필요가 있다. 학교폭력은 옛날에도 있었지만 그것을 크게 문제 삼지는 않아서 알게 모르게 넘어갔는데, 요즈음은 학교에서 큰 어려움을 겪는 업무 중의 하나가 되었다. 학교폭력을 염려해서 입학을 유예하는 경우는 옛날에도 있었고 요즈음에도 볼 수 있다. 또래 애들보다 신체발달이 미진한 아이의 부모는 학교생활에 적응하기까지 매일 보호자가 등하교를 같이하는 경우도 심심찮게 볼 수 있다. 동반 등교를 해서 보살피는 것도 방법일 수는 있으나, 스스로 해결할 수 있는 능력을 기르게 하는 것이 근본적인 해결책이 될 것이다. 신체 발달이 정상적으로 이루어지도록 보살피고 체력과 정신력을 기르는 운동을 하게 하는 것도 고려해 볼 일이다. 인지능력의 발달을 위해서는 다른 아이보다 먼저 경험하게 하는 것 보다는, 발달단계마다 그 시기에 해야 되는 경험을 충분히 하도록 하는 것이 바람직한 것 같다.

조기입학의 실패작

60년 전만 해도 보통 십리 이상을 걸어서 학교를 다녔다. 그래서 시골 아이들은 국민학교 입학 적령을 1, 2년 초과해서 입학하는 아이들이 많았다. 눈이 오나 비가 오나 걸어서 다니는 것이라 추위와 비바람을 이겨낼 체력과 의지가 필요하기 때문이다. 한해에 며칠씩 결석을 하는 것은 보통이어서 학년말에 개근상을 받는 아이는 몇 안 되었다. 그래서 그때에는 졸업식 때 6년 개근상을 받으면 대단하게 평가를 하였다.

그때 시골 동네에서 남자아이들이 하는 놀이는 딱지치기, 팽이치기 등이었다. 집안 형, 아재들과 같이 노는데 학교에 입학하는 날이라고 다들 집으로 가서 나 혼자 남았다. 나도 집으로 뛰어가서 학교에 보내달라고 하였더니, 너는 내년이나 후년에 가야 된다고 하였다. 나도 올해 학교에 가고 싶다고 울며 보채니까 아버지가 데리고 학교에 갔다. 십리를 걸어서 학교에 가보니 반편성이 끝나고 반별로 줄을 서서 교장선생의 이야기를 듣고 있었다. 끝나기를 기다렸다가 아버지는 나를 데리고 교장선생 앞으로 가서 입학통지서는 나오지 않았는데 입학시켜 달라고 하였다. 대머리가 벗겨진 교장선생이 나를 보면서 "너 학교에 다닐 수 있어?" 하고 묻기에 "네." 하고 큰소리로 대답했더니 "그놈 참 똘똘하다." 하면서 머리를 쓰다듬어주며 교무주임을 불러 입학시키라고 하였다. 그래서 갑자기 형, 아재들과 같이 국민학교를 다니게 되었다.

아침 먹으면 책, 공책, 필통을 보자기에 싸서 둘러메고 큰아이들과 같이 학교에 가고, 끝나고 집에 오면 점심 먹고 나서 숙제하고 나가 놀다가 저녁 먹고 고단하니까 자는 게 일과였다. 여름방학 때는 매일같이 개울에 가서 멱 감고, 용수둠벙에 가서 조개도 잡고, 겨울방학에는 얼음판에 가서 썰매타고 불장난하며 노는 것이 일과였다. 예습이나 복습을 해 보는 것도 없고 그저 숙제만 하면 끝이었다. 그래도 나머지 공부는 안 하니까 그러면 되는 줄 알았다.

그러다가 6학년이 되었다. 그때는 중학교를 입학시험에 합격해야 가는 때라 떨어진 애들은 6학년을 다시 다니기도 하고 그렇지 못한 애들은 일찌감치 포기하였다. 내가 들어갈 때 시험과목은 국어, 산수, 체육이라 다른 과목은 대강 배우고 국어, 산수만 집중적으로 복습을 하였다. 체육은 체력검사 종목의 기록을 점수로 환산하는 것이라 100m 달리기,

턱걸이, 멀리뛰기를 각자 연습하였다. 정과수업이 끝나도 나누어준 문제지를 풀다가 선생들 퇴근시간에 맞추어 하교하였다. 2학기가 되어서는 일주일에 한 번씩 시험을 봐서 앞에서부터 성적순으로 앉았다. 항상 맨 앞줄에는 앉았으나 자리와 짝은 수시로 바뀌었다. 어떤 때는 첫 번째도 앉고 두 번째도 앉고 세 번째도 앉고 했다. 그런데 그때도 집에 오면 숙제만 하고 자고 일요일에는 놀고 그랬다.

학부형회의(그때는 아버지나 형이 보호자 회의에 참석했다)에 참석하고 오신 아버지가 이야기를 하였다. 너희 반에서 1학기에 1등한 P○○ 아버지가 와서 이야기하는데 자기 아들은 잠을 자라고 해도 듣지 않고 12시가 넘도록 공부를 한다고 자랑하더라고 했다. P○○ 아버지는 환갑이 넘어 머리가 하얗게 쉰 할아버지인데 막내로 난 아들이라고 하더라는 것이다. 그러면서 아버지가 너도 조금만 더하면 1등을 할 수 있을 것이라고 했다. 그런데 나는 열심히 해서 더 잘하고 싶은 생각도 없었고, 더 할 것도 없었다. 보면 다 아는 것인데 시험 볼 때 실수를 해서 그런 것이니까라고 치부해버렸다.

P○○는 나이가 나보다 두 살이나 많았다. 점심도 도시락에 가득 싸와서 다 먹고 점심시간에도 쉬지 않고 문제를 풀었다. 그 애는 그때 이미 철이 들었던 것이다. 노인네 아버지와 넉넉지 못한 가정형편을 생각할 때 어떻게 하는 것이 자기의 갈 길인지 알고 있었던 것이다. 거기에 비해 나는 철이 없어서 그런 생각도 없고 욕심도 없으니 뚜렷한 목표도 없었다. 공부를 열심히 해야 할 절실한 필요성을 느끼지 못한 것이다. 내가 6학년 2학기 때 우리나라에서는 최초로 지능검사라는 것을 실시했는데 나는 지능지수가 120 가까이 되었고 그 애는 100 미만이었다. 그런데도 나중에 중학교 입학시험에서 그 애가 1등으로 합격하였다.

교감 때 조기입학을 신청한 학부모들에게 내 이야기를 했다. 내가 바로 조기입학의 실패 작품이라고 했더니, 젊은 나이에 교감이 되었는데 왜 실패 작품이냐고 반문했다. 조기입학 제도도 없던 시절에 내가 학교 가고 싶어서 일찍 입학한 것이지만, 적령에 입학했더라면 철이 들어서 공부도 열심히 했을 것이고, 그랬으면 뭔가 제대로 했을 것이라고 했다. 그러면서 공부는 머리가 좋다고 저절로 되는 것이 아니고, 여러 가지 정신력이 받쳐줘야 되는 것이며, 체력도 뒷받침되어야 한다고 했다. 내가 왜 키가 못 큰 줄 아느냐? 일찍부터 학교 다닌다고 체력을 너무 소모해서 그렇다고 했더니 모두 다 웃었다. 귀한 자식 일찍부터 괜한 고생시키지 말고 실컷 놀게 놔두라고 하였다.

기초(基礎)를 튼튼히 쌓게 하라

전에 아버지는 교훈이 될 만한 이야기를 가까운 예를 들어 가면서 재미있게 말씀하셨다. 한번은 우리 식구들이 식사를 하고 있는데 형제들을 향해서 “너희들은 참 좋은 세상에 살고 있다.”라고 하시며 본인 세대까지는 엄청 고생을 했다고 하셨다. 구한말에 태어나서 일제강점기에 소년시절을 보냈는데 농사지으면 쌀을 모두 공출해가서 보리밥으로 겨우 끼니를 때우고, 학교 갔다가 집에 오면 배당 나온 가마니 치는 것을 도와야 되었으며, 배당된 양을 채우지 못하면 일본 순사에게 몽둥이로 얻어맞는 것이 보통이었다고 했다. 해방이 되어서 살기 좋은 세상이 온 줄 알았는데 6.25 전쟁이 일어나서 공산군에게 붙잡히지 않으려고 피난을 가야 했고, 국군이 들어와서 좋아했는데 징집영장을 받고 군대에 가야 했다는 것이다. 휴전이 되고도 제대를 시키지 않아서 군복무를 40개월이나 하고서야 겨우 제대할 수 있었다고 했다. 제대 후에 할 수 있는 일은 농사짓는 것밖에는 없어서 열심히 땅을 파고 일구어서 농사를 짓고 절약해서 조금씩 땅을 늘릴 수 있었다고 했다. 그러나 지금은 얼마나 좋은가? 경제가 발전하여 각 분야에서 사람을 필요로 하는 데가 많이 있으니 말이다.

아버지의 말씀을 들으며 이런 생각을 했다. 앞으로 태어나는 아이들은 점점 더 행복하게 살 것 같았다. 나만 하더라도 전쟁 통에 태어나 젖도 제대로 못 먹고 등에 업혀 피난 다니느라 바빴고, 어려서는 나라가 가난하여 일 년에 한두 번 주는 미국에서 원조한 탈지분유를 밥에 쪄서 먹는 게 최고의 간식이었다. 그러다가 고등학교 다닐 때에야 비로소 경제발전의 혜택을 조금 보았을까? 하는 정도였다. 그러나 내 동생들만 하여도 나라가 지독한 가난에서 벗어나 100억불 수출, 1,000불 소득을 달성할 때 컸으니 내가 클 때보다 좋은 옷에 라면도 간식으로 먹어가며 컸고, 자전거타고 학교에 다녔으니 말이다. 문명의 발달은 가속화되고 국민소득도 계속해서 늘어날 테니까 핑크빛 미래가 약속된 듯하다.

멀티플레이어

몇 년 전 고등학교 동문회에 갔더니 학교발전기금을 모아 주기로 결정되어서 기별로 배정된 금액을 모아서 내야 된다고 하였다. 1인당 얼마씩 내야 하는지 말하라고 했더니 반대하는 친구들도 있다고 해서, 좋건 어쩌건 우리가 이 학교 졸업장으로 지금껏 벌어먹고 살지 않았느냐? 설득해서 내도록 하고 정 안 되면 조금씩 더 내자고 하여 해결하였던 적이 있다. 우리 세대는 대부분이 학교 다닐 때 그렇게 열심히 공부하지 않았는데도 학교 다닐 때 배운 그것을 밑천으로 평생을 살 수 있었다. 또 직업을 갖지 못해 노는 사람도 없었고, 집이 없어서, 여자가 없어서 결혼을 하지 못하는 사람도 없었다. 국민학교 때부터 학교에 갔다 오면 마음껏 뛰어놀고, 방학이 되면 하루 종일 매일같이 놀고도 직업을 구해 살 수 있었으니 시대를 잘 만난 것인가? 최고지도자를 잘 만났던 것인가?

어쩌다 볼일이 있어서 오후에 엘리베이터를 타고 내려가면 초등학교 저학년 꼬마들이 들어온다. 학원에 가느냐고 물으면 그렇다고 대답해서, 몇 시에 오느냐고 하면 다섯 시가 넘어야 온다는 것이다. 그러고는 집에 와서 저녁식사하고 학교 숙제하고 나면 잠잘 시간이 될 것 같았다. 그래서 그런지 평일에는 놀이터에 운동하고 노는 아이들이 없고, 휴일에도 어쩌다 공놀이하는 남자아이들이 몇 있을 뿐이다. 그렇게 놀 시간도 없이 어려서부터 공부를 해서 대학을 졸업해도 마땅한 일자리가 없으니 한심한 일이 아닌가? 옛날에 아버지 말씀을 들으며 앞으로 태어나는 후세들은 더 행복한 세상에서 잘살 것이라고 한 내 예측은 지금으로 보아서는 틀린 것 같다.

몇 년 전만 해도 '앞으로 10년 후면 지금 있는 직업의 반 이상이 없어진다. 평생 직업은 없고 평생직장은 더욱 없다'는 미래학자들의 주장이 생뚱맞게 느껴졌고 과연 그렇게 될까? 하고 반신반의했었다. 그러나 요즈음은 '앞으로 5년 후면 전문직이라 일컬어지는 의사, 변호사, 교수의 일자리도 반 이상이 인공지능으로 대체될 것이다.'라는 구체적인 내용까지 제시되고 있다. 이런 보도가 낯설지 않은 것은 오늘날 정부가 추진하고 있는 시간당 임금 인상, 근로시간 단축 등으로 인하여 인공지능의 도입이 앞당겨짐으로써 인간의 일자리가 줄어드는 현상이 지금 발생하고 있기 때문이다. 정부의 노동환경 개선이 인공지능의 산업현장 도입을 촉진한 꼴이 되었다. 가뜩이나 실업률이 높아서 문제인데 오히려 더 높이지는 않을까 염려가 된다. 여하튼 4차 산업혁명은 이미 시작된 것이라고 할 수 있다. 인공지능이 인간이 하고 있는 일의 거의 대부분을 대체할 수 있다고 한다면 인간은 무엇을 할 것인가? 실업수당으로도 생활은 할 수 있다고 하여도 하는 일없이 놀고먹을 수가 있을까? 그렇다고 선뜻 대답할 수 없다면 무엇이든지 해야 할 일거리를 찾아야 한다.

과거에 어떤 교육부장관이 여러 가지 잘하게 하려고 애쓰지 말고 한 가지 특기를 살려주라고 말했다. 그래서 초등학교 때부터 특기 적성을 살려야 한다고 잠깐 동안 야단법석을 떤 적이 있다. 이 말은 맞기도 하고 틀리기도 하다. 그 당시 시대적 사회적 배경에 비추어보면 단기적으로는 맞는 말일 수도 있다. 그러나 조금만 고개를 들고 앞을 내다보는 사람이면 이 말에 수긍하기가 어려웠을 것이다. 그 이전부터 이미 정보통신의 급속한 발전이 시작되었고, 미래학자들은 멀지않은 장래에 컴퓨터가 인간이 하는 일의 많은 부분을 할 수 있을 것이라고 예언하고 있었기 때문이다. 그리고 그로부터 그리 오래지 않아 인공지능이니 4차 산업혁명이니 하는 용어가 생겨났다.

우리나라는 학교교육이 시작된 이래 초·중등 교육은 전인교육을 추구하여 왔다. 한 인간이 행복한 삶을 살아가기 위해서는 전인적인 발달이 이루어져야 되기 때문에 그럴 것이기도 하지만, 살아가는 동안 자기에게 맞는 직업을 찾는 데 도움이 되기 위해서도 그렇다고 할 수 있다. 축구는 과거에 우리나라 사람이 제일 좋아하는 운동 중의 하나였다. 40년 전만 해도 축구선수는 자기가 맞는 포지션이 확실하게 정해져 있어서 공격을 하는 선수와 수비를 하는 선수는 확연히 구분되어 있었다. 그러다가 얼마 후에는 이런 구분이 조금씩 흔들려서 수비를 하다가도 기회가 오면 최전방까지 나아가서 공격을 하기도 했다. 그때 골키퍼인데 막다른 상황에서 상대방 진영까지 들어가 골을 넣는 선수가 있어서 인기가 좋았던 적이 있었다. 그런데 요즈음은 오랫동안 한 가지 운동을 하던 선수가 전혀 다른 종목의 운동을 하는 선수가 되기도 한다. 이럴 때 아무나 그렇게 할 수 있는 것은 아닐 것이다. 기초체력과 기본운동능력이 튼튼하게 갖추어진 선수일수록 선택의 폭이 넓어질 수 있을 것이다.

성인이 되었을 때 직업의 벽을 뛰어넘는다는 것은 쉽게 할 수 있는 것이 아니다. 나뿐만이 아니라 가족의 생계와 관련된 일이라 확신이 서지 않으면 실행에 옮기기 어려운 것이다. 이럴 경우 모험이 아니라 연착륙의 확률을 최대한으로 끌어올리려면 관련 분야에 전문적인 지식과 실제적인 능력이 있어야 한다. 그런데 성인이 되어서 고차적인 분야의 지식과 활용 능력을 습득하기 위하여 무제한 많은 시간과 노력을 투자할 수도 없는 것이다. 그러므로 제한된 시간과 노력으로 그것이 가능하려면 이미 갖추어진 기초지식과 기본능력이 뒷받침되어야 할 것이다.

초등보통교육이라는 말이 있다. 초등교육은 전체 분야를 모자라거나 치우침이 없이 고르게 배워야 한다는 말일 것이다. 초등학교 고학년이 되면 자연스레 흥미가 있고 관심이 가는 분야가 있을 것이다. 그러다가 다른 분야에 관심이 가기도 하는 등 호기심이 많은 시기를 거치게 된다. 흥미가 있고 관심이 있는 분야와 관련된 위인전이나 교양도서를 많이 읽게 함으로써 자연스럽게 기본 교양을 쌓게 하는 것이 좋을 것이다.

중·고등학교 시절은 대학에서 전공할 학문의 기초를 쌓는 중요한 시기라고 할 수 있다. 이 시기에는 관심 있는 분야와 관련된 과목을 폭넓게 공부하는 것이 기초를 쌓는 것이라 생각해야 한다. 후에 내가 전공하려는 그 과목뿐만 아니라 인접 과목까지도 공부를 해두는 것은 미래를 위한 투자라고 해야 할 것이다. 자동차에서 가장 중요한 부품인 엔진이 충전용 배터리로 대체되고 있지 않은가? 몇 년 후를 전망하기도 어려운 세상인데 십여 년 후에 어떤 분야가 유망한가를 안다는 것은 불가능하다고 보아야 한다. 그러니 그때 가서 유사한 직종으로 옮겨가기 위해서는 관련 분야의 기초지식이 필요한 것이다.

학교를 졸업하고 직업을 갖게 되었을 때 경력이 많아지면 대부분 리더의 위치에 서게 된다. 그런데 작은 조직의 리더로 끝나느냐, 큰 조직의 리더가 되느냐는 능력의 차이라고 보는 것이 맞다. 여기에서 능력은 크게 두 가지로 구성된다고 할 수 있다. 하나는 해당 업무에 관한 전문성이고, 다른 하나는 조직을 이끌어가는 능력인 리더십이다. 조직의 리더가 전문성은 확보했는데 리더십이 부족하면 조직의 목표에는 겨우 도달할 수는 있으나 그 이상을 넘어가기는 어렵다. 활력이 없는 조직은 창의성이 발휘되지 않기 때문이다. 또 조직의 리더가 리더십은 있으나 전문성이 떨어지면 조직의 활력을 목표 달성에 일관되게 집중시키지 못하게 된다. 전문성은 중·고등학교 때 배운 기초학문에 대학에서 배운 전공지식을 더한 것이라고 볼 수 있으므로 중·고등학교 때의 공부가 중요하다고 할 수 있다. 리더십도 리더가 된 후에 리더십 함양을 위한 책을 몇 권 읽었다고 갑자기 높아지는 것은 아니다. 인문학적 소양은 리더십의 중요한 구성 요소라고 할 수 있다. 그래서 틈틈이 인문학적 소양을 높일 수 있는 교양서적을 많이 읽는 것은 리더십의 주춧돌을 놓는 것이라 할 수 있다. 모든 것은 하루아침에 이루어지는 것이 아니므로 미리미리 준비해야 한다.

기본(基本) 중 기본(基本)

기초를 튼튼히 쌓기 위해 첫 번째로 해야 할 것은 독서이다. 어려서부터 책과 친해지게 하여 올바른 독서 습관을 갖도록 해야 한다. 그래서 웬만한 동화책이나 위인전은 초등학교 때 다 읽도록 하고, 중학교 때는 문학이나 교양, 관심 있는 분야의 책을 많이 읽을 수 있도록 하는 것이 좋다. 고등학교에 가서는 이러한 책을 읽을 만한 시간적 여유가 없을 테니까 말이다. 미국 교육과학연구소가 독서와 관련된 의미 있는 보고서를 발표한 적이 있다. 미국 사회를 이끌어가는 지도자들의 공통점은 초등학교 시절에 좋은 책을 많이 읽은 반면, 범죄자들은 대부분 거의 책을 읽지 않았거나 교육적으로 가치가 없는 책을 읽은 것으로 조사되었다고 하였다. 그러면서 초등학교 시절에 읽은 책이 그 사람의 인생을 결정한다고 하며 올바른 독서의 중요성을 강조하였다. 또 한국교육개발원에서는 고등학교 1, 2학년 학생 중 성적이 상위 10% 이내인 아이들의 특징을 조사하였더니 이들 모두가 책읽기를 좋아한다는 공통점이 있다고 발표한 적이 있다.

세계 어디에서도 볼 수 없는 것을 한국에서만 볼 수 있는 것이 많다. 대학입시에 논술이 추가되고 나서 생겨난 논술 과외가 그 중 하나다. 어려서부터 꾸준히 독서를 해온 학생들은 논술시험에 특별한 대비를 하지 않아도 되지만, 책읽기를 멀리한 학생들은 논술시험에 대비하느라 쩔쩔매고 있다. 그렇게 과외를 받으며 대비를 한다 하여도 논술시험에서 좋은 점수를 받기는 어려울 것이다. 모범답안을 외워서 되는 것이 아니기 때문이다.

조선의 대학자 퇴계 이황은 어린 시절 몸이 상할 정도로 독서에 매진했으며, 그의 후손과 제자에게도 어디에 있든지 독서를 게을리 하지 말아야 한다고 가르쳤다 한다. 그의 가르침을 받은 서애 유성룡은 열여덟 살에 관악산으로 들어가 절에서 기거하면서 《맹자》를 스무 번이나 읽어서 처음부터 끝까지 암송했다고 한다. 고향인 하회로 내려가서는 《춘추》를 서른 번도 넘게 읽고 나서부터 문장 짓는 방법을 터득했다고 한다. 그는 과거에 합격하기 위하여 공부한 것이 아니라 공부에 정진하다 보니 과거에 합격한 것이라고 했으며, 자신의 경험을 자식들에게도 일깨워주었다고 한다. 그가 과거 시험에 합격하기 위한 얄팍한 공부를 하고 벼슬길에 올랐다면 후세에 이름을 남긴 큰 인물이 되지는 못하였을 것이다.

아이들에게 독서 습관을 길러주기 위해서는 집안의 환경이 중요하다. 부모는 TV 앞에 앉아서 오락프로그램을 보면서 자녀에게는 책을 읽으라고 방으로 밀어 넣은들 될 리가 없다. 환경 중에 제일 중요한 것이 인적 환경이 아닐까? 한다. 부모가 고스톱을 즐겨하면 아이들도 저절로 배우게 되고, 부모가 책읽기를 즐겨하면 아이들도 따라하게 된다. 자녀가 한 권의 책을 읽고 나면 부모 또는 가족이 모여앉아 형식에 얽매이지 않은 독서 토론회를 하는 것도 독서를 생활화하는 데 하나의 좋은 방법이 될 수 있을 것이다.

밥상머리 교육을 하라

'밥상머리 교육'이라는 용어가 교육현장에서 자주 사용된 것은 인성교육을 강조하던 시기였다. 과거 전통적인 교육에서는 인성교육을 교과교육과 더불어 학교교육에서 차지하는 비중이 큰 것으로 생각했다. 인성교육은 교육과정 전 영역을 통해서 지도하도록 되어 있으나 관련이 많은 몇 개 교과에서 중점적으로 지도하였다. 인성교육이 얼마나 충실하게 이루어지는가는 학교 교육과정을 어떻게 편성하느냐와 이를 지도하는 교사에 달려 있으므로, 학교마다 교사마다 차이가 크다고 할 수 있다. 교육당국에서는 인성교육의 중요성이 요구되는 사안이 발생할 때 인성교육을 강화하라는 지시를 내려 보내곤 했다. 내가 교직에 있는 동안에 몇 차례 인성교육을 강화하려는 시도가 있었다. 그중에서 맨 마지막에 있었던 인성교육의 강화 시도는 내가 교감 3년차 때였다.

교육부에서 전국의 초·중학교를 대상으로 교육부 지정 인성교육 시범학교를 공모하여 지정하고, 그 운영 결과를 일반화함으로써 인성교육을 강화하겠다고 발표하였다. 연구·시범학교에 부정적이던 교장 선생이 제일 먼저 공모해보자고 제의할 정도로 특별한 인성교육이 요구되는 학교였다. 교직원 모두 다 절실히 요구된다고 하고 학부모들도 이구동성으로 동조하여 공모에 응해보기로 하였다. 내가 직접 시범학교 운영계획서를 작성하여 공모했는데 다행히 교육부 시범학교로 지정되었다. 세밀한 계획을 수립하였기 때문에 3월부터 교육과정과 연계하여 차질 없이 실행해 나갔다. 적당히 넘어가는 것은 내가 용납하지 않았기 때문에 실제적인 지도가 이루어졌다. 교내 장학(獎學)도 인성교육과 관련된 수업중심의 장학으로 추진하였다.

한 학기가 지나자 조금씩 변화를 보이기 시작하였다. 교직원보다도 학교를 방문한 학부모들이 학생들이 달라졌다고 말하였다. 2년차 시범학교 운영 결과를 보고할 때에는 완전히 다른 학교의 학생들이라고 느낄 정도로 바뀌어 있었다. 실행한 그대로 있는 그대로 보고하고 보여주었다. 경기도내 각 학교에서 보고회에 참석한 교원 누구도 의문을 제기하거나 성과를 과장한 것 같다는 느낌을 갖는 사람이 없었다. 인성교육은 단기적이거나 일시적이어서는 안 된다는 취지에서 재지정도 가능하다고 하여 다시 공모에 응하였다. 크게 기대를 하지는 않았는데 2년간의 운영 실적과 재공모 운영계획의 심화 발전 가능성을 인정받아 다시 교육부 시범학교로 지정되었다. 재지정된 학교는 전국에서 두 학교라고 하였다. 재지정되어 1년차 운영을 하고 나는 전문직 시험에 합격하여 장학사로 전직 발령이 났고, 교장 선생은 정년퇴직을 하고, 나머지 교원들은 그대로 남아서 계획대로 시범학교를 운영하였다.

시범학교 운영이 절실히 요구될 정도였던 그 학교 아이들이 변할 수 있었던 것은, 당시 인성교육의 주안점이었던 기본 생활습관 지도에 지역화 자료를 제작 활용하고 가정과의 연계지도를 시도한 데 있었다, 모든 교육이 그러하지만 특히 인성교육은 가정에서의 교육이 더욱 필요하다. 전통적으로 가정에서의 인성교육은 주로 어른들과 같이 식사할 때 이루어졌으므로 '밥상머리교육'이라는 용어가 생겨났을 것이다.

정보 습득 시간

전통 한옥에서 안방은 가족이 모두 모이는 장소였다. 식사 때가 되면 가족이 한데 모여 식사도 하고 가족이 의논할 일이 있으면 모여서 의견을 교환하기도 했다. 여름 한철에는 더위를 피하여 마루가 안방 역할을 대신하기도 하였다. 아주 오랜 옛날부터 내가 국민학교 다닐 때까지는 거의 모든 가정에서 3대가 함께 모여 식사를 하였다.

내가 어릴 때 우리 집은 아랫목 2인용 상에는 할아버지 할머니가, 윗목에 놓인 둥그런 상에는 아버지, 어머니와 나 그리고 일꾼이 같이 앉아 식사를 하였다. 식사는 다 같이 한 번에 하는 것이기 때문에 늦게 일어나서 따로 먹는다던지, 밥맛이 없다고 먹지 않는 것도 용납이 안 되었다. 또 겨울 아침에 날씨가 춥다고 세수를 하지 않고(그때는 다 밖에서 세수하던 때였다) 밥상에 앉는 것도 있을 수 없는 일이었다. 휴일이나 방학 때 밖에서 놀다가도 저녁 식사 때가 되면 시계가 없어도 손을 씻고 미리 들어가 앉아 있다가 식사를 하였다. 그러니까 저절로 규칙적인 생활이 습관화되었다.

식사 시간에 내가 하는 역할도 정해져 있었다. 아주 어려서는 수저를 놓는 것에서부터 시작하여 조금 커서는 두리반(크고 둥근 상)을 펴놓고 행주로 상을 닦는 것도 했다. 밥상이 다 차려져도 웃어른이 자리에 앉기 전까지는 수저도 들지 않고 기다렸다. 맛있는 음식을 보고 침이 꼴깍꼴깍 넘어가도 참고 기다렸다. 반찬도 상에 놓여 있는 대로 먹는 것이지 맛있는 것을 더 달라고도 할 수 없었다. 어쩌다 맛있는 반찬이 있을 때 할아버지나 할머니가 덜어주면 감지덕지하면서 받아먹었다. 그 무렵 배추는 퍼런 잎만 무성하고 노란 속잎은 많지 않았다. 그래서 김치도 할아버지 할머니 상에는 노란 속잎이 놓이고, 우리 상에는 시퍼렇고 억센 줄기가 놓였고 어머니 밥그릇에는 겉대나 김치 대가리(뿌리 부분)가 담겨져 있었다.

밥을 먹을 때 남자들은 책상다리를 하고 앉아서 먹었고 할머니와 어머니는 한쪽 무릎을 세우고 앉아서 먹었다. 밥이나 국은 숟가락으로 퍼서 먹고 반찬은 젓가락으로 집어 먹는데, 아이들은 젓가락으로 밥을 떠먹는다든지 젓가락을 상에다 구르면 안 되었다. 밥을 께적거리며 먹으면 복이 나간다며 숟가락으로 소담스럽게 퍼먹으라고 했다. 밥 먹을 때는 조용한 가운데서 먹는데, 할아버지가 먼저 말씀을 하시면 듣고 나서 할 말이 있으면 대답하는데, 반박을 하거나 시키는 일을 하지 않겠다고 하는 일은 없었다. 할아버지는 가끔 삼국지에 나오는 장면을 이야기하시며 교훈적인 말씀을 하셨다. 지금 생각해 보아도 우리 집 식사 분위기는 요즈음 일요일 저녁 개그 프로에 나오는 경상도 가정처럼 "밥 먹자." 하면 아무 말도 없이 밥만 꾸역꾸역 퍼먹는 분위기는 아니었다. 조용하지만 대화가 오고 갔고, 그때가 나에게는 이말 저말을 주워듣는 시간이었다.

할아버지가 돌아가시고 나서 단양의 학교에서 학생들을 가르치던 삼촌이 진천으로 발령이 나서 한집에 살게 되었다. 아랫목 둥그런 상에 할머니, 아버지, 삼촌, 고종사촌형(우리 집에서 중학교 다니던), 내가 앉고 어머니와 동생들은 윗목에서 다른 상을 놓고 앉아 식사를 하였다. 아버지는 어려서 서당에서 한문을 배우고 국민학교 졸업 후 농사를 짓다가 공부를 하고 싶어서 고등공민학교(당시 진천에는 중학교가 없었다)를 다녀서 역사에 밝았다. 한문책에 나오는 명언과 역사에 나오는 이야기를 잘 해주셨다. 내가 고쳐야 할 버릇이나 생활 태도가 있으면 명심보감에 나오는 글귀를 인용하며 알기 쉽게 지적했다. 삼촌은 정규 사범학교 출신이고 신문을 구독하니까 국내외 정세에 관하여 이야기를 많이 나누었다. 아버지와 삼촌이 나누는 이야기를 듣다 보면 식사시간이 꽤 길어지기도 하였고, 식사가 끝나고도 이야기를 더 듣느라 자리를 뜨지 않고 앉아 있었다. 어쩌다 학교 가는 길에 집에서 들은 이야기를 친구들에게 하면 무슨 말인지 잘 알아듣지를 못하였다. 다른 아이들이 알지 못하는 것을 알고 있다는 점에서 스스로 가슴 뿌듯함을 느끼곤 했다. 그래서 다 같이 모여서 식사를 하는 저녁 시간이 기다려지기도 하였다.

밥상머리 대화

인성교육의 장이었던 밥상머리 교육이 언제부터인가 사그라지기 시작했다. 산업구조가 재편되면서 인구의 도시집중 현상이 일어나고 이에 따라 핵가족화 현상이 가속화되었다. 맞벌이 가정에서 아침에는 식사하고 출근하느라 바쁘고, 저녁에는 퇴근시간이 달라서 같이 모여서 식사하기가 쉽지 않았다. 그러면서 자연스레 밥상머리 교육은 사라졌다. 밥상머리 교육의 실종을 제일 먼저 깨달은 곳은 학교였다. 과거 대가족 제도에서의 아이들과는 다른 점이 많이 발견되었다. 젓가락질도 제대로 못하는 아이들, 버릇없는 아이들, 참을성이 없는 아이들 등등을 학교 교육에서 모두 감당하기에는 너무 벅찼다. 그래서 밥상머리 교육을 되살려야 한다는 인식이 확산되었다.

전통적인 가정에서의 밥상머리 교육이 아이들이 바른생활습관을 갖도록 하는 데 큰 역할을 한 것은 분명하나, 과거의 밥상머리 교육을 그대로 되살리는 데는 문제가 있다. 세상도 변하고 아이들도 변하고 모든 게 너무나 많이 변했기 때문에 그렇다. 이제부터는 예의바르고 똑똑하고 가슴이 따뜻한 아이로 키우는 밥상머리 교육을 해야 한다. 왜? 4차 산업혁명 시대를 살아갈 아이들이기에 더욱 그렇다.

인간의 두뇌(전두엽) 발달은 3~4세부터 7~8세 사이에 급격히 이루어진다고 한다. 시냅스라고 하는 뇌세포 사이에서 정보를 연결하는 신경전달 물질이 얼마나 촘촘한가에 따라 정보에 대한 이해력, 사건에 대한 추론력 등 일반적인 사고능력이 좌우되는 것인데, 외부 경험이나 자극이 부족하면 가지치기를 통해 시냅스가 없어지기도 한다는 것이다. 불필요한 부분은 없애고 필요한 조직만 남겨두는 현상이 일어나는 것이다. 그래서 이시기(최초 3년)에 밥상머리 교육을 어떻게 하느냐에 따라 두뇌 발달에 큰 차이가 날 수 있다고 한다.

우선 전통적인 식사 시간이 권위적이었다면 온화한 분위기로 바꾸는 것이 제일 먼저 할 일이다. 과거의 밥상머리 교육이 어른은 말하고 아이들은 듣기가 대부분이었다면 상호 대화하는 밥상머리 교육으로 바뀌어야 한다. 그러니까 밥상머리 대화가 되어야 한다. 부모와 자녀간의 이 대화에서 부모는 짧게 말하고 자녀는 길게 대답하도록 해야 한다. 예를 들어 아이의 바지가 더러워졌으면 “너 유치원 놀이 시간에 재미있었어?” 하고 묻기보다는 “놀이 시간에 어떻게 놀았는데 재미있었어?”라고 질문하는 것이 좋다는 것이다. 그러니까 부모가 하는 질문은 단답형의 답변을 요구하는 질문이 아니라 설명식의 긴 답변을 요구하는 질문을 해야 한다. 답변하는 아이가 자기가 알고 있는 단어를 모두 조합해서 긴 문장을 구성하도록 하는 것이 언어능력 발달에 도움이 된다는 것이다. 어릴 때 언어능력이 발달하면 커가면서 어휘력이 커지고 이것은 독해력 향상으로 이어진다. 그러니까 어려서부터 밥상머리에서 활발한 의견 교환이 이루어질 수 있는 식탁 문화를 조성하여야 한다. 어릴 때 책을 읽어주는 것이 책과 친하게 하는 데 효과적이라고 하여 동화책을 읽어주기도 한다. 그런데 이때도 책을 그냥 줄줄 읽어줄 것이 아니라, 책을 읽어주는 중간 중간 읽어준 내용에 대하여 질문을 하면 두뇌활동을 자극하는 것이 되기도 하고 집중력을 높일 수 있는 것이다.

활발한 의견 교환이 이루어질 수 있는 허용적인 분위기의 식사 시간이라도 큰 틀의 규칙은 있어야 한다. 예를 들면 가족이 다 모여야 식사를 한다든가, 식사 시간이 되면 하던 일을 멈추고 빨리 모인다든가, 가족이 다 앉은 후에 식사를 시작한다든가, 식사를 준비하는 데 역할을 분담하여 참여한다든가 하는 것들이다. 전통적인 밥상에서는 아무리 배가 고프고 맛있는 음식이 있어도 제일 웃어른이 수저를 들기 전까지는 기다리고 있어야만 했다. 이것이 습관화가 되면서 자연스레 욕구자제 능력이 생기는 것이다. 수년전 많은 사람들이 읽었던《마시멜로우 이야기》란 책이 있었다. 이 책의 내용은 어린 시절 마시멜로우(과자)를 먹지 않고 기다려서 보상을 받았던 아이들이 청소년기에 학업 성취도가 높게 나타났다는 이야기이다. 어린 시절에 자제력을 길러주는 교육이 필요함을 깨닫게 해준 책인데, 우리 전통 밥상머리 교육의 긍정적인 효과를 확인하는 계기도 되었다.

인간의 두뇌가 또 크게 발달하는 시기가 10대 초반이라고 한다. 이 시기에는 대뇌피질이 두꺼워지는데, 대뇌피질이 두껍다는 것은 신경세포들의 연결망이 많고 복잡하다는 것이어서 그것이 인지기능에 미치는 영향이 클 것이라고 한다. 이시기에도 아기 때와 같이 사용된 뇌세포와 연결조직은 풍성해지지만 사용되지 않은 뇌세포나 연결조직은 사라져버린다는 것이다. 그러니까 사춘기는 두뇌의 재도약을 이루는 중요한 시기인 것이다. 그래서 두뇌활동을 자극하는 밥상머리 대화가 필요한 것이다.

사춘기는 신체적 · 정신적으로 큰 변화가 오는 시기이므로 이 시기의 아이들은 극히 예민한 상태이다. 어른이 잘못을 지적하며 고치라고 하면 반항부터 하기 일쑤다. 그래서 설교하듯이 말한다거나 논리적으로 따져서 설득하려고 하면 마음의 문을 열지 않는다. 대화를 통해서 해결하려는 노력이 필요하다. 구체적인 질문을 통해서 문제점을 정확히 파악해야 하는데, 아이가 말하는 것을 잘 들어주는 것부터 시작해야 한다. 듣는 중간 중간에 표정이나 몸짓, 말로 공감한다는 신호를 보내주면 마음의 문을 활짝 열고 대화에 응하게 된다. 다 듣고 나서는 어떤 해결책을 세시하려 하지 말고 스스로 해결책을 말하게 한다. 아이가 말한 해결책에 대해서도 옳고 그름을 판정하려 하지 말고 그것에 대한 장점과 문제점을 제시해줌으로써 다른 해결책을 찾을 수 있도록 유도해야 한다. 결국 자기가 실천할 것이니까 본인이 제시해야 효과가 있다. 사춘기 아이들에게는 두뇌발달 못지않게 정서적으로 안정을 찾아주는 것이 중요하다.

사춘기 이후에도 인간의 두뇌는 계속해서 발달한다고 한다. 급격한 발달은 이루어지지 않는다 해도 외부의 경험이나 자극이 가해지는 부분은 조직이 탄탄해진다고 한다. 두뇌 발달에 미치는 효과만 보더라도 밥상머리 교육은 계속 이어져야 하는데, 그러기 위해서는 아이들의 성장 단계에 맞는 대화를 하여야 한다는 것이다. 사춘기 이후의 아이들은 할 이야기도 많아지는데, 이때쯤 되면 토론의 형식으로 대화의 방향을 바꾸는 것이 좋을 것이다.

밥상머리 대화를 가장 잘하는 민족은 유태인이라고 한다. 유태인의 식사 시간은 종교 의식과 관련되어 1시간 이상 이어지는데, 이 긴 시간

동안 끊임없이 대화가 이루어진다는 것이다. 세계 인구의 0.3%인 유태인이 노벨상 수상자의 30%를 차지하는 원인이 밥상머리 대화의 효과라고 알려져 있다. 학문 분야의 노벨상 수상자가 한 명도 없는 우리에게 시사하는 바가 크다고 할 수 있다. 물론 밥상머리 교육만 가지고 노벨상을 기대할 수는 없지만 교육의 시작은 가정이기 때문이다. 밥상머리 교육의 변화가 우리나라 교육 전체의 모습을 바꿀 수도 있을 것이다.

학습지도의 형태나 방법도 대상자의 발달 단계에 따라 달라져야 하듯이 밥상머리 대화도 아이들의 성장 단계에 맞게 해야 한다. 연령이 많아져서 형식에 제약을 받지 않는 토론을 원할 때쯤 되면 부모의 질문도 다양한 대답이 나올 수 있는 개방형 질문으로 바뀌어야 할 것이다. 나이를 먹을수록 밥상머리 대화에서 꼭 필요한 것이 아빠와 함께하는 밥상머리 대화이다. 여성의 사회 활동이 늘어났다 해도 아직까지는 남성에 미치지 못하며, 남성 특유의 사회 경험이나 일처리 방법을 아이들에게 들려줌으로써 세상의 문을 열고 나가는 데 필요한 준비를 미리미리 하게 하는 효과가 있을 것이다. 아이들의 연령에 관계없이 밥상머리 대화에 집중하기 위해서는 식사하는 동안에는 TV와 휴대폰을 꺼 놓아야 한다. 일껏 무르 익어가던 대화 분위기가 휴대폰 소리 하나에도 깨지기 십상이다. TV를 켜놓고 식사를 하면 처음부터 대화 분위기가 조성되지도 않는다. 가족 전체의 눈과 귀가 밥상머리 대화에 집중해야 효과가 있다. 전통적인 권위주의 밥상머리 교육에서 온 가족이 기다려지는 권위 있는 밥상머리 대화로 바꾸기 위해서는 부모부터 준비를 많이 해야 할 것이다. 권위 있는 밥상머리 대화를 지원하기 위해서 학교나 교육당국이 학부모 교실을 운영하는 것은 어떨까?

세심하게
보살피고
깨우치게 하라

농사짓는 농부가 봄에 씨를 뿌리고 모종을 옮겨 심을 때는 올해 농사를 잘 지어 보겠다는 희망을 가지고 일을 한다. 농산물 값이 싸서 돈으로 따지면 몇 푼 되지 않더라도 말이다. 그러다가 잘 크던 작물이 갑자기 병이 생겨 죽어가든지 상품가치가 사라지면 그동안의 수고가 물거품이 되고 만다. 허무하기 그지없다. 고추를 따서 말리는 시기는 장마철이 겹쳐서 햇볕으로만 고추를 말리기는 쉽지 않다. 그래서 건조기로 반쯤 말린 다음에 햇볕에서 바짝 말린다. 그러니 시중에서 태양초(햇볕으로만 말린 고추)라고 파는 것은 값이 훨씬 비싼데도 믿을 수는 없다. 농부 4년차 되던 해에 태양초를 먹고 싶은 욕심에 고추모를 사다가 심었다. 거름을 주고 심었더니 잘 커서 꽃이 핀 후 고추가 주렁주렁 달렸다. 고추가 쓰러질 지경이라 말뚝을 박고 줄을 매어 고정시켰다. 시퍼렇던 고추가 붉게 물들어서 얼마 안 있으면 따서 말려야 될 것 같아 태양열 이용 고추 건조기도 사다 놓았다. 일주일 후에 붉은 고추를 따려고 가보니 고추마다 반쯤 정도 썩어 있었다. 어떻게 된 일인가 생각해보니, 겉으로 나타

난 것은 지금이지만 이미 얼마 전에 병균이 침투해서 세력을 뻗치고 있었던 것이다. 미리 병을 예방하는 약을 주었으면 될 것을 유기농 고추를 먹으려고 내버려두었더니 그렇게 된 것이다.

고추밭

자식 농사도 마찬가지다. 어려서 하는 짓 보고 이놈이 커서 무엇이 될 건가? 하고 희망에 부풀어 있다가 어느 날 갑자기 비뚤어진 행동을 발견하고는 허둥지둥 처방을 내놓아도 뜻대로 되지 않는다. 평소에 세심하게 보살펴서 비뚤어지려는 기미가 보인다든지 그런 환경이 조성되었을 때 바로 고쳐야 올바로 클 수 있다. 작물을 키우는 농사야 다음해를 기약할 수 있지만 자식 농사는 평생에 한두 번 짓는 것이 아닌가? 그래서 요즈음은 젊어서 낳은 자식 다 키워놓고, 늦게 막둥이를 낳아 잘 키워보려고 애쓰는 부부도 있다고 한다.

류성룡가의 자식 사랑

우리나라는 고조선(古朝鮮)이 한(漢)나라의 침략을 받은 이래 셀 수 없이 많은 대륙 세력의 침략을 받아왔다. 중세 이후에는 그동안 힘을 비축해 온 해양 세력의 침략도 받았다. 그중에서도 전국토가 초토화되다시피

결단이 난 것은 임진왜란이었고, 또 한 번은 동족이 일으킨 한국 전쟁이다. 임진왜란 때에는 수없이 우리나라를 침략했던 대륙 세력이 참전하여 전세를 바꾸어놓기는 하였으나, 원군(援軍)의 뒷바라지에 나라가 거덜 날 지경에 이르렀고 결국 우리의 끈질긴 저력으로 전쟁을 마무리 지었다. 한국 전쟁 때에는 새로운 해양 세력인 미국의 참전으로 전세를 역전시켜 빼앗겼던 땅을 되찾고 전쟁 전과 비슷한 위치에서 현재까지 대치하고 있다.

임진왜란으로 조선은 전 국토가 유린되고 수많은 인명이 살상당하는 막대한 피해를 입기는 하였으나, 결국 조선이 승리한 전쟁이었다. 이 전쟁을 승리로 이끈 첫 번째 리더는 이순신이었으며 이순신을 발탁한 사람은 류성룡이었다. 류성룡이 이순신을 발탁하지 않았으면 조선은 어떻게 되었을까? 생각만 해도 정신이 아득해진다. 류성룡은 임진왜란이 끝날 때까지 나라와 백성을 지키기 위하여 전쟁을 독려하는 데 혼신의 노력을 다한 재상이었다. 그는 나랏일로 동분서주하는 가운데에서도 자녀들의 교육을 챙기는 데 소홀하지 않았다고 한다.

다음은 류성룡이 절에 들어가 공부하는 두 아들에게 보낸 편지이다.

며칠 동안 너희들을 생각하니 마음이 괴로웠다.
산사는 조용하고 편안하니 독서를 하는 데
아늑하고 평온하지 않겠느냐
퇴계 선생이 손자에게 주신 이 시를 너희들도 본받기
바란다.
"나이 어린 때는 산속 절에서의 즐거움을 가장 사랑하였기에
벽사를 드리운 창 깊은 곳에 등 하나 밝혀놓았구나

평생 동안 많은 사업들은 모두가
이 한 등 아래서 나온 것이었네"

류성룡은 자식들의 글이 별 진전이 없자 꾸짖으며 공부를 독려했다고 한다.

청송부사를 지낸 김홍미의 편지에서 말하기를 "자제분들의 글 짓는 바가 자못 향상 되었습니다"라고 하였으나 나는 크게 향상된 모습을 발견하지 못하겠다. (……) 너희들은 아직도 젖비린내 나는 모양을 하고 있으나, 그렇다고 해서 스스로 몹시 비루하고 약해져서 다른 사람의 비웃음을 사서는 아니 될 것이다.

다음은 류성룡이 과거 시험을 위한 공부를 하지 말고 학문하는 자세로 공부하라고 아이들에게 한 말이다.

"나는 과거 공부를 하면서 합격하는 길로 통하는 문을 살핀 일이 없다. 다만 경서(성현들이 저술한 유교 서적)를 연구하는 학문은 비록 얻는 것이 없다 하더라도 평생토록 아끼며 귀중하게 여기고 있으니, 너희들도 부질없는 과거 공부를 잠시 접어두고《논어》,《맹자》,《대학》,《중용》을 가져다가 정밀하게 사색하고 익숙하게 읽어서 자기의 것이 되도록 한다면 안목은 저절로 높아지고 마음도 저절로 넓어질 것이니 기타의 보잘것없는 것들이야 힘들이지 않고도 할 수가 있을 것이다. 태산에 오르고 나면 모든 산들이 언덕과 개미둑처럼 작아 보이는 것을 알 수 있으니 부디 노력하기 바란다.
-최효찬의《5백년 명문가의 자녀교육》중에서

서애 류성룡은 네 살 때부터 붓을 잡기 시작해 66세로 죽을 때까지 붓을 놓지 않았다고 한다. 임진왜란 중에도 집에 돌아오면 책을 읽었을 만큼 독서로 입신한 대표적 인물로 꼽힌다. 스스로 모범을 보이며 자녀 교육을 보살피는 류성룡을 본받아 그 후손들도 따라 함으로써 독서는 서애가(西厓家)의 전통이 되었고, 그렇게 하여 서애가는 9대를 이어서 벼슬살이를 한 명문가가 되었다고 한다.

신 맹모삼천지교(孟母三遷之教)

맹모삼천지교(孟母三遷之教)는 맹자의 어머니가 맹자의 교육을 위해서 세 번 이사했다는 데서 유래한 말이다. 맹자의 어머니는 남편과 사별하고 품팔이를 해가며 맹자를 키우고 있었는데, 일을 끝내고 집에 돌아와 보니 맹자가 죽은 사람을 장사지내는 놀이를 하고 있더라는 것이다. 그래서 묘지 근처에서 시장 근처로 이사를 했다고 한다. 그랬더니 이번에는 장사꾼 흉내를 내며 놀더라는 것이다. 여기도 아니다 싶어 학교 근처로 이사를 했다고 한다. 그러고 나서는 책을 들고 글을 읽는 흉내를 내며 놀더라는 것이다. 맹자가 공자에 버금가는 사상가가 될 수 있었던 것은 맹자 어머니의 자식 교육에 대한 열정 때문에 가능했다는 이야기이다.

현대판 맹모삼천지교를 많이 볼 수 있는 곳이 한국일 것이다. 경제적인 여건이 뒷받침되고 자녀 교육에 열정이 넘치는 학부모들에게는 이사하는 번거로움쯤은 식은 죽 먹기일 것이다. 요즈음은 좋은 학교가 있는 곳이 집값도 비싸니까 비싼 집을 살 돈이 없는 서민들에게는 그림의 떡이기도 하다. 그럼에도 불구하고 좋은 학군, 좋은 학교를 찾아 이사를 간다고 하여 자녀 교육에 다 성공하는 것은 아닌 것 같다. 그것보다 더 중요한 것은 부모의 세심한 보살핌이라고 할 것이다.

교감 자격연수 대상자로 지명되고 나서 여러 사람에게서 축하 전화를 받았다. 안성에 살다가 서울에 가서 살고 있는 K형(후에 교장으로 퇴임)은 축하한다고 하며 연수 전날 자기 집으로 와서 자고 다음날 연수원까지 같이 가자고 하였다. 처음 가는 길이니 출근하는 길에 데려다 준다고 하여 사양하다가 얼굴도 볼 겸 그렇게 하자고 하였다. 연수가 시작되는 날 사모님이 차려준 아침밥을 먹고 통일로를 달려 율곡교육연수원 정문에 도착하였다. K형이 나를 내려주고 파주교육청으로 떠난 후 연수생을 환영한다는 플래카드를 보며 안으로 들어가니 먼저 온 연수생들이 싱글벙글하며 왔다갔다하였다. 교원의 직급은 교사→ 교감→ 교장의 3단계로 구분되기 때문에 교사에서 교감이 되는 것은 간부 공무원이 되는 유일한 길이다. 그래서 교감에서 교장이 되는 것보다 교사에서 교감이 될 때가 훨씬 희망에 부풀게 된다. 그것도 교감 발령을 받을 때보다는 교감 자격연수 대상자로 지명될 때의 기쁨이 훨씬 크기 때문이다.

현관에서 등록을 마치고 가방을 두러 배정된 숙소에 갔다. 내가 배정된 방에는 여덟 명이 생활하게 되어 있는데, 거의 다 나보다 연상이고 한 명이 나와 비슷한 또래여서 그와 자주 이야기를 나누곤 하였다. 연수 일과가 끝나고 저녁식사 후 취침 전까지는 자유시간이어서 공중전화 앞에 줄을 서기도 하였다. 그런데 그 친구는 매일 전화를 하는 것 같았다. 어디에 그렇게 전화를 하느냐고 했더니, 부인하고도 하지만 주로 딸하고 통화한다고 하였다.

오래전에 경상남도에서 근무하다가 딸 교육을 위해서 서울로 오려고 했는데 뜻대로 되지 않아 경기도로 왔다고 하였다. 처음 경기도에 와서는 근무지 근처 시골에 살다가 몇 년 후 서울 가까운 시로 전입하면서 서울로 이사를 했다고 하였다. 그런데 부인의 건강이 좋지 않아 딸의 교육을 제대로 챙기지 못할 때가 많아 자기가 관심을 가질 수밖에 없었다고 하면서 매일 전화를 하여 딸의 공부를 독려한다고 하였다.

바쁠 것도 없어서 교감을 몇 년 하고 장학사로 전직을 한 후 교장 자격연수를 받으러 교원대학교에 갔더니 거기서 그 친구를 또 만났다. 그간의 이야기를 나누다가 딸은 어떻게 되었느냐고 물었더니 서울에 있는 대학교의 의과대학에 다닌다고 하였다. 의대에 들어가고 나서는 얼굴도 가끔 본다고 하면서 너무 힘들어하는 것 같아서 안타깝다고 하였다.

세월이 흘러 율곡교육연수원장으로 발령을 받아 교장 대상 연수의 개강식을 마치고 나오는데 누가 뒤에서 부르는 소리가 들려 고개를 돌려보니 그 친구였다. 악수를 하고 휴식 시간에 원장실에 와서 차라도 들고 가라고 하였다. 다음날 점심시간에 왔기에 지난 이야기를 나누다가 딸은 어떻게 되었느냐고 물었더니 의과대학 교수가 되었다고 하였다. 신 맹모삼천지교(孟母三遷之教)라고 하며 축하해주었다.

근기(根氣)가 있어야 한다

내가 국민학교에 다닐 때 1학년 국어 교과서에 토끼와 거북이가 경주하는 우화가 실려 있었다.

「토끼와 거북이가 멀리 보이는 산봉우리까지 먼저 가는 쪽이 이기는 경주를 하는데, 토끼가 한참을 달려가다 뒤를 돌아보니 거북이가 보이지도 않자 잠시 쉬어 가기로 하고 누웠다가 사르르 잠이 들어버린다. 잠결에 거북이의 만세 소리에 놀라 일어서보니 거북이가 산봉우리에서 만세를 부르고 있는 것이 아닌가?」

60년 전 동화책도 없던 시절에 국어 교과서를 재미있게 읽으며 한글을 깨우치라고 실어 놓았을 것이다. 그리고 그 당시 우리 민족이 인성의 중요한 덕목으로 여겼던 근기를 강조하기 위해서 그랬을 것이다.

내가 어릴 때 어른들이 이야기하는 것을 들으면 ○○는 재주는 있는데 근이 없어서 그렇게밖에 안 되었고, ○○는 재주는 그만 못한데 근이 있어서 더 잘되었다며 근을 강조하였다. 여기서 재주는 머리(인지기능)이고 근은 바로 근기(根氣)를 말하는 것이다. 요즈음에는 근기를 그다지

중요한 덕목으로 여기지 않는 경향이 있는데 이는 잘못 알고 있는 것이란 생각이 든다. 능력은 있으나 근기가 부족한 사람은 일시적으로 작은 것을 이룰 수는 있으나 오래가지 못하는 반면, 능력은 부족하나 근기가 있는 사람은 속도는 느리나 결국에는 목표에 도달하게 되고, 능력도 있고 근기도 있는 사람이면 크게 이루는 것을 역사나 주변에서 어렵지 않게 찾을 수 있을 것이다.

경제 상황이 어려워지자 일자리를 창출하고 국가 경제를 살리는 데 공헌한 기업가에게 국민들의 관심이 쏠리는 경향이 있다. 무엇보다 제일 급한 것은 먹고 사는 문제이기 때문에 그럴 것이다. 역대 대통령 중에 존경하는 사람이 가장 많은 대통령도 역시 경제개발에 성공하여 국가경제를 크게 발전시킨 사람이다. 그런데 성공한 기업가들은 공통적으로 근기가 대단한 사람들이라는 것이다. 기업을 키우고 유지하기 위해서는 거듭되는 어려움을 극복하고 힘차게 밀고 나가는 근기가 있어야 한다. 기업가뿐만 아니라 무엇을 하든지 성공하기 위해서는 어려움을 참고 견디는 힘이 필요하므로 어려서 길러주어야 한다.

약속을 지킨 제자

경기도에 와서 두 번째 해에 6학년 담임을 했다. 새 학년이 시작되고 일주일쯤 지난 후 퇴근길에 교문 앞에서 이웃 학교 선생을 만났다. 나를 만나기 위해서 기다리고 있었다며 어디 가서 식사나 하자고 했다. 그때나 지금이나 식사 대접 받고 하는 것을 별로 좋아하지 않아서 집에 일이 있어서 가봐야 되니 여기서 말하라고 하였다. 자꾸 어디로 가자고 하는데 내 태도가 완강하니까 학교 운동장으로 들어가자고 하였다. 벤치에 앉아 무슨 말이냐고 했더니 자기 아들이 누구인데 공부 좀 시켜달라고 했다. 딸 둘에 아들은 그놈 하나인데 공부를 하지 않는다는 것이었다. 왜 그렇게 되었냐고 물어 보았더니, 학년이 올라가면 나아지겠지 하고 내버려두었는데 그대로라는 것이다. 무엇을 잘 해보고자 하는 의욕이 없고 그냥 되는대로 순응하는 성격이라는 것이다. 나이도 나보다 10여 살 위인 사람이 찾아와서 이야기하는 것을 보니 안됐기도 하고, 아들을 잘 키워보고자 하는 간절함이 있는 것 같기도 하여 같이 노력하자고 하고 헤어졌다.

일주일 후 진단평가를 하였다. 그때는 진단평가, 형성평가, 총괄평가를 꼭 실시해서 학습지도와 성적관리에 참고로 하였다. 진단평가 결과를 정리하고 하나하나 넘겨보는데 그 아이 성적이 보였다. 다른 과목은 70점 정도인데 산수 점수는 60점이었다. 산수과 시험지를 찾아서 살펴보니 기초적인 문제만 해결한 정도이고, 문제 해결력을 요하는 문항은 엄두도 내지 못한 것 같았다.

다음날 종례시간에 HK는 청소가 끝나고 교실에 남아 있으라고 하였다. 교무실에 가서 업무를 보다가 시간이 되어서 와보니 혼자 앉아 있었다. 앞줄로 불러서 앉게 하고 진단평가 시험지를 주면서 보라고 하였다. 한참 후에 아버지 만난 일을 이야기하면서 집에 가면 뭐하느냐고 물었더니, 숙제하고 일기 쓰고 문제집을 하고 나가 논다고 하였다. 그래서 책상 앞에 앉아 있는 시간이 얼마나 되느냐고 하였더니 1시간 반쯤 된다고 하였다. 1시간 반 동안 다른 것은 하지 않느냐고 하였더니 간식도 먹고 TV를 잠시 보기도 한다고 했다. 문제집을 할 때 어려운 문제는 어떻게 하느냐고 물었더니, 잠시 나를 보고 나서는 깊이 생각하기 싫어서 해답을 보고 써 넣는다고 하였다. 알았다는 뜻으로 고개를 끄덕여주고 나서 이야기를 하였다. "너 친구들하고 재미있게 놀 때는 한 시간이 넘어도 다른 생각을 하지 않지?" 하고 물었더니, 그렇다고 고개를 끄덕였다. 6학년쯤 되었으니 공부를 할 때도 한번 책상에 앉으면 한 시간 정도는 다른 생각을 하지 않고 집중해야 한다. 조금 하는 척하다가 다른 생각하고 또 뭐 조금하다가 다른 짓하고 하면 생각이 끊겨서 효과가 없는 거라고 하였더니 알아듣는 것 같았다. "문제를 풀 때도 쉬운 문제만 계속해서 풀면 재미도 없고 시간만 낭비하는 식이지 않니? 어려운 문제를 해결하려고 궁리궁리할 때 능력이 나아지는 거야. 한 문제를 가지고 한 시간을 끌더라도 네 힘으로 해결하려고 해봐라. 그러고도 정 해결할 수 없는 것이 있으면 다음날 학교에 와서 나한테 도움을 요청해라."고 하였다. 대강 그렇게 이야기하고 공부하는 방법을 바꾸어 보겠느냐고 하였더니 그렇게 하겠다고 하였다. 나하고 한 약속을 지키는지 쫓아다닐 수도 없고, 내가 확인할 수 있는 방법은 월말평가 결과뿐이 없으니 그것으로 정하자고 하였다. HK도 좋다고 하여 산수과 목표 점수를 정하라고 했더니, 한참 만에 80점으로 하자고 하여 그렇게 약속했다.

다음날부터 가끔 수업시간에 HK를 보면 학습에 임하는 태도가 진지해진 것을 느낄 수 있었다. 나는 아이들에게도 잔소리는 잘하지 않는 성격이라 가끔 발표는 시켜도 다른 말은 일절 하지 않았다. 4월 달에 월말평가 시험지를 보니 산수가 80점이 넘었고 다른 과목은 85점 정도였다. 달이 갈수록 성적이 향상되어 1학기말 평가에서는 전 과목이 90점 정도였다. 여름방학 전에 HK를 남겨서 칭찬해주고 2학기 목표 점수를 정하라고 하였다. 조금 머뭇거리더니 전체 과목 90점 이상이고 산수과는 95점으로 정하겠다고 하였다. 머리를 쓰다듬어 주면서 여름방학 재미있게 보내라고 하였다.

2학기 때에는 수업 태도가 훨씬 진지해졌고 자신감도 붙어서 다른 아이가 된 것 같았다. 물론 월말평가 결과도 목표 이상이었고, 마음만

착한 아이에서 초롱초롱한 눈으로 수업 시간을 보내는 아이로 바뀌었다. 가을이 무르익은 어느 날 오후에 W학년주임이 내일 저녁식사를 같이 하자고 하여서 무슨 일이냐고 했더니, 그냥 오랜만에 동 학년 L주임, P선생하고 같이 만나자고 하였다. 다음날 오후에 모여서 학년주임이 가는 대로 따라갔더니 한참을 걸어서 어느 가정집에서 멈추었다. 여기가 어디냐고 하는데 HK 아버지 K선생이 나와서 어서 들어오라고 손을 잡아끄는 것이었다. 거기까지 가서 안 들어갈 수도 없어서 끌려가다시피 들어갔다. HK 어머니와도 인사를 하고 자리에 앉자, HK 아버지가 만나자고 해도 내가 안 올 것 같아서 학년주임과 꾸민 일이라고 해명했다. HK 아버지가 술을 따라주면서 나에게 고맙다고 인사를 하고, 동석한 사람들에게 HK가 6학년이 되어서 공부하는 태도가 완전히 바뀌었고 성적도 만족할 만한 수준에 올랐다고 자랑을 하였다. 식사를 마치고 모처럼만에 고스톱을 하며 늦게까지 놀다가 헤어졌다.

HK가 국민학교를 졸업하고 중학교, 고등학교를 다닐 때도 HK 아버지를 어쩌다 길에서 만나면 HK 공부 잘하느냐고 묻곤 했었다. 그러면 그때마다 웃으며 6학년 때 이후 쭉 열심히 한다고 말했다. 어느 날 교감회의에서 만났더니 HK가 J대학에 합격했다고 자랑을 하며, 다 6학년 때 선생을 만난 덕분이라고 고마워했다. 그리고 몇 년 후 HK가 결혼을 한다는 청첩장을 주며 일류 기업에 취업을 했고 며느릿감은 6학년 때 같은 반이던 친구라고 했다. 청첩장을 꺼내서 이름을 보니 내가 담임했던 아이가 맞았다. 어떻게 그렇게 되었느냐고 했더니 대학에 가서 만나 친해졌다고 하였다. 장학사 시절이라 결혼식에는 참석을 못했지만 마음속으로 축복해주었다.

세월이 흘러 내가 퇴직을 하고 일 년쯤 되는 때에 HK 아버지 K교장이 별세하였다는 통보를 받았다. 등산 갔다가 오는 길이라 등산복 입은 채로 장례식장에 가서 조문을 하고 HK 부부를 만났다. 어느새 자식을 둘이나 둔 중년이 되었지만 얼굴은 국민학교 때 그대로였다. 한참을 이야기하고 나오면서 서로 아껴주며 잘살라고 어깨를 두드려 주었다. 세월은 많이 흘렀지만 그래도 선생이고 제자 아닌가!

리코더의 효과

교육부에서는 제4차 교육과정을 공포하면서 예 · 체능 교육의 내실화를 강조하였다. 이에 따라 교육청과 학교에서는 예 · 체능 교육의 내실화 방안으로 교사별로 예 · 체능 교과 중에 전담교과를 선정하게 하여 전문성을 높이도록 하였다. 나는 그 시기에 체육주임을 맡게 되면서 자연스럽게 체육교과전담교사가 되었다. 충청도에서 시작한 것이 경기도에 와서도 이어지면서 전공교과처럼 되었다.

그러다가 섬마을 선생이 되어서 한참동안 지도하지 않았던 예능교과를 지도하려니까 처음에는 낯설게 느껴졌다. 그래도 선생 잘못 만나 아이들이 절름발이 교육을 받았다는 말은 들을 수 없다고 생각해 교육과정을 분석하며 나름대로 지도전략을 짜보았다. 3학년 음악교과에서 꼭 지도해야 할 것이 리코더라고 판단해 모두 준비하게 하였다. 음감을 심어주는 데 가장 좋은 악기라고 교사용 지도서에 나와 있었기 때문이다.

일주일에 여객선이 두 번밖에 들어오지 않는 접적(接敵)지역이라 보름 전에 주문을 해서야 겨우 지도시기를 맞출 수 있었다. 도레미…로 시작을 해서 교과서에 나오는 쉬운 노래 한 곡을 전체가 연주하는 데 20일 정도 걸렸다. 그다음부터는 2주일에 한 곡씩 새로운 노래를 연주할 수 있었다. 배운 것을 숙달시키고 정서 순화에도 도움이 될 것 같아서 리코더 연주로 하루를 시작하고 끝을 맺었다. 그렇게 해서 여름방학 전까지는 교과서에 나오는 웬만한 노래를 거의 연주할 수 있게 되었다.

방학이 되어 집에 왔다. 내가 오자 아이들이 첫날은 나가지도 않고 이야기하며 집에 있더니, 다음날부터는 노는 데 팔려 점심 먹고 나가면 저녁에나 들어왔다. 이삼일 후에 아이들 책상에 있는 리코더를 보자 생각이 나서 3학년인 작은 아이에게 불어보라고 하였다. 머리를 긁적이더니 자신이 없는 태도로 리코더를 잡고 입에 대는데 도레미… 소리도 제대로 나지 않았다. 학교에서 안 배웠느냐고 했더니 한 시간만 배웠다고 하였다. 교육과정에 배정된 시간은 한 시간 정도이고 그때 이후에는 해보지 않았으니 못 부는 게 정상일 것이다. 3학년 때 리코더는 꼭 불어야 한다고 하며 오늘부터 배우자고 하였더니 몸을 비비꼬았다. 큰 아이보다 작은 아이는 더 활동적이라 집에 있는 시간보다 밖에 있는 시간이 더 많은데 리코더를 배우자고 하니 몸이 따가웠던 것이다. 오늘은 도레미… 만 부드럽게 불 수 있으면 나가 놀아도 된다고 하였더니 오전 내내 연습을 하여 겨우 하게 되었다. 다음날부터는 하루에 쉬운 노래 한 소절씩을 연습하게 하여 일주일 만에 쉬운 노래 한 곡을 연주할 수 있게 되었다. 그 다음 주부터는 일주일에 두 곡씩을 연주하겠다고 약속을 하더니 틈나는 대로 스스로 연습하여 거뜬히 해내었다. 그러더니 방학 동안에 교과서에 나오는 노래를 모두 연주할 수 있다고 하며 시끄러울 만치 불어댔다. 처음에는 시켜서 억지로 했지만 하다 보니 리코더 부는 데 재미를 느낀 것이다. 겨울방학에 집에 와보니 단소가 있어서 누구 것이냐고 했더니 작은 아이가 배우고 싶어서 사달라고 했다는 것이다. 단소는 리코더보다 훨씬 어려운 것인데 혼자 연습을 해서 곧잘 불었다. 뛰어다니며 하는 운동만 잘하는 줄 알았는데, 악기 연주도 하면 된다는 것에 몰랐던 자기 능력을 발견하는 계기가 된 것 같았다.

학년이 올라가면서 책상 앞에 앉아서 공부에 집중하는 시간도 길어졌다. 시키거나 감시하는 것도 아닌데 스스로 계획을 세워 시간을 활용할 줄 알게 된 것이다. 생각해보니 리코더를 배우면서 근기(根氣)가 길러졌던 것이다. 어느 하나를 통해서 길러진 근기는 다른 것에도 적용된다는 것을 확인할 수 있었다. 작은 아이에게 지금도 미안한 것이 하나 있다. 국민학교 6학년 때 교육장배 학교대항 축구대회 학교대표 선수로 나가고 싶다고 조르는 것을 승낙해주지 않은 것이다. 그때 승낙해주지 않은 것은 워낙 축구를 좋아해서 그것을 계기로 다시 운동하는 쪽으로 정신이 팔리지 않을까 해서 그랬는데, 학교대표로 유니폼을 입고 뛰었던 어린 시절의 추억을 빼앗은 것 같아서 아쉬운 생각이 든다.

창의적 사고력을 키우게 하라

21세기를 준비하며 창의력 신장에 관한 논의가 활발하게 이루어졌다. 21세기를 살아갈 우리 아이들에게 꼭 필요한 능력이라면서 이를 신장시켜주기 위한 방안을 찾아내어 실행하기도 하였다. 그러나 얼마 가지 않아 조용해지고 달라진 것은 별로 없었다. 거의 모든 것이 다 그렇듯이 처음에는 하늘을 찌를 듯이 덤비다가도 시간이 지나면 유야무야 되는 것이 우리의 특성 아닌가? 그렇게 절박하다고 외치던 창의성 교육을 제대로 펼쳐보지도 못하고 사그라진 것은 근본적이고 장기적이어야 하는데, 임시방편적이고 단기적으로 추진하였기 때문이다. 창의성 교육이 관련된 일부 교과에만 해당되고 대상자도 관련 분야에 진출할 영재들에게만 해당되는 것인 양 추진하였다.

멀게만 느껴지던 4차 산업혁명이 이미 시작되었다고도 한다. 그렇다면 창의성은 현재도 모든 사람에게 요구되는 것이고, 미래사회를 살아갈 우리 아이들 모두에게 더욱 절실히 요구되는 능력이다. 그렇다면 특정 교과, 특정 단원을 통해서 길러주는 것이 아니라, 각급학교의 전 교과 학습지도와 일상생활을 통해서 길러주어야 되는 것이다. 그러니까 교원을 양성하는 대학에서부터 학생들에게 창의성을 신장시키기 위한 교육 방법을 가르쳐야 한다. 교수-학습과 관련된 과목뿐만 아니라 교과 교육학에서도 창의성을 기르기 위한 학습지도 방법을 구체적으로 배워야 한다. 그러려면 담당 교수들이 일반적인 이론을 소개하는 강의만 할 것이 아니라, 이를 실행하는 구체적인 방법을 연구하여 시범을 보이기도 하여야 할 것이다.

학교 현장에서 창의력을 신장시키는 교육이 정착되기 위해서는 교원 양성 대학에서 교육을 받고 나온 교사가 계속해서 지도 방법을 연구하고 발전시켜 나가는 풍토가 조성되어야 한다. 그러나 현실은 어떠한가? 장학사가 장학지도는 하지 못하고 공문이나 이첩해주는 행정공무원같이 되었고, 학교의 교장·교감은 교내장학이 제일 우선으로 추진해야 할 업무인데도 교실에는 마음 놓고 들어가지도 못하는 형편이다. 여기서 무엇을 기대할 수 있겠는가? 창의력을 신장시키는 교육을 하는 선생을 만나기를 기대하는 수밖에는 없을 것이다. 그렇다면 내 아이의 창의력을 키워주는 데 적극적으로 나서야 할 사람은 누구겠는가? 부모일 수밖에 없을 것이다. 원래 교육의 시작도 가정교육이 아닌가? 어려서부터 부모가 창의력을 신장시키기 위하여 여러 가지 시도를 해보면 분명 효과가 있을 것이다.

겉과 속이 다른 나라

나라마다 떠오르는 이미지가 있다. 아시아 남부의 커다란 나라 인도하면 얼마 전까지만 해도 공항이나 역에서 구걸하고 노숙하는 걸인들이 많은 나라, 소떼가 거리를 활보하는 나라, 갠지스 강의 오염된 물에서 몸을 씻는 나라 등 한마디로 가난하고 지저분한 나라라고 알고 있었다. 그러나 이것은 겉모습일 뿐, 속을 들여다보면 전혀 다르다는 것이다. 신발도 제대로 신지 못하고, 허름한 옷에, 제대로 씻지도 못한 얼굴을 하고 학교에 다니는 학생들이라도 이들의 창의력과 수학 실력은 세계 최고 수준이라고 한다. 미국의 실리콘밸리에는 세계의 우수한 인재들이 모여서 일을 하는데, 그중에서도 인도 청년들이 가장 많아서 이들을 빼면 실리콘밸리의 연구소들이 문을 닫을 정도라고 한다. 실리콘밸리에서는 창업하기가 쉬워서 수많은 기업이 창업을 하는데 그중 30% 이상이 인도인이라고 한다. 과거에는 유태인들이 많았으나 지금은 인도인이 앞질러가고 있다고 한다. 이렇게 된 데에는 인도 청년들이 창의력과 수학 실력이 우수하기 때문이라고 한다. 그러면 인도인들은 어떻게 해서 창의력과 수학 실력이 뛰어나게 된 것일까?

인도는 광활한 땅에 10억이 넘는 사람들이 살고 있는 세계 2위의 인구 대국이고, 세계 4대 문명 발상지의 하나일 만큼 유구한 역사를 가진 나라이며, 이들이 쓰고 있는 언어만 해도 주요 언어가 100개가 넘고 기타 언어는 1,000개가 넘는다고 한다. 이런 인도에는 지금까지 전해 내려오는 우화나 설화가 셀 수도 없을 정도로 많다고 한다. 지방마다 그렇게 많은 우화나 설화가 오랜 세월 동안 어떻게 전해 내려왔을까? 지금도 문맹자가 전 인구의 반 정도인데 그 옛날에 문자를 통해 전해왔을 리 만무하다. 할머니, 할아버지, 아버지, 어머니 입에서 아들 손자의 귀로, 또 그렇게 입에서 귀로 전해져 내려온 것이라고 한다. 매일같이 할머니 할아버지의 무릎을 베고 이야기를 들으며 밤하늘에 반짝이는 별나라까지 무한한 상상의 나래를 펼쳤을 것이다. 상상력은 창의력의 시작이라고 한다. 인도의 어린이들은 수천 년 동안 대를 이어 셀 수도 없이 많은 전해 내려오는 이야기를 들으며 상상력을 키워왔던 것이다.

내가 국민학교 다닐 때 여름방학이 되면 동네아이들의 일과표가 거의 같았다. 식전에는 개울 모래사장에 모여 체조와 공차기를 하고 집으로 가서 늦은 아침식사를 하였다. 오전에는 표지에 방학공부라고 쓰여 있는 보충학습지와 그 밖의 방학숙제를 하고 어른들이 들에서 일하고 들어오는 시간에 맞춰 점심식사를 하였다. 그리고 밥숟가락 놓기가 무섭게 개울로 달려가 멱을 감으며 노는 것이다. 손바닥 발바닥이 불어서 쪼글쪼글할 때까지 놀고 나면 배가 고파서 물에서 나오게 되는데 그때가 소에게 풀을 뜯어 먹게 할 적당한 시간이기도 하다. 개울 제방 둑에 매어 놓은 소를 찾아서 고삐를 붙들고 소가 가는 대로 쫓아다니며 풀을 뜯어 먹게 한다. 소가 배가 불러 더 이상 맛있는 풀이 있어도 그냥 지나칠 때쯤이면 붉은 해도 뉘엿뉘엿 서산으로 넘어간다. 소를 몰고 집으로 와 외양간에 들여보내면 아버지가 고삐를 매고 소죽통에 쌀겨를 탄 구정물을 부어준다. 소가 맛있게 구정물을 들이킬 때 식구들도 마당에 펴 놓은 멍석 위에 앉아 저녁식사를 한다. 대개 싱싱한 열무를 대접에 넣고 그 위에 보리가 섞인 밥을 쏟은 다음 호박꼬투리를 넣고 끓인 된장을 퍼 넣고 고추장을 조금 넣어 비벼서 먹는데, 워낙 배가 고프던 차라 그 맛이 꿀맛이다. 배가 부르도록 과식을 하여도 비만이 될 염려가 전혀 없는 건강식이다.

식사가 끝나면 서둘러 상을 치우고 멍석을 말아서 세워 놓은 다음, 어두워지기 전에 방에 들어가 잠자리를 보아놓는다. 그래야 밤중에 더듬더듬 들어가 잘 수 있기 때문이다. 밤에 등잔불을 켜놓으면 모기와 나방들이 달려들고, 그렇다고 문을 닫으면 더워서 책을 읽을 수도 없을뿐더러, 낮에는 놀고 밤에 비싼 석유 없애가며 뭐하는 거냐고 혼나기가 일쑤다. 바깥마당에서 두런두런 사람 소리가 나면 슬슬 밖으로 나간다. 저녁

식사를 마친 이웃집 아저씨들이 저녁마다 모여서 멍석을 만드는 것이다. 마당 한쪽에 모깃불을 피워놓고 등잔불을 켜서 가운데 매달아놓고 둥그렇게 앉아서 멍석을 맨다. 아이들은 모깃불 옆에 쪼그리고 앉아 옥수수도 굽고 감자도 구워서 아저씨들과 같이 먹으며 이야기를 듣는다. 하늘에는 별이 총총 떠 있고 시원한 바람이 가끔 불어오는 멍석에 누워 이야기를 듣는 풍경은 인도의 어린이들과 비슷할 수도 있는데 이야기 내용이 전혀 다르다. 우리나라에 전해 내려오는 이야기는 손으로 꼽을 수 있을 정도이니 듣고 말고 할 것도 없어서, 아저씨들이 하는 이야기는 주로 한국전쟁 때나 군대 생활할 때 고생했던 이야기가 고작이다. 상상력을 키우고 뭐고 할 것도 없이 그냥 들리니까 듣는 것이다.

내가 장학사·장학관 때 유치원 교사 동화구연대회 개회식에서 인도 청년들이 왜 창의력이 뛰어난가를 이야기하며 동화구연의 중요성을 강조하면 교사들의 눈이 반짝이는 것을 보았다. 똑같은 시간에 똑같은 동화를 들려주더라도 교사의 능력에 따라 그 효과는 달라질 것이다. 아주 작은 차이라도 이것이 1년 동안 누적되면 아이들의 성장 발달에 분명한 차이를 보인다는 것을 알 수 있다. 동기유발이나 어떤 현상을 정확하게 보여주는 것이 목적일 경우에는 시청각적인 자극이 더 효과적일 수 있으나, 상상이나 사고가 목적이라면 청각적인 자극이 더 효과적일 수 있다. 가정에서도 아이들이 재미있게 시간을 보내도록 배려하는 차원이라면 TV를 시청하게 할 수 있으나, 교육적인 효과를 목적으로 한다면 동화 들려주기나 책 읽어주기 등의 시간을 늘리는 것이 좋을 것이다.

인도에서 살다 귀국한 주재원들이 써놓은 글을 보면 인도에서는 물건을 파는 상점 주인이나 물건을 사는 손님이나 계산기를 쓰지 않는다고 한다. 한번은 상점에서 여러 가지 물건을 많이 사고 계산을 해달라고 했더니 주인이 금방 얼마라고 하더라는 것이다. 이해가 안 되어서 계산기를 달래서 두드려 보았더니 정확하게 맞더라는 것이다. 인도인들은 어떻게 계산을 그렇게 잘하는가? 알아보았더니 바로 답이 나오더라는 것이다. 초등학교 저학년도 19단을 줄줄 외우고 중학생이 되면 30단을 줄줄 외운다는 것이다. 그러니 계산기가 무슨 필요가 있겠는가? 우리나라는 어떠한가? 30여 년 전까지만 해도 국민학교 산수과 교육과정에 주산이 있었고 상업고등학교에서는 주산이 필수과목이었으나, 계산기와 컴퓨터가 보급되면서 사라졌다. 심심찮게 보이던 주산학원도 때를 맞추어 사라져 볼 수 없게 되었다. 이제 우리 국민들은 계산기 없이는 간단한 계산도 하려 들지 않게 되었다.

인도인들이 계산을 잘해서 수학 실력이 높다는 것은 아니다. 인도는 수학의 발상지라고 할 수 있을 정도로 오랜 역사를 가지고 있다고 한다. 베다 수학은 상류 계급에서 통치하기 위한 수단으로 오랜 세월 동안 발전하여 왔다는 것이다. 인도에서는 여러 교과 중에서 수학을 가장 중요시하는 전통에 따라 학생들의 수학 실력도 높아지게 되었다고 한다. 우리의 수학 교육이 공식에 따라 문제를 풀어가는 방법이라면, 인도의 수학 교육은 여러 가지 방법을 동원하여 정답을 찾아내는 방법이라고 한다. 인도의 수학 교육 방법은 수학에 대한 흥미를 지속시키고 창의적 사고력을 기르는 데 효과적인 방법이라고 할 수 있을 것이다. 우리나라의 대입 수능에 해당하는 인도의 수학 시험 문제 수준이 우리나라 대학 1~2학년 정도의 수준이라는 것만 보아도 수학 실력이 높다는 것을 알 수 있다. NASA 연구원의 30%가 인도인이라는 것과 실리콘밸리의 SW 개발 연구원들의 상당수가 인도인이라는 것은 인도인의 수학 실력이 대단하다는 것을 뒷받침하는 것이라 할 수 있다.

우리나라에서는 수학이 학생들이 가장 싫어하는 과목 중 하나가 되다 보니 초·중·고 학생들의 수학 실력이 떨어지고, 이공계 대학을 지원할 학생들만 수학에 관심을 갖다 보니 수학을 멀리하는 것 같은 느낌마저 들게 된다. 수학은 학문 자체로서도 가치가 높지만 과학의 기초가 되는 학문이기 때문에 4차 산업혁명 시대에 더욱 중요시 되어야 할 학문이라고 볼 때 수학 교육을 진흥시킬 획기적인 변화가 있어야 될 것이라는 생각이 든다.

그 엄마에 그 아들

경기도에 와서 4년째 되던 해에는 그간의 노력과 공적을 인정받아 체육주임을 면하고 학년주임을 하게 되었다. 전보다 마음의 여유가 생겨 현장교육 연구에도 몰입할 수 있었고 아이들 지도에도 관심을 더 가질 수 있게 되었다. 새 학년이 시작되는 3월에는 수업시간에 개개인의 학습 특성을 파악하기 위해 세심하게 관찰하며 수업을 전개하였다. 내가 말을 많이 하면 힘도 들고 재미도 없어서 아이들에게 발표를 많이 시켰는데, 50명 정도 되는 아이들 전체를 수업에 참여시키자는 뜻에서 누구나 하루에 한 번이라도 발표를 하는 것을 목표로 하였다. 그러다 보니 과목마다 차이는 있으나 자연스럽게 단순지식이나 기초개념 파악 단계에서 발표를 하는 아이들, 원리의 발견이나 적용 단계에서 발표를 하는 아이들, 심화·보충 단계에서 발표를 하는 아이들로 나뉘었다. 그런데 심화 단계에서도 발표를 하지 않고 있다가 지명을 하면 그때서야 입을 여는 W라는 아이가 있었다. 그 아이는 수업시간 내내 다른 아이들이 이야기하는 내용을 잘 듣고 있다가 자기 생각과 다를 때는 특유의 표정을 짓는다. 심화 단계에서 다른 방법은 없을까? 했을 때 고개를 들어 나와 시선이 마주치면 자기 생각은 다르다는 뜻이다. 그럴 때 이름을 부르면 조심스럽게 자기 생각을 이야기하는 신중한 아이다. 평소에도 말수가 적고 함부로 행동하지 않는 아이로 점심시간에도 아이들과 어울려 놀기는 하는데 그렇게 활동적인 편은 아니다. 그렇다고 모난 성격도 아니어서 교우관계도 무난한데 조용히 노는 것을 선호하는 그룹에 속했다.

어느 날 퇴근길에 방향이 같은 동 학년 선생 한 분하고 주택가를 지나는데 뭐라고 부르는 소리가 들렸다. 그냥 가려는데 재차 부르는 소리가 들려 뒤를 돌아보니 W가 제 어머니와 같이 다가왔다. 어쩐 일이냐고 했더니 서점에 들렀다 오는 길인데 선생님 같아서 어머니한테 이야기했다는 것이다. 길에 서서 몇 마디 주고받는데 그 어머니가 집이 여기니 잠시 들러서 차라도 들고 가라고 했다. 쓸데없는 오해를 받기 싫어서 사양을 했더니, 우연히 마주친 김에 우리 W 공부하는 모습이나 보고 가라고 해서 동 학년 선생과 같이 들어갔다. 거실에서 앉았다가 내온 차를 마시고 나서 W 공부방을 보자고 했다. 동생과 같이 쓰는 방인데 책상이 나란히 두 개 놓여 있고 옆면에는 책장이 두 개 놓여 있는데 책이 꽉 차 있었다. 이거 다 읽은 것이냐고 했더니 자기는 다 읽었다고 했다. W가 또래 아이들에 비해 생각이 깊고 상식이 풍부하다는 것이 이해가 되었다. 차도 마시고 공부방도 보고 해서 막 일어서려는데 W 아버지가 돌아와서 막무가내로 앉히는 바람에 눌러앉아 이야기하다가 저녁식사를 하게 되었다.

아이들은 다른 방에 차려주고 W 부모와 우리 둘이 같이 식사를 하였다. W가 집에서 부모님과는 말을 많이 하느냐고 물었더니, 묻는 말에나 대답하는 성격이라 학교에 갔다 오면 이것저것 물어서 말을 하게 한다고 어머니가 말했다. 새 학년이 시작되고 일주일쯤 지났을 때 담임 선생님은 어떤 분 이냐? 하고 물으니까, 판사 같다고 하더라는 것이다. 그래서 왜 그렇게 보이느냐고 했더니, 바르지 않은 일은 하지 않을 것 같은

위엄이 있어서 우리들이 규칙을 지키지 않을 수 없게 하고, 모든 아이들을 공부하게 하고 공평하게 대하는 것 같아서 그렇게 보인다고 하더라는 것이다. 그러면 왜 바른 일만 할 것 같고, 모든 아이들을 공부하게 하고, 공평하게 대하는 것 같다고 생각한 근거를 대 보라고 하였다는 것이다. 그랬더니 한 가지 한 가지에 대해서 구체적인 예를 들어가며 이야기해서 자기도 그렇게 믿었다고 하였다. 그 이야기를 들으며 W의 사고력을 키워주는 데 어머니의 역할이 크다는 생각을 하였다. 보통 엄마들 같으면 새 학년이 되어 담임이 바뀌면, 너희 선생 누구니? 어떠니? 하고 묻고 아이들은 우리 선생 무서워, 마음은 착해 등으로 단답형의 답을 요구하는 질문과 대답이 오고 간다. 그런데 W 어머니는 담임의 행동을 관찰할 일주일쯤의 시간이 지난 뒤에, 단답형의 답이 아닌 구체적인 사실로 판단을 내리고 그것을 근거로 자기의 생각을 종합하는 과정이 일어나게 하는 질문을 한 것이다. 의도적으로 W의 사고를 조장하는 질문을 한 것이다. 집으로 돌아오는 길에 아이들도 어른들 이상으로 정확하게 사물을 인식하고 판단하며, 선생 이상으로 자녀 교육에 대한 식견을 가진 부모도 있구나! 하며 여러 가지 생각을 하게 되었다.

자녀교육에서 가장 중요한 환경은 부모란 말이 있다. 창의적 사고력을 길러주는 데도 부모의 역할이 가장 중요함은 두말할 필요가 없다. 아이와 대화할 때 생각의 넓이와 깊이를 더해줄 수 있는 질문을 어떻게 할 것인가? 미리 궁리해야 한다. 여러 가지 주제를 가지고 대화하는 것보다는 한 가지 주제를 가지고 충분히 의견을 나눌 때 넓고 깊게 생각할 것이다. 아이에게 책을 많이 읽게 하는 것도 좋지만 부모도 그 책을 읽고 독서 토론을 하여 자기만의 문제 해결 방법을 찾아 말하게 하는 것은 더 좋은 방법이 될 것이다. 아이와 놀이와 운동을 할 때에도 나와 같이 해보아라가 아니라 다른 방법으로 하면 어떨까? 하고 새로운 방법을 찾아보게 하면 재미도 느끼고, 어른이 생각하지 못했던 새로운 방법을 찾기도 한다. 아이와 같이 게임을 할 때에도 여러 가지 방법으로 접근하는 시도를 하게 하는 것이 좋다. 다소 엉뚱한 생각이 창의적 사고의 시작이라고 할 수 있다. 여러 가지 방법을 찾아보는 즐거움과 나만의 방법으로 문제를 해결했을 때 가슴 뿌듯함을 느끼게 되면 창의적 사고가 습관화되는 길로 접어드는 것이 아닐까?

진로지도는 어려서부터 해야 한다

북핵(北核)을 폐기하기 위한 미북(美北) 정상회담이 끝나지 않아 합의문도 발표되기 전인데, 신문의 경제란에는 남북경제가 단일화되면 일자리 13만 개가 생긴다는 기사가 실렸다. 북한이 핵을 폐기할지? 시간만 끌며 경제적 이득만 챙길지? 폐기한다 해도 어디까지 얼마나 걸릴지? 가다가 그만둘지? 알 수 없는데, 남북경제 단일화가 이루어지면 일자리가 몇 개 생길 것이라고 예측을 하고 있으니 우물에 가서 숭늉 찾는 격이다. 하기야 오죽 실업률이 떨어지지 않으면 그런 기대까지 했을까? 하는 생각이 들기는 한다.

이 정부 들어 청년 취업률을 높이기 위해 정부 예산으로 청년을 고용하는 중소기업에 급여의 일부를 지원하는 정책까지 시행하는데도 취업률은 오히려 떨어지는 것을 보면, 전 정부의 잘못을 들추어 벌주는 것보다 경제와 관련된 문제의 해결이 어렵긴 한 모양이다. 대학을 졸업하고 취업을 하려고 몇 년을 애쓰고 다니다 아예 포기하고 부모에게 붙어사는 소위 캥거루족이 늘어나고 있다는 기사를 볼 때는 입맛이 더욱 씁쓸하다. 국가공무원이나 지방공무원 시험 결과를 발표하면서 경쟁률도 몇 십대 일이라고 알려주는데 그 비율이 해가 갈수록 높아지고 있다. 이것저것 기웃거려도 할 만한 것이 없으니 전공과 무관한 9급 공무원이라도 해보자고 덤벼들기 때문일 것이다. 한때 3D업종이라 불리던 경찰공무원 시험에도 젊은이들이 몰려들어 이것도 경쟁률이 몇 십대 일이란다. 중등교사를 임용하는 시험에도 사범대학을 졸업한 자격증 소지자가 수도 없이 몰려들어 합격하기가 그야말로 하늘의 별 따기가 되었다고 한다. 그래서 교원 임용고사를 교원 임용고시라고 부른다.

그런데 정작 청년들이 필요한 중소기업에서는 필요한 인력을 구하지 못해 외국인 노동자로 채우고 있다니 분명 어디에 문제가 있기는 있는 것이다. 세계 최빈국(最貧國)의 하나로 분류되던 한국이 이만큼의 경제 발전을 이룩한 데에는 최고지도자의 강한 의지와 추진력이 있었기에 가능했지만, 거기에 교육도 일조를 한 것은 분명하다. 경제 건설에 필요한 국가관과 사명감이 투철한 인력을 육성하여 확충한 것이 그것이다. 그런데 지금 와서 생각해보면 우리 교육에서 가장 소홀히 한 것이 뭐냐고 따지면 진로교육이라고 할 수 있을 것 같다. 이에 대해 교육당국은 그동안에는 진로교육이고 뭐고 할 필요성을 느끼지 못했기 때문이라고 변명할 수도 있을 것 같다. 우리 경제가 고도성장을 할 때에는 학교를 졸업하기도 전에 대부분이 취업을 할 수 있었기 때문이다. 그도 그럴 것이 1차 산업 말고는 일자리가 없어서 빈둥대던 때가 엊그제 같은데, 그보다 나은 일을 시키고 보수도 훨씬 많이 주니 못할 것이 없었다. 마치 배고파서 허덕이는 사람이 더운밥 찬밥, 쌀밥 보리밥 가릴 경황이 아니었던 것이다. 맛이 없고 내 취향이 아니고를 따지는 것은 일단 허기를 면하고 나서 생각나는 것이다. 그렇더라도 교육백년지대계(教育百年之大計)라고 하지 않았던가? 닥쳐올 미래에 대한 대비가 부족했던 것은 확실하다. 이제부터라도 진로지도를 제대로 해보고자 자격증을 가진 담당교사를 배치하는 노력을 하는 것은 다행이라 여기나, 진로지도도 가정에서부터 시작하는 것이 맞는 것 같다. 내 아이를 가장 잘 아는 것은 부모이기 때문이다.

히딩크의 나라

경기도교육연수원 개원을 하고 얼마 되지 않아 도교육청으로부터 진로진학 상담교사 자격연수를 실시하라는 공문이 왔다. 교육부에서 진로지도의 시급성을 인식하고 중·고등학교에 진로진학 상담교사를 배치한다는 계획에 따라 시·도별로 현직 교사 중에서 대상자를 선발하여 겨울방학부터 시작하여 이듬해 여름방학까지 500여 시간의 연수를 해야 한다는 것이다. 우리나라에서는 처음 실시하는 것으로 선례가 없기 때문에 연구사들도 맡기를 꺼려 한다는 담당부서 부장의 이야기를 들었다. 이 과정을 담당한 연구사는 연수가 끝날 때까지 다른 연수를 맡지 않는 조건으로 담당자를 선정하라고 했다. 담당 연구사와 부장에게 이 기회에 진로지도에 대해서 공부를 하라고 부탁한 후 나도 정보를 수집하기 위해 여기저기 뒤져보았다. 당시 세계 경제가 침체기에서 벗어나지 못하던 때라 유럽에서도 그리스, 스페인, 이탈리아 등의 남유럽 국가는 경제가 파탄 날 지경에 이르러 실업률이 급증하고, 급기야 취업하기 위해 외국으로 떠나는 청년들이 줄을 있고 있다는 소식이 매일 같이 보도되고 있었다. 반면 스칸디나비아 반도를 비롯한 북유럽국가들의 경제는 탄탄한 성장을 하고 있고 실업률도 매우 낮다는 것이다. 그런데 북유럽국가의 이러한 비결이 진로교육을 잘했기 때문이라는 어느 일간지의 보도를 보고 그들 나라의 진로지도에 대하여 소개한 책을 찾던 중에 '공교육 천국 네덜란드'란 제목의 책을 저자가 진로진학담당교사 연수 강사로 불러달라고 보내왔다.

남편을 따라 네덜란드에 유학 갔다가 10년간 세 아이를 키우며 보고 경험한 네덜란드의 교육에 대하여 쓴 책이다. 네덜란드는 그 나라 국적의 거스 히딩크 감독이 이끄는 우리나라 대표팀이 2002월드컵축구대회에서 4강에 올라가면서 더욱 친근감이 느껴지는 나라이기도 하다. 사회보장제도가 잘되어 있는 북유럽국가들과 같이 네덜란드도 유치원에서 고등학교까지 무상교육을 받는다고 하였다. 거기에다 이 나라는 사교육이 없는 나라라는 것이다. 저자의 자녀가 어학 실력이 떨어져 학원에라도 보내려고 학원에 대하여 이웃에게 물으니까 무슨 말인지 알아듣지를 못하더라는 것이다. 나중에 그런 말을 한 본인이 한없이 부끄러웠다고 한다. 우리나라는 중학교까지 무상교육을 해도 사교육비가 들어가니 부모의 경제적 부담이 있기는 마찬가지인데 이 나라는 그야말로 아이들 교육에는 돈 들어갈 데가 없는 것이다.

이 나라는 학생의 능력과 적성에 따라 학교가 진로를 안내하고 학부모나 학생 누구나 그것을 당연하게 받아들이는 사회적 공감대가 확립되어 있는 나라라고 한다. 유아교육과정을 포함한 8년간의 초등학교 교육을 받고 졸업시험 결과에 따라 6년 과정의 인문계 중고등학교, 5년 과정의 보통 중고등학교, 4년 과정의 직업 중고등학교로 진학한다고 한다. 인문계 중고등학교를 졸업한 학생은 학문연구중심대학으로 진학하고, 보통 중고등학교를 졸업한 학생은 상위 직업전문대와 하위 직업전문대로 진학한다고 한다. 그렇다고 정해진 코스로만 가야 되는 것은 아니며 능력을 인정받는 시험에 합격하면 상위 코스로 변경할 수 있고, 시험에 합격하지 못하면 하위 코스로 내려가야 된다는 것이다. 그리고 초등학교부터 유급제도가 있어서 입학하는 연도는 같아도 졸업하는 연도는 다르다고 한다. 능력에 따라 진로가 결정되며, 노력 여하에 따라 진로를 변경할 수 있는 합리적인 교육제도라고 할 수 있다.

저자와 친하게 지내던 대학교수의 아들이 초등학교를 졸업하고 직업 중고등학교로 가게 되어서 위로의 말을 하며 더 공부해서 인문계 중고등학교로 보내는 것이 어떠냐고 했더니, 오히려 이상하게 보더라는 것이다. 자기 능력에 맞는 학교에 가서 공부하고 적성에 맞는 직업을 구해서 즐겁게 일하며 행복하게 살면 되지 그 이상 뭐가 있느냐고 하더라는 것이다. 우리나라 같으면 체면을 생각해서라도 무슨 수를 쓰든지 대학에 갈 수 있는 학교로 보냈을 터인데, 그 나라에서 대학은 필요한 사람이 가는 것으로 인식되어 있다는 것이다. 보수를 많이 받기 위해 대학에 갈 필요가 없도록 임금체계가 정해져 있는 것으로 보아 우리나라와는 사회구조 자체가 다른 것을 알 수 있을 것 같다.

많은 젊은이들이 뚜렷한 목적도 없이 대학에 가서 돈과 시간을 낭비하고 졸업한 후에도 진로가 불투명하여 방황하는 우리나라 현실이 너무나 안타깝게 생각된다. 이러한 현상이 벌어지게 된 큰 원인 중 하나는 진로지도의 부재에 있다고 할 수 있다. 지금까지 학교에서 한 진로지도는 초등학교에서 나의 꿈은 무엇인가? 알아보는 것 정도이고, 중학교에서 적성검사를 하고, 고등학교 1학년 때 적성검사를 하여 문과·이과로 나누고, 문·이과별로 3학년 때에 본 수능 성적에 따라 학교와 전공을 정해주는 것이 다였다고 한다면 그동안의 공적을 너무 폄하한 것일까?

한 인간의 장래가 결정되는 엄청난 결정인데 단 몇 분 상담하고 원서 쓰면 그것으로 끝이었으니, 이 얼마나 무지하고 무책임한 소행이란 말인가? 그러한 학교를 믿고 학교에서 권하는 학교와 학과에 망설임 없이 입학시켰던 한국의 학부모는 순진해서 그랬나? 성인군자여서 그랬나?

그 결과 대학을 몇 년씩 더 다니는 졸업유예생(卒業猶豫生), 대학을 졸업하고도 직업을 구하지 못한 취업재수생(就業再修生), 여기저기 기웃거려도 오라는 데도 없고 또 마땅치 않으니 9급 공무원이나 해야겠다고 노량진 학원가에서 밤을 새는 공시족(公試族)이 해가 갈수록 늘어나는 것이 아닌가? 교육당국에서는 이제부터라도 체계적인 진로지도가 이루어지도록 근본적인 대책을 마련해야 하며, 부모들은 내 아이의 진로지도는 내가 한다는 생각으로 어려서부터 겉으로 드러나지 않은 부분까지 잘 파악하여 단계적인 진로지도를 해야 할 것이다.

큰며느리와 간 태국 여행

항공기가 연착해 예정보다 2시간 늦은 밤 12시경에 스완나품 공항에 도착했다. 여객터미널을 나가면서 큰며느리가 아들과 통화를 하여 얼마 기다리지 않아서 만날 수 있었다. 아들 회사차 기사가 승합차를 렌트해 와서 가방을 싣는데 우리 부부 것 둘을 싣고 나니 차가 꽉 찼다. 기사가 며느리 가방을 억지로 실으려 하자 경찰관이 와서 들고 가더니 순찰차에 싣는 것이었다. 아들에게 저기에 실으면 어떻게 하느냐고 했더니 같이 갈 거니까 괜찮다고 하였다. 얼른 이해가 안 되는데, 언제 왔는지 순찰차 앞에 기동경찰 오토바이가 서고 우리가 탄 승합차 뒤에도 기동경찰 오토바이가 섰다. 순찰대를 지휘하는 경찰관이 출발 준비가 되었나를 확인하더니 맨 앞에 선 오토바이를 따라 경고음을 울리며 달리기 시작하였다. 중간에 고속도로를 타기도 했지만 신호등이 계속 파란불로 바뀌어서 선선한 밤공기를 가르며 달린 지 30여분 만에 짜오프라야강가에 있는 페닌슐라 호텔에 도착하였다. 우리가 차에서 내리니 에

스코트했던 경찰 지휘관이 거수경례를 하고 돌아갔다. 엘리베이터에서 아들에게 어떻게 된 거냐고 물었더니 업무상 알게 된 왕실경호대 소속 경찰 간부에게 부모님이 오시니 에스코트를 해달라고 부탁했다는 것이다. 그룹 회장 정도가 왔을 때의 예우를 받은 것이라고 했다. 방에 들어가 창문을 여니 시원한 강바람과 함께 짜오프라야강이 한눈에 들어왔다. 강을 꽉 채운 물 위로 유람선이 두둥실 떠가고 강가에 있는 조명이 분수와 어우러져 영화의 한 장면 같은 풍경이었다. 아들 내외가 아파트로 돌아간 뒤에도 우리는 한동안 이국의 밤풍경에 빠졌다.

다음날은 며느리의 안내를 받아 방콕 시내 명소를 둘러보고 발 마사지도 받았다. 사흘째 되는 날 아침에 태국 왕실의 여름별장이 있는 후아인으로 출발했다. 세 시간 넘게 중부평원을 가로질러 남쪽으로 가는데 고속도로는 똑바로 뻗어 있어 핸들을 움직일 필요가 없을 정도였고, 아무리 둘러봐도 동산 하나도 보이지 않는 대평야지대였다. 길가에 보이는 농가의 텃밭에 바나나와 야자가 심겨 있는 평화로운 모습을 보며 문득 이런 곳에서 살고 싶다는 생각이 들기도 하였다. 리조트는 바닷가에 있는데 왕실 별장 옆이고 해변을 독점하였기 때문에 휴식을 취하기에는 최고의 분위기였다. 밤이 되자 하늘에는 별이 총총 떠 있고, 시원한 바닷바람은 한기를 느낄 정도로 불어오는데, 멀리 바다에 떠있는 한치잡이 배의 불빛이 정취를 더하여 밤이 깊어가는 줄도 몰랐다. 마침 결혼 후 처음 맞는 며느리의 생일이라 더욱 뜻있는 밤이었다. 아내와 며느리는 술을 못해서 음식만 먹고, 나는 아들이 권하는 바람에 모처럼만에 취기가 돌 정도로 마셨다.

다음날 오후에 방콕을 향해 출발해서 초저녁에 바이욕스카이호텔에 도착하였다. 84층 스카이라운지에서 방콕의 야경을 감상하며 반주를 곁들여 저녁식사를 하였다. 음식 값이 비싸서 대부분의 사람들은 음료

수만 들며 야경을 즐기는 정도였다. 다음날 람차방으로 이동해서 아들이 관리하는 회사를 보고 난 후 한적한 해변에 있는 식당에서 저녁식사를 하였다. 멀리 항구의 불빛이 보이고 경치가 좋아서 우리나라 같으면 사람에 치일 텐데, 경치가 좋은 곳이 많아서 그런지 적당히 사람이 있고 음식 값도 그렇게 비싸지 않다고 하였다. 시원한 밤공기를 마시며 스완나품 공항으로 이동해 아들 내외의 배웅을 받으며 밤비행기를 타고 아침에 인천공항에 도착하였다. 터미널을 나와 주차장으로 가는데 어찌나 추운지 따뜻한 나라에서 사는 것이 좋겠다는 이야기를 하였다.

아들이 태국에 정착하면서 다녀가라는 말을 여러 번 했으나 그때마다 네가 결혼해서 살 때 가겠다고 미루어왔다. 그런데 1년 전쯤 "아버지, 제 마음에 드는 여자를 보았는데 지금 진행 중이니까 기다려보시라."는 전화가 왔으나, 한국에 있는 사람과 언제 만나서 이루어질까? 해서 반신반의했다. 결혼 얘기를 하면 지금 하는 일이 너무 재미있다면서 말을 돌리더니, 마음에 쏙 든다고 하는 것으로 보아 적극적으로 서둘렀던 모양이다. 여하튼 중학교를 졸업한 이후 처음으로 효도를 한 셈이다.

큰아들이 태국에 정착하게 된 것은 의학전문대학원 입학시험 공부를 하다가 머리를 식힌다며 외국여행을 간 것이 계기가 되었다. 아내한테 외국에 다녀오고 싶다고 간청을 해서 가지고 있는 돈을 주었더니, 아시아 여러 나라를 둘러보고 와서는 태국에 정착하는 것이 좋을 것 같다며 짐을 싸들고 나갔다. 현지에서 학원을 다니며 배워서 그런지 1년쯤 지난 후 의사소통에 지장이 없을 정도로 타이어에 익숙해졌다고 하였다. 여권을 갱신하러 들어왔기에 네 전공을 살려 취업하라고 권하였더니, 태국에 진출하려는 기업에 입사를 하여 다시 출국을 했다. 그 기업은 사업에 차질이 생겨서 철수를 하고 아들은 태국에 있는 한국 기업에 입사를 하였는데, 무슨 일을 하느냐고 물었더니 해외영업을 담당한다고 하였다. 그런 일은 무역학과 출신들이 하는 건데 네가 할 수 있느냐고 했더니, 배워가면서 하면 된다고 했다.

어쩌다 전화를 해도 잘 받지 않아서 궁금하기도 했는데 1년쯤 후에 휴가를 얻어 다니러 왔다. 아시아 여러 나라를 다니다보니 시차가 있어서 못 받을 때가 많다고 하면서 업무에 익숙해지고 있으니 염려하지 말라고 했다.

그리고 1년쯤 지난 후에 회사를 옮기고 싶다는 전화가 왔기에, 지금 하고 있는 업무에도 익숙해지고 실적도 올렸다며 거기서 더 근무하라고 했더니, 얼마 후에 옮기기로 결정했다는 전화가 왔다. 방콕에 상주하며 몇 개의 물류센터를 관리 · 운영하는 것인데, 하는 일이 재미가 있고 전망도 보여서 신바람 나게 일한다고 하였다. 그 말을 듣는 순간 '진로를 잘 못 선택하여 시간을 낭비하였구나!' 하는 생각이 머리를 스쳐갔다.

큰 아이가 길을 잘못 들어선 것은 중학교 3학년 초 과학고등학교 준비반에 들어가면서부터인 것으로 생각된다. 당시는 과학입국(科學立國)을 내세우며 과학 영재를 육성하기 위해 앞 다투어 각 시 · 도에 과학고등학교를 설립할 때였다. 경기과학고등학교가 개교한 지 몇 년 되면서 각 시 · 군의 중학교에서는 과학고에 몇 명 보냈느냐가 학교의 주요 실적처럼 되었다. 그러니까 성적순으로 몇 명을 선정하여 한 학기 동안 과학고 준비 공부만 시켜서 2학기 초 시험에 응시하였다. 우리 아이가 다니던 안성중학교에서도 전해까지는 해마다 2~3명씩 합격하였는데, 그 해에는 안성은 물론 경기남부지역에서 한명도 합격하지 못했다고 하였다. 당연히 우리 아이도 떨어졌고, 학교에서는 입시 경향이 확 바뀌어서 그렇게 되었다고 하는데, 그렇다면 입시 정보와 대처능력이 부족했다고 볼 수밖에 없는 것이다.

국민학교 때에는 다 그렇지만 우리 아이도 다 잘했다. 말도 조리 있게 잘하고, 운동도 잘하고, 6학년 때에는 4학년이상 아이들이 직선한 전교 회장도 했다. 누가 봐도 만만히 볼 상대는 아니라서 집안에서도 기대가 큰 아이였다. 과학고 준비반에 들어간다고 했을 때 처음에는 망설였다. 이과 계열로 가서 연구실에 틀어박혀 있는 것보다, 문과 계열로 가는 것이 타고난 재능을 십분 발휘할 것 같았기 때문이다. 그런데 국민학교 때 과학상자 조립하는 것도 좋아했고 근기가 있어서 이과 계열로 가도 해낼 것 같기는 하여서 어물쩍하게 동의를 하였던 것이 후회가 된다.

고등학교 원서를 쓸 때쯤, 평택에 있는 P고등학교 교감으로부터 내가 있는 학교로 전화가 왔다. 1년간 장학금을 줄 테니 꼭 그 학교로 보내 달라는 것이었다. 안성에서 학교까지 버스로 30분 거리이니 통학해도 될 것으로 판단하고 보낸 것이 두 번째로 후회가 된다. 이번에는 진학지도를 잘못한 것이다. 공립학교의 제일 문제점은 열정이 부족하다는 것이다. 나중에 우리 아이도 안성에 있는 사립고를 갔으면 더 좋은 대학을 갔을 것이라고 인정을 했다.

고등학교 내내 공부를 열심히 하지 않았지만 3학년 때 완공된 기숙사에 들어가면서부터는 더 열심히 논 것 같았다. 버스 타고 다니는 것이 힘들 것 같아서 들여보냈더니 다른 아이에게 양보할 것을 잘못한 것이었다. 수능시험 성적표를 가져와서 재수를 하겠다고 하는 것을 네 점수로 갈 수 있는 대학에 가라고 한 것이 세 번째로 후회가 된다. 괘씸하기도 하고 재수해도 공부할 것 같지가 않아서 허락을 안 했는데, 문과 계열로 바꿔서 재수를 하게 할 걸 하는 아쉬움이 있다. 원하지 않는 대학에 가서 그러는지 공부도 하지 않다가 1학년을 마치고 의무경찰에 지원하여 군복무를 했다. 제대 후에는 줄곧 장학금을 받으며 학교를 다녔는데, 졸업 한 학기를 남겨놓고 집에 와서 전공학과 교수가 캐나다

토론토 대학의 교환교수로 가면서 같이 가자고 하는데 어떻게 하느냐고 했다. 국비로 유학을 가는 것인데 이런저런 염려를 하다가 늦게 결정을 내린 것도 후회가 된다. 아직도 대입수능시험을 보는 때가 되면 가슴이 찐하다. 진로·진학 지도를 잘못한 데 대한 아쉬움을 언제나 지울 수 있을까?

진로지도는 아동기에 책을 많이 읽는 것으로 시작해야 할 것이다. 아이들이 세상에 대해 알아가는 방법은 여러 가지가 있겠으나 짧은 시간에 시공을 넘어서 알 수 있는 것으로는 책을 능가하는 것이 없을 것이다. 다양한 종류의 책을 읽다 보면 관심이 가는 분야가 있을 것이고, 자연히 그 분야의 책을 더 많이 읽게 될 것이다. 책을 읽으면서 서서히 가치관이 정립되고 사고방식도 틀을 갖추어간다. 어릴 때부터 올바른 가치관을 정립해가도록 해주는 것, 긍정적이고 합리적인 사고방식을 갖게 하는 것이 부모가 관심을 갖고 지도해야 할 일 중 하나다. 아동기에 읽는 책은 정서 발달에 미치는 영향이 크기 때문에 좋은 책을 골라 읽게 하는 것도 중요한 것이다.

자신을 잘 알도록 해야 한다. 자기가 좋아하는 것, 잘하는 것, 좋은 점 등을 주관적으로만 판단할 것이 아니라, 표준화 된 각종 검사를 통해서 정확히 알아야 한다. 학교에서 하는 한두 가지 검사로 대충 아는 것으로 만족하지 말고 집에서 여러 가지 검사를 추가해서 해보는 것이 좋을 것이다. 특히 겉으로는 드러나지 않은 잠재된 능력을 파악해두는 것이 좋다.

자신에 대해서 잘 알았으면 인생의 목표를 세워야 한다. 목표는 가치관과 맞아야 하고 직업을 통해서 목표에 도달하는 것이다. 직업 자체가 목표는 아니나 직업은 삶 자체라고도 할 수 있을 만큼 인생의 대부분을 일하면서 보내게 된다. 그러므로 직업 선택의 기준은 당연히 행복이어야 한다. 휴일이나 잠자는 시간을 빼면 대부분이 일을 하면서 보내는 시간인데 그 시간이 행복하지 않으면 언제 행복을 찾을 것인가? 일하면서 행복하기 위해서는 자기가 제일 좋아하는 일과 제일 잘하는 일이 합쳐지는 지점에 있는 그 일을 해야 한다. 그 일을 직업으로 선택해야 하는데, 그 전에 꼭 알아야 할 것은 그 일을 수행하는 데 어려운 점은 무엇인가? 하는 것이다. 세상의 모든 것은 동전의 양면과 같은 것이기 때문이다.

그런데 언론이나 책 어디에도 어떤 직업의 어려운 점을 밝힌 것은 없다. 아니 밝힐 수가 없는 것이다. 어려움을 느끼고 안 느끼는 것은 개개인에 따라 다를 수도 있고, 설사 공통적인 어려움이 있다고 인정하더라도 그것을 밝히는 것은 다른 문제를 야기할 수 있으므로 불가한 것이다.

그러면 숨은 어려움은 어떻게 알 수 있는 것인가? 제일 좋은 방법은 그 직업에 종사하는 사람에게 직접 알아보는 것이다. 그것이 여의치 않으면 인생의 경험이 풍부한 부모가 알아서 알려주는 것이다. 과거에 국가의 주요정책을 홍보할 때 언론을 통해 긍정적인 면만 대대적으로 부각시켜 감수성이 예민한 청소년들을 빠져들게 한 사례들이 있었다. 밝은 부분과 어두운 부분을 고르게 비춰서 정확한 판단을 내릴 수 있게 해야 된다는 말이다.

목표를 세웠으면 목표에 도달하기 위한 준비 과정을 거쳐야 한다. 중·고등학교에서는 대학에서 직업과 직접 관련된 공부를 하는 데 필요한 준비를 해야 한다. 집을 지을 때 기초가 튼튼해야 복잡한 구조물을 설치해도 끄떡없이 버티는 것과 같이 기초지식이 풍부해야 전공분야를 깊게 공부할 수 있는 것이다. 인지능력뿐만 아니라 장차 종사하고자 하는 직업에서 필요한 인성과 기본 기능을 닦는 것도 준비과정에서 해야 할 일이다.

직업을 갖는 데 직접 필요한 공부는 대학에서 하게 되는데, 전공과 학교를 선택하는 일은 지금까지의 오랜 준비과정의 결집이라 할 수 있다. 먼저 전공을 선택해야 하는데 현재에도 유용해야 하지만 미래에도 유용한 것이 어떤 것인가를 따져봐야 한다. 아무리 예측 불허의 시대라 하더라도 흐름이 있고 패턴이 있을 것이므로 이런 점을 감안하여 미래 지향적인 선택을 해야 할 것이다.

다음은 학교 선택인데 무조건 명문대를 선택하는 경향은 줄어들었다고 하나 그래도 이왕이면 하고 명문대를 선택하는 것 같다. 여기에서 유의할 것은 내가 전공하려는 분야에서 명문대가 어디냐를 따져야 하고, 재학 중에 받을 수 있는 혜택이나 졸업 후에 받을 수 있는 특전 같은 것을 알아보는 것이다.

대학을 졸업한 후에는 직업을 가져야 한다. 유망한 직업은 일자리가 계속 성장하는 직업, 보수가 높고 근로환경이 좋은 직업, 전문성을 쌓아갈 수 있는 직업이라고 한다. 이 세 가지 조건 중에서 평균수명의 연장에 대비하려면 전문성에 초점을 맞추어야 할 것이다. 평생직장의 시대는 이미 지나가고 있고, 평생직업의 시대를 거쳐 머지않은 장래에 평생취업의 시대에 도달하게 된다고 한다. 평생직업의 시대에 필요한 것은 전문성이다. 전문성을 인정받으면 직장은 어디서도 구할 수 있다. 평생취업의 시대에 필요한 것은 능력 개발이다. 현재 직업의 80%는 10년 내에 소멸된다고 하니 능력 개발은 선택사항이 아닌 필수요건이라고 해야 할 것이다.

우리나라 사람들은 누구나 잘나가는 봉급생활자가 되길 원한다. 보수가 높고, 근로 환경이 좋고, 안정적이고, 권한이 있는 봉급생활자 말이다. 미국 사람들의 꿈은 개인 사업체를 갖는 것이라고 한다. 실리콘밸리에서 수많은 젊은이들이 창업에 나서는 것은 이런 미국인들의 도

전 정신에서 나온 것이라고 한다. 말로만 글로벌 대한민국을 외쳐서 되는 것이 아니다. 젊은이들이 보수가 높고 안정된 봉급생활자가 되는 것이 꿈인 나라에서는 창의력과 도전정신은 그저 외치는 구호에 불과할 뿐이다.

평생취업을 해야 하는 장수시대에 나이가 들어서 남의 지시나 간섭을 받지 않고 자기의 뜻대로 할 수 있는 일은 개인 사업일 것이다. 개인 사업을 해서 얻는 성과는 모두 자기의 것이 되며, 사업체를 자식에게 물려줄 수도 있다. 하지만 위험 부담도 크기는 하다. 사업이 잘못되면 생계가 어려워지는 지경에 이를 수도 있고, 가족이 해체되는 어려움을 겪을 수도 있다. 그러니 개인 사업은 그 분야에서 갈고 닦은 실력이 있어야 도전해보는 것이다.

끝으로 일본의 이나모리 가즈오 회장이 만든 성공방정식을 소개해 본다. 성공=능력×열정×사고방식이라고 하였다. 세 가지 요소 중 어느 하나라도 0이면 성공은 불가능하다는 것이다. 그러나 능력과 열정 중에 한 가지가 다소 부족하다면 다른 요소로 보완할 수도 있다. 그런데 사고방식은 －와 +가 있어 올바른 방향으로 갈 수도 있고, 엉뚱한 방향으로 갈 수도 있기 때문에 건전한 사고방식이 제일 중요하다고 하였다. 건전한 사고방식을 갖게 하는 것은 어려서부터 해야 하는 가정교육 중에서 가장 기본적인 것이라고 강조하고 싶다.

왜

인간인가?

왜
인간인가?

'물고기도 저 놀던 물이 좋다는데.'라는 속담은 나서 자란 고향이나 익숙한 곳이 생소한 곳보다 좋다는 것을 비유적으로 이르는 말인데, 내가 충청도를 떠나 경기도로 올 때 선배 · 동료 교원들에게서 많이 들었다.

그 후 나는 새로운 물에서 노는 동안 많은 사람들과 인연을 맺고 정이 들었다. 그러다가 예정된 일이었지만, 어느 날 오랜 세월 동안 정들었던 그 세계에서 완전히 떠나 다시는 돌아갈 수 없게 되었을 때 느끼는 적막감이란 말로 표현할 수가 없었다. 정확히 따져보면 그 물이 그리운 것이라기보다는 그 물에서 같이 놀던 그 동지들이 그리운 것이다.

왜 그런 것일까? 인간이기 때문에 그런 것 같다. 그런데 자연인이 된 지금도 그 물에서 같이 놀던 사람들을 다 만나볼 수는 없지만 일부라도 주기적으로 만나서 회포를 풀 수 있으니 이보다 더한 행복이 어디 있을까? 하는 생각이 든다.

바퀴가 구른 지 30년 된 달구지는 가끔 덜커덩거리기도 하지만 그런대로 잘 굴러간다. 달구지를 앞에서 끌던 우두머리는 먼저 떠났지만, 남은 멤버들이 밀고 당기며 무리 없이 가고 있다. 곳곳에 흩어져 있어 자주 모일 수는 없지만, 가끔 만나면 전성기 때의 이야기를 나누며 옛날로 돌아간다. 몸은 떠났어도 마음은 그대로여서 경기교육의 근황을 물으며 염려도 하고, 나라가 잘되기를 염원하는 말을 나누기도 한다. 오래된 장이 깊은 맛을 낸다고 하듯이 달구지가 모이는 날에는 구수한 맛을 느낄 수 있어서 좋다.

지붕에 얹은 지 20여 년 된 대들보는 중후한 멋을 풍기며 경기교육을 든든히 떠받치고 있다. 그동안 회원도 늘어나고 관리직의 비율도 높아졌지만 경기교육의 대들보가 되자고 했던 초심(初心)은 그대로이다. 정기적으로 만나 know how를 공유하기도 하고, 즉석에서 counselor와 내담자가 되어 난해한 문제를 해결하기도 한다. 신·구의 조화가 잘 이루어지는 조직은 방향을 잘못 잡아 우왕좌왕하는 일이 없고, 어려운 문제에 부딪혀도 슬기롭게 헤쳐 나가며, 노쇠화 하여 지리멸렬하지도 않는다. 대들보를 만나면 풍요로움과 상큼함이 동시에 와 닿아서 좋다.

복숭아 고을에 연수원을 개원하기 위해 여러 기관에서 모여든 오합지졸이 으뜸 연수원이라는 공통된 목표를 향해 달려가는 동안 신의와 열정이 넘치는 최정예부대가 되었다. 시간이 지나며 여러 곳으로 흩어졌지만 복숭아꽃 향기 맡으며 흘린 땀이 너무나 소중하여 잊을 수 없다고 도연(桃研)이란 이름으로 뭉쳤다. 힘들었던 기억이 아름다운 추억으로 바뀌어 이야기보따리가 풀어지면 끝없이 이어진다. 으뜸 연수원의 도약이 이어지길 기대하는 바람도 모아진다.

정화위원의 교육애(教育愛)가 학교환경위생정화구역을 지키게 했다. 복잡한 심의 안건이 많아 머리를 맞대고 궁리하여 몇 번이나 행정소송에서 승소하기도 했던 동지애(同志愛)로 뭉쳐진 지 이십 년이 되어간다. 멤버가 일부 교체되기는 했지만 경기교육(京畿教育)을 사랑하고 잘되기를 바라는 마음은 처음이나 다른 게 없다. 연수원에서 퇴임할 때 이천 시장에게서 명예시민증을 받았으니 이정회(利淨會) 회원의 자격을 새롭게 갖춘 셈이다. 그래서 그런지 이정회(利淨會)에 가면 고향에 온 푸근함과 정든 이웃사촌의 따스한 정을 느끼게 된다.

조용하던 집안이 기쁨으로 가득 찼다. 큰며느리가 쌍둥이를 출산하였다. 그것도 딸이 귀한 우리 집에 한 번에 손녀가 둘이나 태어난 것이다. 멀리 떨어져 있어도 쌔근쌔근 숨소리가 느껴진다. 보민이 유나의 속삭임에 귀가 간지러운 것 같다. 큰아들의 손주를 보고 나니 작은아들의 손주도 보고 싶은 생각이 간절해진다. 나이가 들면서 뒤를 맡기고 떠날 후손이 기다려진다. 왜 그럴까? 인간이기에 그럴 것이다.